再見紅毛港

——行船人的愛

The cultural story of Hongmaogang:

A fisherman's love.

序言

紅毛港對很多人而言，或許只是一個曾經聽過、但卻陌生的地方，可是對我而言，卻是一個擁有美好回憶的海港，濃濃的人情味，偶爾自心中湧起的牽掛。

我的母親是個正港土生土長的紅毛港居民，對這塊土地的懷念，特別來自於小時候外公、外婆的疼愛有加；繁榮的漁港，富饒的漁獲資源，雖然昔日已遠，但記憶卻歷歷在目、鮮活不已。

同源自紅毛港姓洪仔的我，在一個難得的機緣下，與紅毛丫頭（Oscar）相識，以她的年紀，卻對孕育她而成的紅毛港如此眷戀，在與她的交談之中，深刻感受其致力於文化保持的熱忱，一個人默默的努力想為故鄉保留些什麼，執著的精神，實令人感佩。

拜讀她自行改編而成的這部作品，連動其間的一些情節，還有一些場景的描述，常令人細細玩味；而對情感的細膩描述，更令人動容，深入其中。紅毛丫頭這部特別的創作，不只是訴說著一個感人的愛情故事，穿插連貫著紅毛港曾經發生的史實、以及有趣的風俗民情，會不自覺溫習了一段歷史。

如果你還不認識紅毛港，透過她的作品，或許可以對這塊土地的經歷有了新的認識；而如果你曾經造訪過紅毛港，或是曾經參與紅毛港過往的一員，相信這部作品可以帶給你曾經熟悉的感動。

華維國際　陳慶仁

目錄

序言 2
前言 5
第一章 相遇 7
第二章 苦澀的等待 39
第三章 情意滋漫 57
第四章 遲來的告白 75
第五章 情定 101
第六章 美麗的初約 119
第七章 澐海相伴 143
第八章 燕爾新婚 161
第九章 別離在即 185
第十章 行船人的愛 209
第十一章 天倫之樂 231
第十二章 無情的捉弄 257
第十三章 再見，紅毛港 279
尾聲 292
後記 299

前言

這是一個純樸漁村的故事。

——紅毛港——

位於高雄市小港區，即高雄港的東南端。

它的名字與地理位置，令許多人感到陌生，其實紅毛港早擁有三、四百年的歷史。

民國五十六年時，紅毛港和旗津還緊緊相連，在開闢高雄港第二港口後，旗津才成為現今大家所熟知的海島；而紅毛港則成為一面接連陸地大林蒲、三面環海的狹長沙洲地形。紅毛港全長不足四公里，寬度約三百至五百公尺，總面積約一一二公頃。

漁村雖小，但曾締造過輝煌的好成績。

早期全台十五個著名的漁港中，紅毛港的漁獲量排名第十二。

民國四十年，紅毛港捕撈飛魚的成績位居全國第一。民國五十年，紅毛港是台灣烏魚的主要產地，有「烏魚霸王」之稱。民國六十年，紅毛港因善於「單拖網漁船」而盛名，最高峰時期，港內曾擁九百艘 1200—1500 匹馬力的卡越仔漁船。民國七十年，有「草蝦王國」之稱，全台的草蝦有 74.3% 由紅毛港養殖供應。

祖先百年傳承，紅毛港人所賴以為生的漁業榮景，最終還是不敵大環境的改變。重工業污染，豐碩的海洋資源首當其衝，為成就高雄港國際進出口貿易發展，紅毛港被迫犧牲摯愛的鄉土與長伴百年的大海，自台灣的地圖上消失。

紅毛港，不需要太多的華麗與裝飾，請記得東經 120 度 29 分、北緯 22 度 29 分，那曾是一塊美麗的淨土。

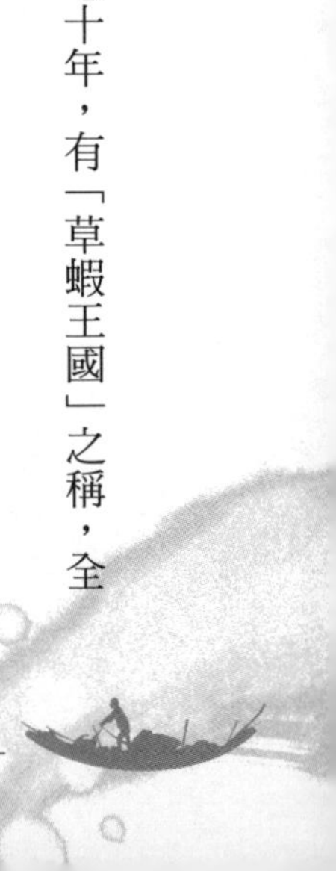

第一章　相遇

民國六十八年七月一日。

水如澐，今年十九歲，即將升讀專科二年級，此刻，她正搭乘「小港壹號」渡輪前往紅毛港。

享受迎面拂來暢涼的海風，與船隻駛前衝破激浪的快感，身體不停地逐波擺盪，害初次搭乘渡輪的她差點暈了船！早知道，就不該貪婪眼前遼闊的海景，硬是待在機車停放區內觀賞，下回該要有自知之明，進到船艙內入坐才是。不曉得自己究竟是哪條神經接錯？今天，居然會獨自搭乘渡輪前往陌生的漁村！

上次，她隨同哥哥去同學家作客，不經意發現，小港臨海新村南邊有個輪渡站，上頭標示著小港往紅毛港，這引起她很大的興趣。

「紅毛港是什麼地方啊？」水如澐忍不住問哥哥，依她靈敏的第六感，哥哥那裡肯定有答案。

「就是一個純樸的小漁村啊！我師大的同學小時候就住在那裡，因為開闢高雄第二港口的關係，他們全家人才搬到這的……幹嘛？別跟我說妳對紅毛港有興趣？」水彥廷瞥了妹妹一眼。

水如澐咯咯地笑著，這位哥哥果然了解她。

「少來，上回是誰跟我到前鎮漁港，差點被港口的魚腥味嗆到翻胃？」

「這跟去紅毛港是兩回事嘛！」水如澐抗議，幹嘛提起她過往的糗事，起碼紅毛港這個地名散發出一股獨特的味道，讓她產生莫名的好感。

「我看妳分明是想靠催吐來減肥。」這個另類的減肥新招，他倒是可以提供給女朋友參考。

「那……改天我們就去紅毛港一日遊吧！」她臉上堆滿笑容迎向哥哥，這不是請求，而是指令。

「誰理妳啊！我沒空。」

兄妹倆的父母都從事教育工作，每年的暑假都會出國旅遊，平時，對他們的管教也算是出了名的嚴格，若是不趁家裡沒大人的時候玩瘋一點，屆時，又得每天上演——趕門禁時間前回到家的衝刺運動了。

「水彥廷……」水如澐眨著溫柔又無辜的雙眼：「哥哥失職的罪刑重大，你……要不要再考慮考慮？」

「要去妳自己去，我私下還有重要的事，妳不在正合我意。」跟屁蟲一隻，誤人大事。

「要去約會？」她不懷好意地問。

「小孩子問這麼多幹嘛？」腦中突然閃過一個想法：「不然……叫我師大的張同學陪妳去，怎樣？我看他對妳好像很有意思。」

嘿嘿，導遊兼護花使者，一舉兩得。

「那算了，我還是自己去好了。」有異性沒人性的哥哥，還想把她往火坑推。

「歹勢啦！妹妹要顧，女朋友也是要呵護。」南北相隔的距離，妹妹肯定無法體會那種相思之苦，算算他還得再熬個幾年，才可能完成學業回來高雄，唉……

「好，反正你們再恩愛，也只有兩個月的時間。」

「如澐真乖，以後一定會找到好丈夫的。」

「最好是，以後我要是沒人愛，你也別想幸福過日子！」

水如澐回想幾天前與哥哥的種種對話，不禁笑出聲。

下午五點的時光，陽光特別金燦，海面波光粼粼，教人捨不得挪開視線。放眼望去這片遼闊的海景，有近海作業的膠筏、遨翔海面的飛鳥，畫面真是美極了！她今天果然沒有白來。

前方已看見渡輪即將停靠的泊岸，目的地近在咫尺，船艙內的遊客與歸民，人人坐在自己的交通工具上蓄勢待發。

「紅毛港我來了。」水如澐滿是期待。

工作人員俐落地跳上岸邊，將手中的粗繩緊緊綁在鐵製的纜磚上，儘管船身與岸邊的平台尚未緊密靠攏，機車騎士絲毫不畏懼，一股腦兒催動油門向外衝去，當地人個個騎術精湛，教人刮目相看。

水如澐選擇最後離開船艙，跨出渡輪便走向平台的邊緣瞭望，另一頭是港口的長堤岸，有零星的幾位釣客正在岸釣，別有一番閒情逸致。她忍不住多看幾眼，這裡的一切，無一不令她感到新奇，直到一旁的工作人員猛盯著她瞧，她才不好意思地走上岸。

水如澐不曉得，在踏上這塊土地後，將完全扭轉她的人生。

◇◇◇　◇◇◇　◇◇◇

往剛才堤岸的方向走去，正好有滿載貨櫃的大船入港，目睹這一幕，水如澐差點拍手叫好！幸好哥哥沒跟來，不然——肯定會笑她是個城市佬，沒見過世面。也對啦！她平時過度埋首於書堆之中，真是該要適度到戶外走動走動，大自然有很多新鮮事，在書本上是挖掘不到的。

觀賞之際，岸邊一道挺拔的身影吸引她的目光。

一名男子正埋頭專注著某件事，長頭髮蓋住眉目，水如澐只能瞧見對方低垂的側臉，原以為漁村的人若不是手拿釣竿，不然肯定會叼根煙、或者隨手拿罐啤酒暢飲，但是……如果她沒看錯的話，眼前這名男子的手上，居然拿著素描筆與繪圖本！

這令她大感意外！

好奇心的驅使下，她忍不住緩緩靠近，男子正在為港口寫生，一手好畫功教人驚嘆！要背讀死書絕非難事，但藝術這種東西若沒有一點點的天份，絕對無法百煉成鋼，起碼要她畫出像樣的圖案來，比登天還難！對於有繪畫天份的人，她總會產生莫名的崇拜感。

「對不起，能不能借我看一下你的……」不經大腦開口就問，連自己都嚇了一大跳！話一出口，水如澐馬上就後悔了。

俯首畫圖的男子被人這麼一喊，於是轉頭過來，望著背光站立的她，自然而然瞇眼以對。

這一秒，雙方互相打量著彼此——

眼前的他頭髮偏長，髮色淺黑帶棕，瞇眼的神情傳達出沉穩的歷練，下巴則有明顯的鬍渣，看起來有那麼一點頹廢的味道，但他卻擁有健康的膚色與寬闊健朗的身形，雖然只是穿著素色無袖上衣與運動長褲，卻意外地好看！

最吸引她的是……

他散發出一股無畏的氣魄！

渾然天成的魅力，彷彿長年在大海中乘風破浪的歷練下，自然堆砌而來的。

教水如澐當場愣怔！

而她，雖然逆著光，但濃厚的書卷氣質依然可見，她有對圓又清澈的溫柔眼眸，紅唇皓齒、皮膚白皙，體形略為嬌小，穿著一身淨白更顯得清新脫俗，如流泉般的黑髮與及膝的絲裙，迎著海風飄逸，模樣像是……

下一秒，男子轉頭繼續作畫，像當作她根本就不存在一樣。

什麼！？水如澐覺得晴天霹靂！

哥哥不是說漁村的人都很熱情嗎？怎麼她今天就碰上釘子？難道對方聽不懂國語？……可能嗎？回去她肯定要好好數落哥哥一番，如果他肯陪同前來，起碼她也不用獨自一人處在陌生的環境，還被人拒於千里之外。

水如澐總算能體會，那些平時遭她漠視的追求者，心裡的感受為何了。以往的自己居然連頭也沒抬起來過，原來……遭人冷落的滋味是如此難受！下次，她絕對會檢討改進。

想到這裡，突然覺得眼前的男子剛才那樣，還算是有禮貌的了。

而他的身旁還有一位年齡相仿的釣客，應該是同行的友人，反倒是這位朋友猛抬起頭看她，連眼都忘了眨，不過，下一秒，卻遭男子當場用厲光喝止，他只好迅速將目光調回海面，專心觀看魚餌的狀況。

……算了，今天果然不是我的天，若是繼續待在這裡吹冷風，她會尷尬死的。

水如澐走回剛才的渡口，那兒有間古早味紅茶店，裡面販賣一些雜貨，她決定進去瞧瞧。

◇◇◇　◇◇◇　◇◇◇

「汪汪——」

才剛跨進店內，迎接她的居然是一陣無預警的狂吠，嚇得水如澐心跳險些停止！

眼前這隻兇猛、白黃混色的中型犬，咬著牙正準備朝她撲來，她驚恐地撫胸退後，正猶豫該不該轉身逃命？

可惡的水彥廷！等我回去後，你就死定了……

「小白回來！」吆喝聲來自一名身材圓潤的中年伯伯，他正喝止逐步逼進的狗兒；聽見主人的叫喚，牠只好搖著尾巴，乖乖回他身邊撒嬌。

「小賊小賊，歹勢蛤……」阿伯用台語向她致歉，說話的口氣散發出濃濃的酒意。

驚魂未定的水如澐循聲望去，這才開始打量眼前的一切。

店內陳舊的壁面映襯一屋子的幽暗，屋內唯一的照明來自一扇小窗，灑落的光線與四周的漆黑形成強烈的對比，窗下的矮桌擺滿各式各樣的小菜，酒瓶則是散落一地。此時，有三個男人正聚在一起喝酒，瞧他們個個滿面通紅的模樣，不難猜測醉意匪淺，其中一名裸著上身的中年人已不勝酒力，當場醉趴在桌上；另一名略為年輕的男性則瞇著不懷好意的眼直盯著她，水如溎被看得意亂心慌，趕緊別過臉去。

從小到大，自己接觸的環境大多是學校、圖書館、家裡，或是隨同哥哥外出，已習慣處在光亮地點的她，今天——要獨自面對這群酩酊大醉的粗人，心裡確實毛毛的，幸好戶外豔陽依舊，若是發生事情，起碼還可以大聲呼救，即使本身略懂台語，但為了自身的安全起見，待會，不管這些人開口跟她說了什麼，她一定要裝死當做聽不懂。

阿伯瞧她杵在原地毫無反應，則改用國語高喊：「水姑娘——」

噢！老天爺，對方居然知道她姓水！水如溎不敢置信，快被來人嚇破膽！

「妳外地來的厚？阿伯為剛才的素跟妳收對不起，來來來……進來裡面坐，偶請妳喝兩杯……」說話的同時，阿伯已逕自起身主動上前邀約，醉意不淺的他，步伐顛得厲害，叼著香煙的手也沒閒著，朝她熱情猛招；身邊的狗兒見狀，自然跟隨主人一塊逼進。

天啊！這回她嚇得可不輕！

水如溎是想立即逃命沒錯，但瞥見那隻兇悍又沒有綁繩索的中型犬，打從一開始就虎視眈眈盯著她，張牙暴厲的模樣似乎是在預告：待會，她若是膽敢拔腿就跑，就別怪牠展開撲追獵物的本能向前衝咬！想到這裡，雙腿早已發軟不聽使喚，僵在原地的她急忙用眼神求助一旁的老闆娘，老闆娘不僅滿臉疑惑，還誤以為是自己的身後有異狀，頻頻轉頭察看，完全無法理解她的用意。眼看自己躲不過這場災難，此時此刻，她也只能提起僅剩的力氣掩面，再也不敢往下看了！

救命吶……

及時出現的身影，擋在她面前——

阿伯朝她伸出的那隻手，正好被男子擋下，他順勢往自己的肩上一攬，順手叼走上頭的香煙，接著用道地的台語說：「萬順伯，你喝多了，小心萬順伯母正四處在找你，回去後你可要跪算盤了。」

……這聲音是？

逃過一劫的水如澐趕緊抬起頭來，眼前的背影不就是……

男子扶阿伯坐回原位，寒喧幾句後，蹲下身與小白玩了一會兒，安撫好一切，才走向老闆娘說：「二杯紅茶。」他單手接過飲料，望著一旁呆愣的她，說：「走。」

瞧她還杵在原地，他順手拉她一把，半拖半拉將人帶離現場。

走沒幾步他迅速放開手，在她還來不及咳嗽之前，早已將香煙丟在地上，並且順腳踩熄，瞟她一眼道：「下次自己小心一點，妳太顯眼了……」

顯眼？水如澐低頭檢視，猜測是因為自己的穿著打扮，讓當地人一看就曉得她是從外地來的關係。看著地上熄滅的煙蒂，她忍不住問：「你不抽菸嗎？」奇怪，今天是吃錯什麼藥？不然話怎麼特別多？

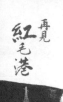

他沒回頭，只淡淡回應：「我不喜歡菸味。」丟下話的同時，人已大步朝剛才的堤岸邁進，看樣子，他似乎「又」不理她了。

望著男子離去的背影，她心中產生莫名的焦慮，顧不得該有的矜持，急忙脫口：

「對、對不起，為了老師派的暑假作業，我必須深入了解紅毛港的文化，你你……如果不介意的話，這幾天可以幫幫我嗎？我人生地不熟的，實在不曉得該找誰幫忙……」她愈說愈小聲、愈說愈心虛，萬萬沒想到……自己居然會為了一個初次見面的陌生人說謊！看樣子，她似乎把近二十年來的勇氣一次用盡了。

她目前就讀北部學校的女子電子資料處理科，就算有暑假作業，八竿子也搆不著文化研究的邊。此刻，還真想挖個地洞鑽進去，待會，如果又被他拒絕的話，她可能會羞愧到想要跳海吧！

紅毛港，真教她畢生難忘吶！！

聞言，他瞬間停下腳步，幾秒鐘後才緩緩轉身：

「妳有四天的時間，四天後，我就要出港了。」

◇◇◇　◇◇◇　◇◇◇

水如澐真沒想到他居然答應了！

他們約好明天早上十點半在渡船場碰面，她正好利用剩餘的時間做功課，不然，明天肯定會漏餡的！關於紅毛港的種種她一無所知，總不能直接問對方叫什麼名字？今年幾歲？興趣是什麼？有女朋友嗎？就怕還沒問完，對方早被嚇跑了。

慶幸，她還能求助於哥哥的同學。

搭著渡輪回程的水如澐，難掩波動的情緒，雖然迎著涼風，卻吹不散兩頰羞赧的熱度，只要回想自己方才大膽的行逕，她就快羞得不支倒地。

她一會兒發呆、一會兒臉紅掩面、一會兒又吃吃地傻笑，全然不知同船的人早已投射異樣的眼光。

沒想到這女孩看起來挺漂亮的，卻看似有精神異常的疾病，真是造化弄人吶！

夕陽偏向西落，渡輪也已遠離岸邊，她已看不見他的蹤影，忍不住憶起他高眺而寬厚的背影——這令她產生一股莫名的安全感。望著手中的紅茶，這是剛才道別時，他突然塞給她的，水如澐忍不住輕啜幾口，紅茶微甜又有木炭燻香，果真有一股幸福的古早味。

美麗的紅毛港、火紅的夕陽、微甜的紅茶、泛紅的雙頰、還有他……

「明天見。」

另一頭，堤岸邊的兩人。

「喂，剛剛那位小姐下船的時候，我發現你有偷瞄她喔！」七仔忍不住揶揄。

「我在畫畫。」白海文隨口搪塞。

「賣假啦！對了，真沒想到我們哥倆這麼有默契，才剛覺得口渴，你正好起身去買紅茶，而且……你還買了『兩杯』。」七仔話中有話，誰不曉得好友根本就不喝甜飲。

「有麻煩人物在那裡喝酒。」

原來如此。「所以……你是去英雄救美，不是專程幫我買紅茶？」七仔不懷好意地賊笑，滿意地吸著手中的茶飲。

「……」

「對了，你為什麼要答應她的請求？」

「幫家鄉宣傳百年文化。」白海文回答的極快，似乎早就做好問題的準備。不過，這裡確實會吸引一些人前來探究與攝影，當地人早就見怪不怪。

「喔……」從明天開始做功德，是嗎？

白海文突然問：「我的樣子看起來很兇嗎？」不然，對方怎麼和他說話都會發抖？

「當然兇啊！連我都感到害怕呢！」七仔隨口應和，卻是心想：不是一直都這副海盜樣嗎？哪有什麼差別？

正想問，剛才為什麼不准他看那位小姐時，好兄弟早已逕自起身打算離開。

「喂——你要去叨啦？」吼，居然不等我！今天是怎樣，一直吃錯藥？

◇◇◇　◇◇◇　◇◇◇

晚上七點，高雄市前鎮區草衙。

水彥廷兄妹在住家附近一同吃過晚餐，離開店家沒多久，水如澐總算鼓起勇氣開口：「哥，你能不能給我那位……紅毛港同學的電話？」

「喲，妳想通了，要人家陪你去了？」

「才不是呢！我只是……有點好奇紅毛港的歷史文化。」她一臉心虛。

「妳什麼時候對紅毛港這麼感興趣？」其實他經常聽同學提起，多少也知道一些，不過，為了幫好同學製造機會，水彥廷決定裝傻。

「好，我回去就幫妳撥電話給他。」

「謝謝！」有哥哥真好。

「但是妳別講太久喔！待會我還要和女朋友熱線。」情人的世界裡，時間永遠不嫌多。

水如澐開心極了，主動勾起哥哥的手臂，回想今天發生的點點滴滴，兄妹倆的臉上都掛著一抹幸福的微笑，他們踩著皎潔的月光，一起踏上回家的路。

◇◇◇　◇◇◇　◇◇◇

第一天。

水如澐特地帶了本筆記，在船靠岸之前，她已經找到他的身影。

他倚著欄杆背對著渡輪，陪伴身旁的是昨天那位釣客，她加快步伐朝他們走近，這才發現……

他居然剪頭髮了！下巴的鬍渣也全數刮除，雖然目前頭髮的長度還是比平常人略長一些，但臉上的頹廢味盡散，換來一股海中之子的陽光味。

好看！她打從心裡讚賞。

「嗨。」七仔率先打招呼，水如澐面帶微笑點頭回應。

白海文這才轉身，抬高下巴示意她跟著他們走。

步行一小段路，他們走上一個長階梯，那兒有個荒廢的建築物，水如澐抬頭一看，居然是個「高」字的建築，外觀非常特別，忍不住發問：「……這是？」

「二港口廢棄的信號台。」

他們到達一處可以遮陽又能看海的位置，白海文率先拍打長椅上的灰塵，接著抬頭詢問：「介意嗎？」

「不……不會。」有了昨天的經驗，她今天特地穿著褲裝，免得強勁的海風吹起裙襬，造成不便。

他們三人一塊坐下，七仔則坐在兩人的中間。

水如澐拿出紙筆來：「不好意思，為了詳細紀錄，我方便留下你們的真實姓名和簡略的資料嗎？」咳，她心跳彷彿快停止了！為了騙取對方的資料，她居然會採取這種方法。

這是為了他，第二次說謊。

七仔搶先回答：「我叫鄭成七，大家都叫我七仔，今年二十二歲，上面有兩位姊姊，不過都嫁人了，家裡只剩下我還沒結婚，我學歷有國中喔！目前從事捕漁的行業，我的興趣是……」

七仔霹靂叭啦、沒完沒了扯了一堆廢話，一旁的白海文冷睨他幾眼，早知道就由自己先說。

「沒關係。」她笑紅了臉，多虧七仔暖場，如果單單只有他們倆，她肯定會緊張到連呼吸都有困難。「那你呢？」

「我叫白海文，二十二歲，國中畢業，目前從事漁業。」

白海文……她在心裡反覆默念，這個名字很適合他。

「我是水如澐，十九歲，目前還在讀書，介意我直接叫你們的名字嗎？」

白海文點頭；七仔則是紅著臉說：「嗨，如澐，很高興認識妳。」

「妳想要了解什麼，現在可以開始了。」

首先，她問了普遍大眾都感到好奇的問題。

「紅毛港這個名字是怎麼來的？」

「西元一六二四年，也就是三百多年前，荷蘭人在大林蒲與紅毛港中間的海潮帶出入，早期台灣人對荷蘭、西班牙人都稱『紅夷』或是『紅毛』，因此與它有關的地點、建築，都會冠上『紅毛』這兩個字來命名，據說紅毛港這個發音，指的就是『荷蘭人之江』。」白海文清楚地解說。

「哇！你知道的還真多！」七仔只曉得荷蘭人曾經來過。另外，還有一件事情讓他猜不透，究竟兄弟今天堅持要他全程作陪的理由是什麼？他回答之後幫他拍手叫好？自己怎麼猜想就只有這種可能。

水如澐努力抄下重點，和手邊的資料相比，他確實說得很詳盡。

「紅毛港能擁有三百多年的歷史，最重要的因素是……？」

「早在荷蘭時期前，紅毛港這一帶就可能已經有人在此活動，紅毛港當時擁有寬闊的港灣，是下淡水溪的出海口，地理位置容易吸引許多漁民經過，起初漁民只是把它當作捕魚後的休息地點，後來開始慢慢在此定居，逐漸形成聚落，這裡可以算是高雄最早發展的地區。」

「連這個你也知道！」七仔驚呼！奇怪，究竟是他上課不專心？還是老師根本沒有教這些？

白海文瞪他一眼，給了一記你很吵的眼神。

「聚落的意思是？」水如澐極為認真，完全沒被干擾。

「聚落指的是同姓的家族，也就是有血緣關係的部落，紅毛港目前有五大聚落。」

「意思是說：有五大姓氏嗎？」

白海文點頭：「五大姓氏有：楊、吳、李、洪、蘇。五大聚落則稱為：埔頭仔、姓楊仔、姓李仔、姓洪仔、姓蘇仔。」

「什麼是『埔頭仔』？為什麼只有它不是以『姓氏』來命名？」

「『埔頭仔』是指墳地前端的土地，因為內陸全被其他姓氏住滿了，後來遷入的族群只好往聚落的兩旁延伸定居，由於這一帶參雜的姓氏較多，再加上靠近墳墓的關係，所以僅以『埔頭仔』來總稱。」

「原來是這樣……」她有些疑惑：「但是，你們一個姓鄭、一個姓白？」

七仔總算找到自己可以回答的問題，趕緊搶話：「我是鄭成功的後代，姓白的是偷渡客！哈哈……」

白海文出其不意踩了他一腳。

「哎呀——」七仔垮下臉唉嚎，只是開個玩笑嘛，幹嘛這麼認真……

「呵呵呵！」水如澐笑出聲，臉上的紅暈為自己增添幾分少女的柔媚。

「紅毛港雖然有主要姓氏的家族，但不代表那一區沒住其他姓氏的居民，其實這裡參雜的姓氏非常眾多，原本還有『姓張』的家族，民國五十六年紅毛港和旗津還接連在一塊時，張姓的聚落就剛好住在那一帶，為了因應二港口的開闢計劃，民國六十一年，兩百六十戶的張姓家族才遷至小港的鄰海新村，這也成為第一批遷村的紅毛港人，旗津才因此變成一個海島。」

「旗津？紅毛港和旗津原先連在一起？」她感到不可思議。

「嗯。」白海文指向前方不遠處：「對岸也有一個高字建築的信號台，那裡就是旗津，原位置的地名稱之為『崩隙』。」

水如澐順著他手指的方向看去，果真找到另一個高字建築，兩兩隔海相映。

絕大部份的人對旗津這個地名頗為熟悉，但卻極少人曉得紅毛港，原來，它們曾經有過這麼深的淵緣，她也是今天才曉得。

他們一問一答的過程中，七仔這個多餘的大燈泡，老早就閃到一旁去看海，兩人的中間已無任何障礙。

一個多小時後。

「喂！就算你們真的不餓，可以先放我去吃飯嗎？」七仔跳出來抗議，哀怨地指著腕上的手錶：「現在已經快要下午一點了。」

啊！水如澐嚇了好大一跳，她居然問了這麼久！實在有點不好意思，不過，重點是……七仔究竟是什麼時候溜到一旁的？她全然沒發現，這算是過度專心？還是過度專情？

白海文率先站起身，未徵詢她的同意，開口便道：「走，一起去吃飯。」

三人頂著高掛的豔陽，一路上，在七仔幽默風趣的串場下，為彼此初識的情誼寫下美好的開始。

結束今天的訪談，晚上，水如澐在本子寫下：

白海文，他的人和他的名字一樣特別，以前，我沒有注意到漁民面對險惡的海上生活，會自然散發一股無畏大海的氣魄，雖然他只有國中畢業，但卻有文學涵養的氣息，讓我個人非常欣賞。

◇◇◇　◇◇◇　◇◇◇

第二天。

白海文帶水如澐穿梭在紅毛港的小巷內。

她邊走邊問：「為什麼這裡常用『海汕』來命名？海汕代表的是什麼？」從她剛才一路上的記錄，有海汕國小、海汕派出所、還有貫穿紅毛港的主要道路——海汕路，讓人不得不好奇「海汕」的意涵。

「紅毛港三面環海，屬於狹長的沙洲地形，海汕指得就是『海線』的意思。」白海文面帶微笑，沒想到她會觀察入微。

一早繞到中午，他們走過數不清、縱橫有序的小徑，她也有一點小收獲。

「巷內房子的排列方式，有特別的用意嗎？」

「嗯，主要是為了防止強大的海風，所以建築上多數住宅會採坐『西南』朝『東北』，主要的格局有一條龍式、L形或是ㄇ字形的三合院，因此，夏天的午後只要搬張躺椅在巷子內，就有舒適的海風吹拂。」

原來是這樣……不僅是格局經過設計，連房子都古色古香，這裡的房子大多數只有一、二層樓的高度，陽光灑在巷弄間，逸出一股悠靜之美，教人不自覺放慢腳步，沉浸其中。

「紅毛港的建築極有文化特色，給人一種走入時光隧道的錯覺。」她摸著老房子邊讚嘆，真的好美！

白海文凝視她，平靜的心漾起微妙的變化：「紅毛港內的建築包含清代、日治時代與戰後，一直維持在五〇年代，房子之所以會這麼老舊，是因為民國五十七年開始禁建到現在。」

禁建？她雖然不了解為什麼，但順手推算年份，禁建居然長達十一年了！

「是為了保留它的歷史文化嗎？」她天真的以為。

「剛開始限建，是因為這裡被劃入臨海工業區內，三、四年後，又認為紅毛港的人口和建築太過密集，不太適宜，所以撤銷工業用地。後來，又遭到禁建是因為……」他的聲音開始沉重，神情也逐漸嚴肅起來。

「既然已被撤銷工業用地，那為什麼還禁建？而且，紅毛港不過是個純樸的小漁村，會被規劃在工業區內，實在太令人匪夷所思了！」她不平地說。

原先與她並走的白海文，突然停下腳步，水如澐總算察覺他的不對勁，小心翼翼地問：「怎……麼了嗎？」

「文化是不能當飯吃的，它與經濟利益相比，根本就一文不值。」他冷冷道，目光瞬間凍寒。

她不明白話中的意思，但，瞧他此刻深鎖的眉頭，她的心似乎也跟著揪在一塊。

兩人無聲僵持著，直到一個聲音打破僵局。

「海文，我已經好了——」七仔在他們身後的巷尾高喊。

水如澐依然看著白海文，一臉擔憂的她，渴求能從他的口中聽見答案。

「走吧，可以休息了。」他面無表情，率先往回走。

跟在身後的水如澐，隱約察覺他的步伐有些沉重。

◇◇◇　◇◇◇　◇◇◇

「可以準備開飯了。」白海文放下最後一盤菜，隨後，馬上進屋內盛飯。

水如澐瞪大美麗的雙眼，望著一桌的佳餚顯得難以置信：「這些是海文煮的？」

七仔點點頭：「他剛才吩咐我去市場買菜，我順道弄了一道湯品過來，還買了一些滷料，剩下的全是海文一手包辦。」

什麼！？她數著桌上的美食：蕃茄炒蛋、沙茶炒螃蟹、燙青菜、涼拌苦瓜、清蒸鮮魚……三個人吃這些也未免太豐盛了吧！

「你、你們兩個人都會作菜？」

七仔徒手抓起一把菜往嘴裡送：「妳不曉得漁民經常在海上解決三餐，料理和捕漁一樣都是基本功夫，怎麼，很訝異嗎？」

真的非常訝異！「這兩天一直麻煩你們，實在很不好意思。」昨天，海文請吃午餐，原本打算今天換她請客的，怎麼曉得……

水如澐的目光突然轉向一旁，忍不住壓低音量偷偷詢問：「七仔，這間房子是……？」她指著白海文目前出入的地點。

「那是海文住的地方。」七仔指向另一邊：「我就住在他家對面。」

「他一個人住？」

「海文的父母和大哥住在巷前的馬路旁，因為哥哥已經結婚生子了，再加上原先住在這裡的奶奶過世，所以，他就自己搬來巷尾住。」

原來，他就住在海汕國小的圍牆邊，水如澐的眼睛瞬間發亮，即刻往牆上看去，然後，開始默背門牌號碼。

白海文盛了三碗飯出來，一一遞給她與七仔。

兩位男士早已自行開動，只剩水如澐還捧著飯碗發呆。

靜謐的午後，巷內吹來一陣海風，零丁的幾片落葉飄至牆角，露天的午餐是一張簡易的矮桌，搭配手工釘製的小矮凳，桌上的美食當前，飄散的香氣蒸騰於眼前，水如澐的心中湧上莫名的悸動，原來……這樣純樸的環境也可以讓人擁有無限的單純與自在，她覺得自己正一分一秒地愛上紅毛港，還有……

不自覺將目光瞟向白海文，正好對上他的炯炯有神的雙眼。

白海文已經觀察她許久，她全然沒有察覺。

「屋內太小了，所以挪到戶外吃比較舒適，我已經沒事了，妳快點趁熱吃吧。」

……他沒事了？水如澐思索著這番話，恍然明白話中的暗示！下一秒，不曉得自己有沒有看錯？她發現，此刻，白海文給了一記極淺的笑容，害她當場失魂地愣在原地。

七仔再次打破局面——

他迅速從湯裡挾塊魚肉給她：「如澐，吃看看，保證外面吃不到。」

白海文緊盯這一幕。

水如澐不好意思拒絕，只好在他們的目光下配合著吃，只不過……這魚皮怎麼又厚又硬的？魚肉也得耗費一番力氣才有辦法咬開，她忍不住問：「……這是？」

七仔賊笑著，等著看好戲：「呵，可愛的海豚。」

「噗——」水如澐嚇得花容失色，當場吐了出來：「咳咳……」

白海文迅速遞上衛生紙，順手輕拍她的背，接著轉頭瞪七仔，沒好氣地說：「幹嘛捉弄她……」無聊。

七仔呵呵大笑，將兩人微妙的反應與互動盡收眼底：「既然，你們都不對胃口，那我只好拿去餵小白嘍！」

返家後，晚上，水如澐在本子寫下：

今天我好幸福喔！吃了滿滿一桌的山珍海味。

還有，幸福的門牌號碼：高雄市小港區海汕四路一〇九號。

◇◇◇　◇◇◇　◇◇◇

第三天。

白海文預定帶她去廟宇參訪，不過，家裡臨時有事先行離開，暫時將她托給七仔照料，待他回來，就瞧見眼前的景象。

「七仔——你太壞了！」水如澐緊握著拳頭，燒紅的臉像是被灌了一瓶紅酒，她羞得猛跺腳，七仔則是蹲在地上笑到飆淚。

這……

白海文看得傻眼：「怎麼了？」

看見救兵回來，水如澐忍不住控訴笑翻的那個人說：「七仔故意害我出糗——」丟臉丟臉、她真的丟臉死了！稍早，七仔要她把『我堅強富國』五個字倒著念，她不小心上當也就算了！耳提面命自己千萬要小心，沒想到……還是被七仔再擺一道。

「什麼？」白海文一頭霧水，只見七仔已經笑到說不出話，他只好把疑惑轉回她身上。

她吞著口水，只好鼓起勇氣說：「七仔剛才帶我去菜市場逛街，然後，突然麻煩我去幫他買魚，他還交待說：一定要請老闆娘幫忙把魚鱗和內臟處理好……」

「嗯。」他聽不出問題所在：「所以呢？」

她開始吞吞吐吐：「結……結果……我照做了，老闆娘居然說……」接著，她模仿老闆娘台灣國語的聲調：「小賊，妳沒事做的話，可不可以不要來找偶們麻煩啊？我魚不賣妳了啦！」

「？！」什麼，他怎麼不曉得市場內，有這麼一間態度不佳的魚販？不過，聽她剛才模仿的語氣，讓人很想發笑。

他還是不解：「究竟七仔要妳去買什麼魚？」不然，魚販為什麼要生氣？

她不禁面紅耳赤，壓著不能再低的頭皮，聲細如蚊說：

「——魩、魩仔魚。」

◇◇◇　◇◇◇　◇◇◇

「可惡！你又在偷笑了！」水如澐狠狠拍打白海文的背，一路上的廟宇參觀，她已經察覺他偷笑好幾次了，雖然背對著她，但很明顯的，肩膀一直在抽動。

被她發現後，他自然不再壓抑，轉而放聲大笑。

「哈哈哈——」

今天慘痛的教訓讓水如澐發誓：下次，她絕對不與七仔單獨相處。幾天下來，這小子居然已經整了她三次！三次耶！

「白、先、生，請問，我可以問重點了嗎？」她今天的進度幾乎一無所獲。

「咳，可以。」話才說完，白海文又笑了。

結束今天的相處，睡前，水如澐在本子寫下：

今天唯一的收穫：笑聲不斷。

還有，他笑起來真好看。

◇◇◇　◇◇◇　◇◇◇

第四天。

水如澐刻意把時間約在下午，一來，可以不用麻煩他們招待午餐，二來，她希望今天可以待晚一點再走。

今天，七仔沒有隨行，她就算曉得也無心多問，只要想到這是他們相處的最後一天，沉悶的心情不難想像，連白海文都查覺到了。

他們步上一道小階梯，來到一條狹長的小徑上，上面可以俯視一旁的矮厝，礙於寬度不方便讓兩人並行，所以，他們只好一前一後走著。

「這條是外海的堤防，主要是用來抵禦海水的侵襲，早期海水都直接衝進家門後，讓漁民的生命財產飽受威脅，民國四十四年五月，海堤總算完工，全長約有兩公里……」白海文察覺身後沒有任何回應，於是停下腳步。

漫不經心的水如澐，就這樣一頭撞了上去。

「對、對不起，我不是故意的。」她摀著撞疼的鼻子，連聲道歉。

「妳沒事吧，身體不舒服？」從今天見面開始，她的臉色都不太好看。

水如澐抬頭迎上他關切的眼神，害她突然有點想哭的衝動。

昨天，七仔帶她去菜市場的路上，單刀直入地問：「妳很喜歡海文，對吧？」

她差點仆地！是她表現得太過明顯嗎？如果連七仔都發現了，那麼他……

「要繼續走？還是回家休息？」

「繼續。」她恨不得一直走到天黑。

他們走下狹長的海堤，步行大約三、四分鐘的路程，穿過一條大馬路，來到一片樹林之中。

「這一片是木麻黃，也就是俗稱的防風林，繼續向前就是沙灘，也是當地人俗稱的『外海』。」

水如澐呆立著，全然沒聽仔細，只是不斷望著前方挺拔的身影，光線不規則灑在他身上，那頭像混血的髮色變得更加閃耀奪目，健康的肌膚搭配充滿力道的肌肉線條，讓她不禁看得出神！

現在，她也只能靠這些畫面來典藏記憶，想到傷心處，不免又開始心神恍惚，不自覺拖著沉重的步伐，漫漫往樹林的反方向走去。

「如澐、如澐？」白海文在後頭不斷地喊著，卻不見回應。

「如澐——」

恍然聽見急促的步伐與疾聲的叫喚，水如澐這才如夢初醒，趕緊抬起頭來。

結果……

「啊——」她立刻尖叫出聲，基於本能轉身就跑，然後，一頭往他懷裡撲去。

真沒想到，樹頭上居然會吊著一隻死貓！屍體經過風吹日曬，雖然已經有一點乾枯了，但乾屍的模樣還是極為駭人。

「沒事，這是老一輩的習慣，『死狗放水流，死貓吊樹頭』，下次到其他地方的防風林，若是看見樹上掛著一包塑膠袋，就千萬別靠近。」

平靜又富有磁性的嗓音，自她的頭頂上傳來，而她此刻正緊抱著某人不放，指尖傳來他身體的溫度，連彼此的心跳聲也聽得一清二楚，沒想到意外的小插曲，竟讓她撿到額外的福利，雖然迷戀這個溫暖的位置，只是……誰來教她該如何抽身呢？如果，他不介意的話，她可以繼續裝死賴著他嗎？

「我們去海邊走走。」白海文主動拉開彼此的距離，順手拉著她往一旁帶，免得她待會不小心轉身，又會瞧見剛才的景象。

◇◇◇　◇◇◇　◇◇◇

心不在焉、視而不見、聽而不聞，就是水如澐今天的最佳寫照。連白海文剛才第一次叫她的名字，她都沒有察覺。

剛才的事件後，他們沒再多說什麼，只是一起打著赤腳步行在沙灘上，享受這片風恬浪靜的美好，夕陽染紅了整片雲與海，陣陣浪潮推波上岸，拍打在消波塊上的聲響不絕於耳。

只有西子灣的夕陽才美嗎？

紅毛港的沙岸緊鄰台灣海峽，少了擁擠的人潮，多了股漁村純樸的氣息，一旁還有他相伴，水如澐覺得最美的夕陽就在這了。

白海文選了一處坐下，她自然跟進。

如果可以的話，她真希望今天的夕陽不會落下。

「需要帶妳去收驚嗎？」他望著夕陽問。

「我真的沒事，謝謝。」她不是該收驚，而是收不了心。

白海文一直眺望著遠方，正好給她偷瞄他的機會，只是，不曉得這樣安靜的氣氛一直維持了多久，就怕看見星星出現，他們依然無所進展，機會是給肯爭取的人，水如澐決定提起勇氣。

「你們明天出港後，多久才會再回來？」這點是她最關心的事，這四天下來，完全沒有機會聊到他的工作，她很想知道。

「不曉得。」

……不曉得？她在心裡不斷地反覆這句話，他是真的不曉得自己什麼時候會回港？還是故意不讓她知道？水如澐覺得心頭一陣絞痛。

「我們走遠洋的會去多久，沒有一定的時間表。」此時，白海文才轉頭看她。

遠……遠洋，她有些怔住。這樣是去一年、兩年、還是三年？

「可以給我你的電話嗎？我等你回來。」最後一句，任誰也聽得懂話中的含意。

電話？裝設一支電話要四萬元，比照今天的金價一錢也才一千三百多元，目前，他住的那附近只有少數人家裡有電話，若有其他來電，全賴這幾戶人家協助叫人，所以，他實在不太適合留下鄰居的電話號碼給她，畢竟一個女孩子家唐突找他，在這種鄉下地方，特別容易引起他人的閒言閒語。

這也就是為什麼這幾天下來，他堅持要七仔陪同的主因，為的就是要避嫌。

「我家沒電話。」他老實說。

白海文剛才思索皺眉的模樣，讓水如澐誤以為是自己太過主動，而惹他不高興，害她握在手心裡寫著家裡電話號碼的紙條，遲遲不敢遞出去給他。

「是……喔。」她此刻的心情，如同那頭的夕陽般，沉到海的那端去。

她超想要放聲大哭！眼淚在紅眶裡打轉，眼前的景象逐漸模糊，她已經沒有把握……忍不忍得住即將決堤的淚水，只好趕緊把頭埋進靠攏的雙腿上。

「要找我的話，可以打給船公司，漁船和船公司都會以電報保持聯繫，船快回港的時候，船公司那裡一定打聽得到消息，這裡有詳細的電話與漁船資料。」白海文拿在手中的紙條，正等著她接收。

水如澐不可置信地抬起頭來，此刻，她笑了……也哭了。

兩人分別後，水如澐在本子寫下：

我等你。

短短的三個字，她卻流了無數的眼淚才寫完。

第二章　苦澀的等待

民國六十八年七月六日。

高雄前鎮漁港。

「海文、海文。」七仔踩著踏板跑下船來：「東西全放妥了，該上船準備出發了。」

「嗯。」白海文站在原地望著遠方，下次，再踏上這塊土地，一別又是幾年的時間。以往出港他總是最了無牽掛的第一個上船，但面對服完兵役後首次的航程，步伐卻莫名變得沉重。

七仔當然曉得怎麼一回事，拍拍好兄弟的肩膀打氣。

「生活總是現實的，凡事要忍耐。」接著，他偷偷附耳問：「昨天，你交待我不要現身干擾，你和如澐有什麼進展嗎？」呵呵呵，他總要犧牲得有價值吧！

「能有什麼進展？是怕你連最後一天，都還想惡整人家。」提起她，腦海中不禁浮現一抹倩影，彼此肌膚接觸的那股暖意，彷彿還盤繞在胸口。

昨晚，她哭紅了雙眼直撲而來，雙手勾住他的頸項，伏在他肩上痛哭了好久，讓他一時之間尷尬到……雙手不知道該往哪擺？甚至，不曉得自己該用什麼立場安慰她？

朋友？還是……

他不是不清楚她對自己的情意，只是，他可以給她承諾嗎？能叫她等他嗎？這四天相處下來，從如澐的談吐和學歷看來，他清楚地明白，彼此的身世背景有一段差距，再加上他目前行船的職業，對方的父母能夠認同嗎？況且，誰能保證幾年後回港，她對他的感情依舊？種種的因素，致使他對這份感情遲遲裹足不前。

這樣也好，免得擔誤她的青春年華。

「喂，少年耶，等幾咧，有你的批！」

後頭突如其來的呼喊，白海文和七仔紛紛轉身。

「好里加在有趕著，七仔喜叨幾位？有小賊寫批要乎里。」阿伯的嗓音極為宏量。

「蝦米？我的批？」七仔受寵若驚！因為信居然不是要給海文，而是要給他！

阿伯趕緊將信交給當事人，並用爽朗的台語爆料：「賣假啦！就『姓李』賣麵的查某囝仔要乎你耶，人早就對你有意思，頂拜你去買滷料，人擱送滷蛋勒。」接著一陣哈哈大笑。

這麼夠力的嗓門，只怕全港口的人都聽見了，有人開始吹口哨助陣。

白海文忍不住虧他：「這麼不夠朋友，居然連我都不知道這件事？」接著低聲調侃：「那……你們進展到哪了？」

七仔紅著臉，現場這麼多觀眾看他表演，實在有點尷尬，只好半開玩笑、半壯膽地誇口：「下次，我回港後她要是還在等我，我就娶她啦！」

此話一出，歡呼聲此起彼落，大伙全拍手叫好：「水水水！阿揑才喜正港的男子漢！」

「喂，七仔、阿海，令擱嗯甘出港喔？」船上的人忍不住催促，言下之意是在下上船的最後通牒令。

七仔羞到趕緊把信收妥：「走啦！再耽擱下去，船長就要出來罵人了。」

漁船準備就緒，待最後的兩人一上船，同行的船員收起踏板，並且高喊：

「起錨！」

一段遠洋的航程就這麼展開。

白海文這麼一走，就是兩年。

◇◇◇　◇◇◇　◇◇◇

民國七十年七月。

水如澐今年二十一歲，已完成三專的學業；而水彥廷也在北部完成一年的教師實習，這回他們總算不用再南北奔波，可以回歸高雄溫暖的懷抱。

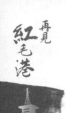

這兩年，水如澐過得極為充實，她固定一段時間就打電話去船公司詢問漁船的近況，後來，連船公司的人都認得她，甚至誤以為她就是海文的女朋友，害她怪不好意思的。

現在，她會主動蒐集紅毛港的相關報導，並將它們剪貼成冊，偶爾會獨自一個人去紅毛港走走，凡是白海文帶她走過的地方，總能勾起心中滿滿的回憶，她喜歡買杯古早味紅茶，一個人靜靜地欣賞夕陽，等待是苦澀的，但她心裡始終是甜蜜的，總有一天，他家的大門會再次開啟。

在還沒認識白海文以前，她只是一個天真浪漫的小女孩，現在，她變得懂事又獨立，不僅上得了廳堂，還進得了廚房，如今，已經可以燒得一手好菜，連父母都對她讚不絕口！

母親陳淑芳看女兒這兩年來的成長，總認為當初逼她去台北唸書，是極佳的選擇，現在成績果然不菲！她總會笑盈盈地說：「該幫小澐找個好夫家了。」

她對白海文的感情事自然沒讓父母知道，但跟感情頗好的哥哥，她的心事從不隱瞞。

「妳也太讓人跌破眼鏡了吧！」水彥廷驚呼！對方居然是個船員，而且跑的還是遠洋路線！他實在無法將「妹妹與漁夫」的畫面聯想在一塊。

「船員也是人呀！而且他極有男人味，哪像你……」哥哥看起來就是一副排骨書生樣，真不曉得，他吸引女朋友的特質是什麼？

水彥廷邊嘆氣邊搖頭：「唉，看來有異性沒人性的寶座，要換人坐了。」

情人眼裡出猛男，這話實在一點也沒錯。

「等一下晚餐你自理好了，我今天不煮了。」討厭鬼。

「不過，妳確定要坦白讓爸媽知道嗎？」水彥廷有些擔心：「妳又不是不了解媽媽的個性，她一直希望妳交往的對象會是老師、警察、醫生、律師……這類的職業，這樣才符合他們的冀望。」

她當然曉得哥哥的顧慮：「我想趁爸媽出國前，找個時間跟他們好好談一談，也許，他們會尊重我的決定也說不定，畢竟時代在改變，而且從事漁業並沒有什麼不好，那是一份令人尊敬與驕傲的工作。」她以他的工作為榮。

水彥廷替妹妹捏了一把冷汗，很怕父母知道後，會掀起一場家庭革命，畢竟身世背景落差有點大，再加上父母親又很在乎學歷，實在很難有退讓的空間。別說是妹妹那邊的問題，就連他現任的女朋友，他們也不是很滿意，總覺得年輕人談戀愛可以，但結婚這種大事，得聽從父母的安排才行。

早期的年代，婚姻大事多由長輩決定，多數人幾乎都是婚後才開始談戀愛，外婆當時也不管母親的意見如何，硬是要她嫁給父親，即使母親心生抗拒，但不可否認，婚後，父親給了他們還不錯的生活。

「現實比愛情重要。」這是母親以過來人的經驗，常對他們說的一句話。

水彥廷的目光落在妹妹身上，忍不住問：「妳為什麼老是穿白色系的衣服？」幸好不是一身黑色，不然，還真會誤以為她長期守喪呢！

「因為白色就是好看。」

為什麼喜歡白色？自從那天白海文跟她說：「遠洋的漁船大多都是白色系，因為在漆黑的大海中看起來比較顯眼。」再加上他本姓白，所以，她自然而然地就愛上白色。

「跟他有關？」

她沒承認，也沒有否認。

「妳確定你們整整兩年不見，他對妳的感情依然不變？會不會突然帶一位外國女友回來？」他很替妹妹擔心。

「水彥廷！！」水如澐氣炸了：「下回你女朋友把你甩了，我一定在旁邊拍手叫好！」當哥哥的居然潑她冷水！而且是一桶超大、又超冰的水，害她差點就凍傷了。

「我不過假設而已，妳的反應也未免太激烈了吧！」居然連我都詛咒下去，這個妹妹真是白疼了。

「我早說過以後我要是沒人愛，你也別想幸福過日子。」

水彥廷笑出聲：「好好，我們彼此都會幸福圓滿的，還有，我很好奇你們感情究竟發展到哪了？」不過才認識五天而已，然後就等人家兩年，這種情操也未免太偉大了吧！

……發展，呃……牽過兩次手，而且都是發生事情被他拖著走，抱過兩次，兩次都是自己撲上去的，這……能說嗎？她愈想臉愈紅，哥哥要是知道這些，肯定會從椅子上摔下來。

水彥廷看了一下時間：「對了，待會我女朋友要來，我先出去買飲料，妳要嗎？」

「好，我要一杯紅茶，而且要有古早味的那種。」

水彥廷的眼鏡差點掉下來：「什麼嘛！紅茶就紅茶，還給我指定口味勒！」這不會又跟他有關吧？

「要是你不嫌麻煩的話，那我要紅毛港出產的古早味紅茶，謝謝。」水如澐這下笑得可樂了。

◇◇◇　◇◇◇　◇◇◇

「海文——」水如澐夜半突然驚醒。

她流了滿頭大汗，連長髮都濡濕了，醒來後發現是一場夢時，才鬆了一口氣。

呼……嚇死我了。

可惡！都是哥哥早上那番話，害她日有所思、夜有所夢，居然夢到不少女生和她一樣，為了做報告全都找上白海文幫忙，而他對待每一個女孩的方式都一樣親切，於是，有大票女生全跟她一樣，都盼著他回港。

想到這裡，她已睡意全消，走近書桌將檯燈點亮，從書架拿出一大本剪貼簿，裡頭全是關於紅毛港的新聞報導，這兩年來，她花了不少心思整彙。

翻開剪貼簿，這一頁是關於紅毛港長期禁建的主要因素。

※民國五十七年，紅毛港被劃入「臨海工業區」內，即實施限、禁建。

※民國六十一年省政府字函：紅毛港地區建築密集，不宜開發為工業區，因此劃出工業區外，當地應實施「鄉街計畫」。

※民國六十三年，港務局提紅毛港為：大林商港區計畫，致使紅毛港的鄉街計畫停止，紅毛港又遭禁建。

※民國六十八年，行政院核定紅毛港劃為「高雄港大林商港區——第六貨櫃碼頭用地」，紅毛港未來將面臨遷村問題。

她反覆看著「紅毛港未來將面臨遷村問題」這斗大的幾個字。

自己造訪紅毛港不過幾次，對於當地的歷史文化與純樸環境都產生極大的好感，更別提白海文在那裡土生土長，往後要面臨遷村問題時，心底會多沉痛？這也難怪他當時會說出那句話。

「文化是不能當飯吃的，它與經濟利益相比，根本就一文不值。」

現在，她總算完全明白了。

再翻到另一頁，這部份是紅毛港與工業發展的相關報導。

※在國民政府大力的推動下，高雄發展成為重工業的重鎮，其中「臨海工業區」為台灣規模最大的綜合工業區，內設海綿鐵工廠、大鋼廠、火力發電廠、油港、造船廠等，總面積達 2600 多公頃，範圍包含前鎮、草衙、小港、大林蒲等地。

※民國五十一年，高雄港內旗後至紅毛港一帶的養殖場，已屢遭工業廢水污染。

※民國五十三年七月一日，台灣省議員余陳月瑛要求政府重視高雄縣小港鄉紅毛港內海一帶，養殖業慘遭工業污染、魚類被毒死的問題，以挽救漁民的生計。

※民國五十九年七月，中油大林廠 D-42 油槽破裂，造成第一次污染，五萬公秉原油湧入內海，鄰近上百公頃的魚塭首當其衝，當地居民損失慘重。

※民國六十二年一月三十一日，「台灣區舊船解體工業同業公會」選定於紅毛港地區，自建十二座解體船的碼頭。

※民國五十六年七月二十九日，高雄港第二港口開工典禮於紅毛港舉行，並於六十四年七月十六日舉行通航典禮，紅毛港犧牲五百多甲的肥美潟湖，那原是當地漁民最賴以維生

的內海養殖漁業所在地。

※六十四年，台電於紅毛港東南方設立的「大林火力發電廠」完工，該地原是紅毛港漁民重大的漁塭養殖區。

※民國六十七年，紅毛港地方設立「大林拆船專業區」。

水如澐心寒地看著這些報導，真不敢相信紅毛港的四周居然圍繞了中油、中鋼、中船、火力發電廠和拆船業！純樸的小漁村好像要被重工業吞噬一般！她猜想他之所以會從事遠洋漁業，絕對與這些因素脫離不了關係。

「是嗎？海文……」她望著剪貼簿發呆。

自從認識他的第一天開始，凡是和他有關的任何人事物，總可以輕易地牽動她的目光與思緒，以前，總覺自己活在傳統制度下，理所當然該做個乖巧、聽話、沒主見的女性，她順著父母的冀望去台北完成三專的學歷，之後呢？在父母的安排下結婚生子？然後平淡無奇過著被支配的一生？

不！

這兩年下來，她內心深層的自我意識不斷地呼喊，極力想表達自己的情感、渴望追求自己想要的幸福，甚至希望可以轟轟烈烈、盡情揮灑屬於自己的人生舞台，這些聲音不停地在體內流竄，連水如澐自己都大吃一驚！

全是因為他嗎？離他回港的時間愈來愈接近了，她滿是興奮與期待，四天下來相處的點點滴滴，彷彿是昨日才發生的情景。此刻，她又打翻濃濃的思念，沉溺在無邊的回憶之中。

今晚，又是一個失眠的夜。

◇◇◇　◇◇◇　◇◇◇

「小澐，妳回來啦！」

水如澐正提著早餐進門：「媽、哥你們都起床啦，剛好一起來吃早餐。」

放在桌上熱騰騰的早餐，讓水彥廷看得口水直流，急著上前去拿。

母親陳淑芳笑咪咪地說：「小澐，剛才有一位姓鄭的朋友打電話來，他要我代為轉告：妳想借的那本『白海文學詩集』他幫妳帶回來了，叫妳有空可以過去拿。」

「啪嗒！」一包熱豆漿不小心掉在地上，緊接著是水彥廷的哀號聲。

「哎呀——」他的腳好燙！

「哥，對、對不起……」水如澐滿懷歉意，急忙去拿抹布。

陳淑芳也走過來幫忙：「小澐，豆漿如果太燙的話，先放涼一點，別急著喝。」

「……我下次會小心一點的。」她答得很心虛。

想到七仔特地留下的暗示，她的心差點就了跳出來！他們居然回來了，讓她思念整整兩年的他終於回來了！只是，七仔怎麼會有她的電話號碼？海文麻煩他打的？可能嗎？

「如澐，妳快點來吃早餐，待會我有事要去市區一趟，等我辦完事，再順道送妳過去拿。」水彥廷當然曉得『白海文學詩集』的意思，擔心妹妹在母親面前露出馬腳，決定挺身幫忙。

水如澐回過神，難掩心中的感激：「哥，謝謝你。」

兄妹倆火速吃完早餐，就急急忙忙溜出門。

父親水育寬探頭問：「他們兄妹人呢？」剛在房內明明還聽見兩人的聲音，怎麼一出來就不見蹤影？

「他們外出辦事，順便去跟朋友借書。」陳淑芳吃著早餐，突然想到什麼：「對了，彥廷今年也完成實習的工作，成績也合格了，現在的身分已經是正式的老師，如果有哪間不錯的學校，你就幫忙推薦一下。還有，咱們小澐年紀也不小了，有空多注意適合她的對象，幫忙撮合一下。」

「太早了吧！」水育寬伸著懶腰：「我們家小澐還很年輕。」誰不曉得他最疼愛這個女兒了。

「年輕？拜託！我十八歲就已經生下彥廷了，不趁年輕的時候結婚生子，年紀愈大對女生來說愈吃虧，你懂不懂啊？」

「好、好。」水育寬隨口應和，趕緊溜進廁所刷牙。

◇◇◇　◇◇◇　◇◇◇

近幾年，紅毛港草蝦繁、養殖業逐漸蓬勃發展。日據時代，日本人將養殖技術置於小港、紅毛港一帶，養殖項目包含虱目魚、吳郭魚、草蝦、紅蟳……等等。草蝦繁、養殖技術由東港海產試驗所提供，紅毛港人將這項技術發揮得淋漓盡致。

養殖一隻蝦苗可繁殖到六十六隻，種蝦自然產卵所需的時間，也由五個月精進至四天即可完成。

水如澐撲了個空！白海文居然不在家，讓她無比失望。唉，此時，她無精打采的走在巷弄間，好打發一點時間，前方正好有一群婦人在閒話家常。

「阿好，妳又去幫兒子和老公送飯啦！聽說這陣子『蝦仔場』的收入不錯喔！」

「還可以啦！不過真的很辛苦，養殖的風險很高，我老公和文濱二十四小時都得待在那裡工作。」陳好笑容滿面。

「有錢賺就偷笑了，還怕辛苦喔！」

「就是說嘛，就連我老公最近也打算投入草蝦養殖的行列呢。」

水如澐經過時，禮貌性地朝她們點頭，即使招來打量的目光與背後的竊竊私語，這兩年下來，早已見怪不怪。她已經走到巷前的海汕路，這條是貫穿紅毛港的主要道路，記得當時白海文曾對她說：

「海汕路是境內唯一的一條馬路，後來因為其他因素，才在它的前後各開闢了外海路與內海路。」

海汕路既長又彎延，有許多角度沒辦法同時讓兩台車交會，有一次，她親眼目睹一輛大貨車經過，駕駛在車上開得戰戰競競，整條馬路上來往的人與車統統都非得要先讓行不可。

這幾年下來，以她對紅毛港的了解，已經可以稱得上是半個在地人了，可惜同學大多都在北部，不然——她一定要充當導遊，讓她們都欣賞到紅毛港的純樸與在地的文化。

「水姑娘。」

一聲叫喚引起她的注意，這聲音好耳熟啊……

水如澐轉身瞧見一張熟識的臉孔。

萬順伯正對著她微笑，並用國語說：「還記得阿伯嗎？」呵呵。

是他！那個當年在渡船口喝醉酒的阿伯，她豈止記得，根本就是永生難忘，還有，他養的那隻狗……

「啊——」腳邊突然有毛茸茸的東西竄出，水如澐驚叫出聲。

「小白，別嚇到水姑娘，不然被海哥知道你就慘了。」

小白先是搖尾巴，然後出其不意用頭磨蹭她的小腿，水如澐嚇得僵直不敢亂動，深怕有什麼萬一。

萬順伯蹲下身撫摸愛犬的頭：「我保證牠絕對不會咬妳，牠這樣表示在對妳示好。」

……呃，牠上回兇得像老虎，這回變成溫馴的小綿羊，實在教人難以適應。

「哈！妳就不曉得那次酒醒後，偶被海文唸到臭頭，連小白也不例外。」回想那天的情形，他忍不住大笑：「金歹勢蛤！偶不豬道妳是海文的『七啦』，不然，就不會這麼失禮了。」

聽見阿伯說他們被訓話的事，腦中不自覺去聯想那個畫面，水如澐不禁跟著一塊發笑。原來，他私下還為她做過這一件事，心頭不禁浮上一陣暖意。而這位阿伯和那天喝醉的模樣其實有幾分差異，現在的他不僅僅笑容可鞠，且更加和藹可親。如果沒記錯的話，事發當天，海文就只和這位長輩有所交談，從他們的互動看來，交情應該還不錯。

只不過阿伯剛才說她是海文的「七啦」？呃……「七啦」的意思是？

「海文是個好孩子，很得我的緣，我都把他當成自己的晚輩在照顧，對了，妳是專程來找他的吧！他在那裡。」萬順伯指著前方不遠處。

她順著方向看去，果真發現他的身影！白海文正從坡上走下來，接著，轉向一旁的流動攤販。

兩年後首次重逢，眼眶早已湧出思念的淚珠。

「海文——」萬順伯中氣十足地大喊，並朝他揮手。

白海文循聲望去，一眼就發現一身白淨的她，表情滿是驚訝！同時，內心也產生莫名的悸動。

為什麼？他一直以為兩年的時間——足以淡化四天相處下來的點點滴滴，但——再次見到她，那些刻意被凍結的記憶，卻又一點一點地融化釋出。

一陣海風吹亂了他的長髮，還有她飄逸的絲裙，像極了兩年前他們初次見面的景像，這一秒，他們深深凝視著彼此，現場的人事物好像都是多餘的。

她沒有太大的改變，烏黑的長髮撥向一側，垂落胸前的模樣，多了一股溫婉的氣息，她用那雙溫柔、滿是情意的眼神看著他，似乎在對他說：這兩年來她一如往昔，為他保留的這份情感絲毫不曾改變。

他深邃的眼神與帥氣的模樣，又多了幾分成熟穩重的韻味，特殊的髮色在陽光下依然耀眼，而健康的膚色似乎比兩年前更黑了些，挺拔的身形依舊令她懷念，若有這個資格，她會毫不猶豫地奔向前去。

如果可以的話……

「汪汪——」小白響亮的叫聲打破了他們靜止的氣氛，牠搖著尾巴奔向白海文。

「去找他吧。」萬順伯親切地示意，接著吹口哨呼叫愛犬回來，很識相地離開現場。

水如澐顯得不知所措，緊張地絞著手指，她一直待在原地，直到白海文走到她跟前。

分別兩年後，他開口的第一句話：

「妳的作業過關了嗎？」

她以甜美的笑容回應：「謝謝你，我今年畢業了。」

「那，這個給妳。」他放了一個熱騰騰的東西到她手裡。

她低頭一看，原來是烤香腸，而且已經貼心地切成片狀，香噴噴的味道搭配醃製的甜薑，引人食指大動。

「趁熱吃吧，這是全台灣最好吃的烤香腸。」他淺淺一笑。

「謝謝。」她動手，跟著一塊品嚐。

白海文發現不少目光投注在他們身上，決定先帶她離開現場。

「走，我們邊走邊說。」

「你們這次會停留多久，才會再次出港？」她直接問重點。

「……」他停頓幾秒，才緩緩道：「船公司目前還沒確定。」

「真的？」高興完後，水如澐突然發現什麼：「七仔人呢？」印象中，他們哥倆好常常形影不離。

白海文笑出聲：「他為了兌現承諾，最近忙著談戀愛。」

談戀愛！？她好意外，雖然不懂話中的意思，但超令她羨慕的！如果，他們現在也可以像七仔那樣……那該有多好？

「對了，我待會得到外海那邊的養蝦場幫忙，現在趕著回家拿一些維修的工具，所以，今天可能沒有時間招待妳。」

「嗯，你去忙你的，不用顧慮我，我也該離開了。」她看一下手錶，和哥哥約好的時間也差不多到了。

「那……我們約明天好嗎？看妳搭幾點的船，我去渡船場接妳。」

白海文主動提出邀約，讓她驚喜萬分，抬頭對上他的眼眸，總覺得他的眼睛彷彿在對著她笑，害她心跳猛然加劇！

「好，我們早上十點半見。」

雖然今天的相處只有短短的十五分鐘，但她已經覺得非常滿足，而且，她很肯定自己又愛上紅毛港的烤香腸了，現在，只要想到短期之內他不會出港，以及兩人明天的約會，她就開心地想要大叫，真希望他這次停留的時間，能有好幾個月那麼長。

拜託……

水如澐悄悄在心底祈禱。

第三章　情意滋漫

白海文剛換好衣服，正準備出門去渡船場接她，開門就看見一位氣質佳、笑容甜美的人兒。

水如澐今天將長髮束成馬尾，穿著淺色系的上衣搭配褲裝，手上還提了一大袋東西。

「早安。」她滿意地看著他吃驚的表情。

白海文盯著她手中那袋東西：「……這是？」

「我們的午餐，等一下看我的表現。」

回想兩年前，她連鰣仔魚長什麼樣都不曉得，現在居然要秀廚藝，他忍不住笑說：「還是我來吧。」

水如澐自信道：「好，你來幫忙洗菜。」

「喔。」他挑高眉，順手接過這袋重物，很好奇她待會的表現。

白海文就住在「姓洪」這一帶，房子位在巷尾的三角窗處，建築只有一樓的高度，屋內有個樓梯可以通往頂樓的平台。緊連房子旁的是一間不相通的狹長矮厝，它與鄰近的海汕國小只隔了一條小巷，這裡主要是廁所與廚房，裡面有兩道門與兩扇窗戶，把門窗全打開來，採光和通風都十分良好，空間雖然小，但已足夠使用，他們就在這裡一起分工合作。

她確實令他刮目相看。

白海文雙手環胸靠在牆壁上，從食材的搭配、切菜、炒菜、起鍋的架勢來看，這兩年來，她確實有用心學過，他的擔心全是多餘的，現在幾乎完全幫不上忙，只好待在一旁欣賞她專心烹煮的模樣。

他的嘴角一直保持著上揚的弧度，連自己都沒有發現。

「好了，可以開動了，要挪到戶外吃嗎？」

「不用，今天待在裡面吃就行了。」他已忍不住動手品嚐。

「好吃嗎？」她很期待他的評價。

白海文先是皺眉，隨後搖頭，瞧她一臉失落後，才開口：「我是說好可惜啊！這麼美味的一餐，七仔無福享受。」隨後，立即朝她比了一個讚的手勢。

水如澐難以置信地掩嘴，接著綻放一抹嬌羞的甜笑，她此刻的心情猶如外頭高掛的豔陽般燦爛，心滿意足地拿起筷子和他共享專屬兩人的幸福午餐。

用餐過後，他們隨意四處漫步。

「妳聽得懂台語嗎？」

她點點頭：「基本的我還聽得懂，一些特殊含意、略有難度的道地俗語，可能就需要請人家翻譯了。我發現這裡的人說起台語有種奇特的腔調，而且，老一輩的嗓門還特別大。」

他笑了笑：「是呀，這就是外人俗稱的『海口腔』，大概是因為靠海為生的居民常要面對強勁的海風，加上船隻作業機器聲又轟轟作響的關係，不自覺就加重說話的音量和語氣，因此就形成海邊居民專有的地方腔調。」

水如澐突然冒出一句台語：「黑啦，就喜按捏達。」她刻意模仿當地人的口音，並且加強「啦」、「達」這些句末語助詞。

這個舉動讓白海文失笑。

分別兩年，她似乎更加融入他的生活圈，有別於兩年前的相處，現在彼此非常有話題聊，從互動來看，不知情的人還會誤以為他們是一對熱戀中的情侶。

相聚的時光總是飛快流逝。

他們一起來到港口，等待渡輪一靠站，馬上就要分別。

「下次換我請妳。」

「那……你現在請我喝杯古早味紅茶，就算扯平了，怎樣？」

她像小孩伸手要糖般的期待，讓他不禁笑道：「妳這麼容易滿足？」

「不然……」水如澐思索著，伸手搔頭：「那兩杯好了。」一杯拿回去孝敬哥哥。

白海文被她的單純惹笑，眼裡映著一抹色彩，出其不意遞出一盒東西交給她：「這個送妳。」

「……這是？」她接過手，細心地捧著。

「出港時從國外買回來的巧克力。」

這太令她驚喜了！水如澐忍不住抬起頭與他相望。

白海文逆著光，黃橙橙的光輝照映在他特殊的髮色與白衣上，整個人看起來像是在發亮，飄揚的髮絲與立體的五官，柔和的眼神與微笑的曲線，這個畫面徹底令她失魂。

他們一直待在渡船場的岸邊，直到渡輪鳴笛聲響，水如澐才不捨地踏進船艙，岸上的白海文突然喊道：「如澐，我覺得妳穿裙子比較好看。」隨後揮手與她道別。

隨著渡輪的遠離，她回想今天發生的一切，不自覺浮上一個念頭——

早在兩年前，她就已經深陷在情網中無法自拔了，不是嗎？

◇◇◇　◇◇◇　◇◇◇

看見前方熟悉的身影，水如澐小心翼翼地放輕腳步，努力拉近彼此間的距離，來到他身後，她的雙腳突然用力踩地，隨後大喊：「嘩——」

「啊——」前方的人嚇得尖叫，猛然跳起身來。

他氣得轉頭，正準備開罵之際，但發現惡整自己的始作俑者是她時，七仔瞬間由生氣轉成欣喜：「如澐，居然是妳！好久不見哩，愈來愈漂亮嘍。」

「哪裡，我才覺得戀愛中的男人變帥了。」她意有所指。

「蝦咪，連妳也知道這件事！」

「恭喜你。」她伸手恭賀，想沾沾他的喜氣。

七仔回握表示，笑說：「恭喜什麼啦？我又不是要結婚了。」

「我一直想要當面謝謝你，感謝你幫我把那本經典的絕版書帶回來。」『白海文學詩集』這個暗示，實在讓她佩服得五體投地。

「哈哈哈！原來妳是指這個啊，沒什麼啦，不用跟我客氣。」

出港兩年的期間，他經常看見好兄弟拿著某個東西發呆，有一次，趁他洗澡的空檔，偷偷溜進他的房內偷看，這才發現如澐的電話號碼。為了幫忙製造機會，一回港，他就背著他偷偷打電話給她。

「下次，記得帶女朋友出來讓我認識。」水如澐從皮包內拿出一份小禮物交給七仔：「這是我的一點心意，你拿去送給女朋友吧，就當作是我回饋你通報的人情。」

七仔打開一看，發現裡面是一對非常精緻的耳環，驚喜道：「好漂亮呀！妳怎麼知道我女朋友有穿耳洞呢？」她收到後，一定會非常高興。

「呵，我猜的啦，要是沒穿耳洞的話，也可以拿去改成夾式的。」

「謝謝，那我就代替她收下嘍。」七仔環顧四周，突然問：「海文呢？為什麼只有妳一個人？」

「他說養蝦場抽海水用的管線有一點破裂，他和哥哥一起去海邊維修，怕我在那裡等太久會曬黑，所以，叫我待在這裡等他回來，沒想到……卻意外地遇見你。」

七仔壓低音量，試探性地問：「你們……最近還好嗎？」

水如澐紅著臉，瞬間結巴：「我、我們……一直都這樣啊……」他們目前仍然是普通朋友的關係，但這幾天相處下來，倒真的像是在談戀愛般，充滿幸福的滋味。

「對了，七仔，你們什麼時候會再出港呢？」雖然她已經問過海文了，但，還想再確認一下。

何時出港？呃……這問題他很難回答。

「海文怎麼跟妳說？」

「他說船公司還沒有確認出港的時間，難道不是這樣嗎？」

其實也不是船公司那邊的問題，而是……既然好兄弟這麼說，他就跟著配合。

「是啊，目前還沒有確定，正好可以給你們多一點的時間相處。」

「這句話應該是在說你們吧。」

七仔笑得靦腆：「哈哈，彼此彼此！」望著頂頭熱情如火的豔陽，他開口問：「如澐，要不要先進來我家喝杯茶，反正妳一個人在外面閒晃也是無聊，待會海文回來了，我們在裡面也可以聽見聲音。」

「好啊，只要別被你的女朋友誤會就行了。」

在水如澐跨進七仔家門時，腦海中突然閃過兩年前被他捉弄後的決定——下次絕對不單獨與七仔相處——回想剛才他受到驚嚇的滑稽模樣，忍不住掩嘴而笑，兩年後的她已經聰明多了。

◇◇◇　◇◇◇　◇◇◇

「你笑夠了沒？」白海文沒好氣地說。

「哈哈！我在想明年廟會表演的七爺八爺，不如找你們客串好了。」七仔緊跟在他們身後，一路上狂笑不止。

水如澐粉嫩的雙頰早已紅到發燙，她個子確實有點嬌小，與他一百七十五公分的身高相比，足足差了二十公分之多，不過——這都不是重點，重點是剛才後面這個臭傢伙在兩年後又擺了她一道，她真是太笨了！居然又笨到往陷阱裡面跳。

剛才在屋內，她問七仔：「台語的『七啦』到底是什麼意思？」

七仔則反問她：「妳為什麼想知道這個？」

於是，她轉述萬順伯說過的那番話。

七仔聽完後露出賊笑，腦中閃過一抹詭計：「七啦通常指的是女姓，也算是『好朋友』的意思，所以，下次再聽見別人說妳是海文的七啦，就別多想，儘管點頭承認，在紅毛港如果有急事需要麻煩人家幫忙，也可以自我介紹說：我是海文的七啦。妳知道我們漁村的人最好客、也最講義氣了，他們聽妳這麼說，一定會把妳當成是自己人一樣照顧，這樣的解釋妳懂了嗎？」

噗……

七仔努力憋笑，差一點就破功。

「原來是這樣……我總算了解了。」水如澐不疑有他。

「妳想學台語的話，我可以慢慢教妳。」

「真的嗎？當然好啊。」

「那妳知道台語的『牽手』指的是什麼人嗎？」

牽手？不就是單純的手牽手嗎？還有另一個含意？

水如澐搖頭。

「牽手也就是指共同執手的另一半，也就是『老婆』的意思，也有另一種說法叫『家後』，意指家裡大小事情的後盾者，雖然沒有一家之主崇高的地位，但對這個家而言，還是不可缺少的重要人物。」他自豪地解說，逐步設下陷阱。

「原來是這樣。」她忍不住多唸幾遍，台語文化其實很有深度。

「換句話說，要形容『老公』的話，妳知道該怎麼說吧？」他興奮地等著答案。

「牽、牽腳和家前？」水如澐小心翼翼地回答，不確定答案對不對。

七仔露出超級驚訝的表情，連忙誇獎：「如澐，妳真的太有天份了！果然一點就通，我覺得妳學台語的資質還不錯。」噗，真是太佩服自己的瞎扯功力。「接下來我出題考考妳，妳試著用台語說看看，聽好了，題目是：我拿椰子去錢家莊。」

嗯，這個聽起來並不難，她努力一字一字翻成台語：「挖拿椰記去錢……」

「很好很好，妳說得還不錯，只是『錢家莊』那裡可能要再多練習幾次，才會比較順暢。」

一旁竊笑的七仔差點飆淚，她則是一臉認真：「錢卡……」

窗戶外的某人實在是聽不下去了。

「咳！」白海文用力一咳：「如澐，妳想學台語直接來找我就行了；鄭成七同學，下次再敢亂教的話，我會請李淑珊老師把你帶回去好好管教管教！」這臭小子遲早會把她染黑。

白海文這麼一點，水如澐這才恍然清醒，而一旁的七仔早已笑到喘不過氣。

直到剛才，才從白海文那裡了解，這句台語要是沒唸好的話，可是會變成「我拿椰子去塞屁股」的。

好丟臉！她超想去撞國小的圍牆。

白海文回過頭瞪七仔一眼：「你女朋友住的方向好像不是往這邊，還不快滾！」

「我知道我現在有點礙眼，那就不打擾你們了，拜拜。」哈哈，七仔往回走，爽朗的笑聲響徹整條巷弄。

白海文瞧她垂首羞窘的模樣，直笑說：「下次別再上當就好了，改天，我再幫妳報仇。」

「早知道，我應該要堅持陪你去海邊修理水管。」她真的錯了，居然還懷著感恩的心買耳環送人。「海文，七仔她女朋友也是紅毛港人嗎？你看過她沒？」

「嗯，她叫李淑珊，個性開朗又大方，住在『姓李』那邊，家裡開麵店生意，她家的乾麵相當有名，下次帶妳一起去品嚐，順便介紹妳們兩人認識。」

「七仔也會這樣捉弄女朋友嗎？」

「他要是敢的話，早就被扔去填海了。」他笑了笑：「七仔通常遇到女孩子都會變得很害羞，會這麼熱衷整人的，妳算是第一個。」

可惡……

「下次，他要是被人丟去填海的話，我一定無條件幫忙。」她忍不住嘟嘴。

「這種小事交給我，妳負責在一旁拍手叫好就行了。」瞧她此時生氣、逗趣的模樣，實在是很可愛，難怪七仔會這麼樂於整她。

他們在內海路上閒聊，馬路右側有一道長長的紅磚牆圍繞，裡面突然傳出巨大的聲響。

「砰砰！」接著地殼搖晃了好一會兒。

水如澐嚇了一跳：「這、這是什麼聲音？」

白海文指著圍牆：「這裡面是拆船業，當地人習慣叫它『鐵仔廠』，剛才發出的聲音就是在拆船的過程中，鋼板與零件掉在地上的聲響，聽起來是不是很像東西爆炸引發的地震，拆船的工作一路從凌晨四點開始，一直到晚上八點才會結束。」也就是說，他們必須長時間忍受這種噪音污染與干擾。

拆船業……

她記得蒐集的剪報裡，有這部份的相關報導。

※民國五十八年起，台灣是國際拆船業的主要重心，並享有「拆船王國」之美譽。拆船業為國家賺進龐大的外匯，而高雄港天然的地理條件與良好氣候，成為最首要的拆船中心，對於台灣經濟奇蹟的貢獻佔有重要的地位。

「海文，你當時說紅毛港原先只有一條海汕路，另外開闢外海路與內海路，難道就是為了方便拆船業的廢鐵運載？」她記得拆船業會帶來一定程度的污染，而紅毛港又是三面環海的沙洲地形，大海要是被污染了，那靠海為生的漁民該怎麼辦？

「妳觀察得真仔細，居然猜對了。」他嘆一口氣：「紅毛港境內的污染不只有火力發電廠與拆船業，台電在紅毛港西北側設立的『南部儲煤中心』再幾個月就要完工了，我們日後要面臨的污染，只會不斷地增加。」白海文無奈看著遠方。

「什麼，儲煤中心！？」她瞪大雙眼，懷疑自己是不是聽錯了！

「大環境的改變逼得我們漁民不得不就範，長年下來，紅毛港人幾乎都以漁業為生，近幾年漁業逐漸沒落，多數人只好轉投中鋼、中油、拆船業、建築業來求生存。工業發展有它的利益存在，很遺憾多數人只看得見現實的數字，卻沒有人心疼被工業污染的土地與海洋，政府引以為傲的經濟成長指數，說穿了，全是踩在我們這群無知的漁民頭上，當地人的損失誰來補償？」

水如澐聽完後，感到相當震驚！這些訊息多數人根本就不曉得。

「海文，我聽說二港口開闢後，紅毛港損失了五百多甲的潟湖，潟湖究竟是什麼？它有很久的歷史嗎？」

「嗯，潟湖大約在 1636 年左右就形成了，潟湖的水質主要還是海水，也就是大家俗稱的內海，它的範圍包括紅毛港、旗津一直到高雄港第一港口，出海口的海域為台灣海峽，所以，潟湖的水域會比大海來得淺，但漁產量卻相當豐富，那裡原本是紅毛港人捕魚的重要地帶。以前，家裡要是臨時有客人來訪，只要去潟湖捕撈新鮮的漁獲招待他們就綽綽有餘，很可惜……這一片美麗的海資源全被毀了。」

他雖然平淡地說著，但從眼神中，卻能看出他對這塊土地深厚的情感，以及對日漸衰退的當地文化感到不捨。

靜靜聆聽這一切的水如澐，不知不覺也被傳染了那份傷感。

他繼續補充：「為了開闢高雄港第二港口，不單單只是我們損失了潟湖，就連高雄也損失一片珍貴的紅樹林濕地。在日治時代，高雄灣是台灣紅樹林植物分佈的重心，日本人把它列為『天然的紀念物』，除了做科學研究以外，是嚴格禁止砍伐的，而我們卻為了經濟發展堅持拓寬航道，不惜毀掉這片珍貴的生態資源。」

一直望著遠方的白海文，這才轉頭與她相望。

「關於紅毛港可能遷村的事，我想妳應該知道了。」

水如澐點頭，隨後馬上垂下臉。

只要想到這一片美麗的淨土，將來有可能變成冰冷的貨櫃用地，她心中的不捨與難過全蜂湧而上，溫柔的雙眸早已被泛濫的淚光淹沒，哽咽的喉嚨再也發不出聲音，幾滴無聲的眼淚落在地上，忍不住為這塊飽受污染的土地哭泣。

佇在原地的她沒跟上他的腳步，白海文回頭才發現異狀，走過去關切時，人早已哭得淚眼汪汪，模樣很讓人心疼。

「怎麼了？」他大為驚訝，比起當地人，她的反應還更為強烈。

她用哭紅的臉對著他搖頭，為了不讓他擔心，迅速用手遮去大半的臉，這個舉動讓白海文看得更加不捨。

下一秒，他情不自禁向前擁抱她。

「妳哭成這樣，路過的人會誤以為是我欺負妳。很抱歉，要是知道妳聽完之後的反應會這麼大，我就不說了。」他用輕柔的嗓音安慰懷中人。

這是他們第三次擁抱，也是白海文第一次主動表示。

宣洩一會後，水如澐才從他懷裡抬起頭：「我很喜歡聽你說紅毛港的一切，真的！對不起，以後我會努力控制自己的情緒，不會再讓你擔心，下次，我保證一定會自備面紙出門。」

見她情緒緩和了不少，他才說：「紅毛港雖然落後，不過面紙這種東西，我倒還可以免費供應妳使用，下次，乾脆讓七仔跟著我們好了，起碼有他在的地方，妳絕對哭不出來。」他開始懷念她甜美的笑容。

水如澐主動離開溫暖的懷抱：「我抗議！因為面子比面紙還要重要，你不能為了省小錢而害我丟臉！」她的小臉氣鼓鼓，七仔這傢伙肯定是她的天敵。

瞧她此刻像顆紅蘋果的臉蛋，再低頭看她飄逸的裙襬，他滿意地笑了笑：「待會，還要外帶烤香腸和古早味紅茶嗎？」

她毫不考慮且充滿活力道：「要！而且，今天我要一口氣帶四人份回家。」

「很好，待會我們一次買八人份回來，費用全部記在七仔頭上，誰叫他最近吃麵都不用花錢，我們幫他消費一下。」

說完後，兩人相視而笑。

「剛才你怎麼會知道我在七仔家呢？」

「從妳剛踏進門的時候，我就看見了。」所以，全部的對話內容他聽得一清二楚。

「喔。」她滿肚子疑惑，究竟七仔教的哪些是真？哪些是亂唬人的？

「走吧。」腦中瞬間閃過七仔所說的話，他不自覺揚起一抹微笑。

風兒輕輕吹，花香四飄溢，兩人踏著愉快的步伐一起穿越復古的巷弄。

◇◇◇　◇◇◇　◇◇◇

下午時刻，三人正在客廳裡享用午茶。

正在看報紙的水育寬忍不住問：「小澐又外出了嗎？」他已經一連好幾天沒看見女兒在家了。

「我也覺得奇怪，以前，她總愛待在家裡看書，但最近老是不見人影。」陳淑芳品嚐著咖啡，轉頭便問：「彥廷，你知道你妹最近在忙什麼嗎？」

突然被點到名的水彥廷，差點被手中的奶茶嗆到：「咳咳，她⋯⋯」他腦筋一轉：「喔，如澐北部的同學正好南下高雄玩，這幾天她們好姐妹忙著聚會，傍晚應該就會回來了。」

「原來是這樣，下次可以請同學來家裡作客啊，我們也可以幫忙招待。」水育寬呵呵大笑，沒有察覺兒子的誆騙。

夜晚，全家人一起團聚用餐，水如澐負責收拾碗盤，父親和哥哥則一起外出購物，她決定趁這個難得的空檔找母親聊聊。

「叩叩。」

「請進。」

水如澐探頭進來：「媽，妳在整理下個禮拜要出國的東西嗎？要不要我幫忙？」她走至床沿坐下，順手幫忙摺衣物。

「嗯，有空就先整理，不然，等你爸主動來幫忙，可能太陽都從西邊出來了。對了，小澐，妳確定不跟我們一塊出國玩嗎？現在你們兄妹都不愛跟我們出門，小孩真的長大了，搞不好改天談場戀愛，就幸福嫁人去了。」陳淑芳邊笑邊說。

水如澐震了一下，沒想到母親正好談論這個話題，她正巧順勢坦白：「媽，我有喜歡的人了。」

「真的！？」陳淑芳高興得差點跳起來，緊握女兒的雙手：「你們認識多久？他從事什麼行業？家裡的背景怎樣？改天可以帶他來家裡吃飯，我和爸爸幫妳鑑定看看。」

「我們認識一段時間了，他……從事漁業。」

漁業？陳淑芳不可置信地瞪大雙眼：「妳是說他們家開船公司？還是他當船長？」

「都……不是，他是跑遠洋的……船員。」水如澐吞吐地回答。

什麼！？居然只是一個小船員。「他住哪？收入穩定嗎？跑遠洋的人一年之中有多少時間可以陪妳？」陳淑芳感到錯愕，不曉得自己有沒有聽錯？

「他住紅毛港，收入的部份我並不清楚，每一次出港都需要幾年的時間。」

紅毛港……

她記得那裡是個偏僻的小漁村，房子不高又老舊的，未來還有遷村的可能，而且──漁村的整體素質普遍都不太好，連平均的學歷都低得很可怕，如果讓朋友知道女兒交往的對象是漁民，那自己的這張臉要往哪裏擺？

陳淑芳嚴肅地警告：「小澐，妳還年輕不懂事，趁妳的感情還沒有很投入之前，趕快跟他斷乾淨，媽媽向妳保證，他絕對不可能給妳幸福的，如果妳沒有其他更好的對象，我和爸爸會負責幫妳介紹，我保證，隨隨便便找的條件，都會比船員還要優秀好幾百倍。」

水如澐早料到這種結果，急忙想解釋：「媽，我……」

門外突然傳來水彥廷的呼喊，打斷她們的對話：

「如澐，我和爸爸買了妳愛吃的白糖糕回來，快趁熱出來吃喲──」

陳淑芳決定先打發女兒：「這個話題就到此結束，只要妳別再和他繼續牽扯下去，那媽媽可以當做這件事從來沒有發生過。如澐，有空好好想一想媽媽剛才說的話，不然，未來妳一定會吃苦的，好了，我還有其他事情要忙，妳可以出去了。」說完，她馬上轉身，擺明了不給女兒爭議的空間。

杵在原地的水如澐不知該如何是好，她應該朝什麼方向努力，才有辦法扭轉母親既定的觀念呢？

她辦得到嗎？

第四章　遲來的告白

絕對不是她多心！

水如澐發現這幾天白海文確實刻意在躲著她，她不明白為何他突然轉變這麼大？不止是他，就連自己的哥哥最近也怪怪的，即使她當面找哥哥問清楚，他總是含糊地回答：「哪有，是妳想太多了。」

面對心中頗具份量的兩個人，一夕之間有這麼莫名的大轉變，讓她一時難以適應，水如澐極度感到不安與焦慮。

她已經好幾天沒見到他了。

午後的時光，她忍不住又來到他家附近徘徊，這次出乎預料，白海文居然在家！此刻，他正在屋內與人對話，房子的隔音並不理想，即使不必刻意偷聽，也能清楚了解談話的內容。

「如澐這幾天都沒有來找過你嗎？」七仔一臉納悶，前一陣子他們不是還如膠似漆地黏在一塊，最近怎麼總覺得氣氛怪怪的？

「……」

「喂，你幹嘛不說話，你們吵架了？」照理說恩愛都來不及了，哪來的時間吵架？瘋了！

「……」白海文低著頭，冷冷地回應：「我們一直都是普通朋友的關係。」

「幹嘛！我們都這麼熟了，你還把我當成外人在應付，到底是不是好哥們啊？難道要我一一說穿，你才願意承認……」

「她媽媽前幾天來找過我……」他沉默一會兒，才又繼續開口：「要我別再糾纏她女兒，從此互不往來。」伯母還說了不少難聽話，讓他記憶猶新，預料中的事情果然還是發生了。「她甚至還決定送如澐出國唸書。」

這擺明了告訴他，他們日後很難再見面。

「啥？」七仔跳起身。「有這麼嚴重喔！」

晴天霹靂的消息，連巷外的水如澐也同樣震驚不已！

真沒想到，自己的母親居然會採取這麼激烈的手段，就為了徹底切斷他們的往來，這也難怪哥哥最近會表現異常，肯定是被母親盤問過了，他們要找到海文的住處並不難，只要去翻閱她抽屜裡的筆記本自然就有答案。天啊！雖然早就能預料到母親不悅的反應，只是情況遠比想像中的還要嚴重，她甚至要被送出國。

這……

水如澐急忙返家一趟，決定把事情的始末全弄清楚。

一抵達家門，就直奔哥哥的房間。

「哥，你早就知道媽媽去找過海文了，為什麼不跟我說？」她推門衝入，上氣不接下氣。

正在看書的水彥廷，對於妹妹像個冒失鬼般，突如其來地闖入，連門都沒有敲，害他嚇得書本掉落在地：「妳想嚇死我喔！」他彎下身撿拾掉落的書籍。

水如澐皺眉，焦急地追問：「媽媽她還說了什麼？快告訴我！」

「媽媽她……」接下來的話，他難以啟齒。

「說海文配不上我，要他從今以後別再跟我有任何瓜葛，甚至還打算送我出國唸書，是不是這樣？」想到出國，她的心就涼了大半，這不是等於宣告他們再也沒機會了嗎？她禁不住哽咽。

「妳怎麼會知道？他跟妳說的？」

水如澐掩面搖頭。

「如澐，放棄白海文吧！強扭的瓜是不會甜的，不被祝福的感情，未來也不會有幸福可言。」

他拍著妹妹的肩膀安慰。

倏然，她脫口問：「哥，假如爸媽要你放棄目前這段感情，你同樣會接受？」

水彥廷當場愣住，答不出話來。

答案在他心底絕對是否定的，但在現實生活中，他卻沒有把握可以做得到，長這麼大以來，他完全沒想過要違背父母的意思，若真的走到那一天，說不定也只能對自己的女友說聲抱歉。

「哥，你有想過嗎？若是有一天你真的這麼做，會深深傷害到自己心愛的人，雅珍這麼多年與你南北相隔地談戀愛，始終如一陪伴在你左右，她善良、懂事、體貼，是個很棒的好女孩，我覺得她值得你全心付出。」早就曉得媽媽不太喜歡雅珍，主要是因為她的家境清寒，但金錢的多寡，並不能拿來衡量一個人的真心與人格，不管是雅珍還是海文，都不應該得到這般對待，起碼讀了這麼多年的書，她不記得書上是這麼教的。

兄妹倆的對話聲並不小，再加上門沒關，當母親的人早已來到門口。

陳淑芳以冷淡的口吻宣告：「如澐，既然妳都知道這件事情了，那我就當面跟妳說清楚，我已經請朋友幫我物色好的學校，等手續全都辦妥後，妳和彥廷就一塊飛去美國唸書。」

此話一出，連水彥廷也呆住了，他居然也同樣在安排之內！！

「媽，我不願意出國唸書，這一次希望妳可以尊重我的決定。」水如澐展現難得的堅定，這是她頭一遭拒絕母親的安排，她並不是沒有自己的想法，以前是基於孝順的立場才照單全收。

「這次由不得妳！」陳淑芳繃著臉，真沒想到自己一手拉拔長大的女兒，居然會為了一個外人來頂撞她，老早就聽老一輩的人說過，紅毛港的廟宇相當靈驗，現在，她不得不高度質疑女兒是不是喝到了什麼符水？

「淑芳，有什麼事情好好跟小孩說嘛，何必這麼兇呢？」水育寬進來關切，用動作示意女兒先向母親道歉。

「爸、媽，你們不需要有這麼大的反彈，我只是希望你們能夠同意我和海文交往，並不是馬上就要結婚，而且，他為人真的很不錯，不信你們可以去打聽看看……」

「閉嘴！他現在住的房子像樣嗎？他能夠提供你優渥的生活嗎？他的工作有保障嗎？難道，他打算要一輩子捕魚過日子？小澐，妳真的希望自己的下一代生長在教育水準低落的地區嗎？這些現實層面妳曾經設想過嗎？既然在交往之前，就已經可以料想到將來會面臨的種種問題，那妳又何必浪費青春在一個不值得投資的人身上？如果你爸爸只能供應你們讀到國中學歷，妳現在很有可能只是一名女工，一輩子都翻不了身的，妳以為每個人都有能力出國唸書嗎？妳究竟懂不懂得珍惜啊！？」

面對母親一連串的炮火攻擊，水如澐並沒有因此而怯步。

「爸、媽，你們對我和哥哥從小到大的用心栽培，我一直感恩在心，我不曾否定過你們的辛苦，只是，我覺得學歷上的高低與將來的成就是無法被劃上等號的，成就的定義非常廣泛，不是單單只有錢、地位與物質上的享受。如果我學會把眼光擺在頭頂上，去瞧不起比自己成就低的人，那麼層次在我們之上的那些人，不是也會同樣瞧不起我們嗎？海文雖然只是一個平凡的漁民，但我們能有新鮮魚貨可以享用，這全都是他們冒著生命的危險，在茫茫大海中辛苦捕撈回來的，如果我們要看不起他們的話，那是不是也應該要拒絕吃海產呢？我覺得只要是腳踏實地工作的各行各業，他們不偷、不搶的，都值得被尊敬！媽，我記得外婆家以前的經濟狀況也稱不上小康，但阿公並沒有因此而看輕妳，他們仍然樂於促成妳和爸爸的婚姻，不是嗎？」為了捍衛自己的自主權與愛情，她終於擺脫長久的壓抑，把內心最真實的感受與想法全說了出來。

在場沒有一個人不感到震憾的，包括水彥廷在內。

陳淑芳被女兒說得啞口無言！

這個傳統的年代，普遍的社會現象都是一代管一代，自己通常沒什麼自主權，只能等自己當了父母以後，再去掌控自己的小孩。天下父母心，陳淑芳深信，唯有堅持這麼做，女兒才能夠像自己一樣得到幸福，就算女兒會恨她、會痛苦、會傷心、難過，只要時間一過去，自然就能體諒媽媽當初時的用心良苦了。

她決定投下震憾彈：「我和妳爸爸後天一早就要出國，你們兄妹倆趁著晚上把行李整理好，明天暫時去南投阿嬤家住一陣子，等國外留學的手續全都辦妥後，我們再接你們回來，車票我已經買好了，明天早上，我和妳爸爸會親自送你們去火車站。」話一說完，陳淑芳立即轉身離開。

水如澐急忙衝向前拉住母親的手，如果自己真的被送出國，她和海文就再也無緣碰面了，更別說有什麼未來可言。

「媽，求求妳不要這樣……」她跪求著，早已經哭成淚人兒。

水育寬於心不忍：「淑芳，我覺得小澐說的不是沒有道理，妳就考慮讓他們交往看看，搞不好對方真的是個不錯的對象。」

水彥廷也挺身求情：「媽，我也相信小澐的眼光，拜託妳成全他們。」相形之下，他連妹妹一半的勇氣都沒有，他為自己的懦弱感到丟臉，也為女友無私的付出感到不值。

「你們——」陳淑芳簡直不敢相信，這個家向來都是她說了算，如今為了一個外人，居然全都窩裡反！枉費啊枉費……

「不、可、能！」這是她最後的答案，說完立即甩開手，水如澐因而跌坐在地。

水彥廷見狀，趕緊衝向前扶起妹妹。

如果，她永遠都只能依附在母親的安排下，面對自己真心喜歡的人只能一味地錯過與放手，未來就算豐衣足食，那又如何呢？她一點也不快樂，不快樂啊……

「媽，對不起……」水如澐推開哥哥的攙扶，走到母親面前，用堅定的眼神說：「我和海文已經發生關係了，希望妳能成全。」為了他，她選擇第三次撒謊。

什麼！？水育寬和陳淑芳瞪大雙眼，完全無法消化親耳聽見的事實。

水彥廷曉得妹妹肯定在說謊，趕緊上前阻止：「如澐，妳不要亂……」他快，但媽媽更快。

「啪、啪！」清脆的聲響劃破在空氣中，兩個結實的巴掌狠狠地落在水如澐嫩白的雙頰上，即便如此，依然澆不息陳淑芳的怒火，她飛快地衝去拿掃把，毫不留情、重重地揮打在女兒身上。

「我生妳、養妳、賺錢供妳讀書，妳居然這樣回報我！」早就知道對方不是什麼好東西，難怪會做出這種傷風敗俗的事情來！真不曉得女兒是瞎了什麼眼，居然會看上這種人？陳淑芳一想到白海文的種種缺點，心中的不滿全宣洩在女兒身上，每一個棍棒都卯足全力揮打。

水如澐沒有閃躲，即使疼痛難耐，依然待在原地承受。她認為等母親發洩完畢後，氣也應該全消了，這樣她們就有機會可以好好地溝通，只要她和海文還有一絲絲的機會，她都願意努力嘗試。

「媽，不要——」水彥廷衝上前護住妹妹，照母親這種打法真的會打出人命來，他硬護著她離開現場。

「淑芳冷靜點，就算把小澐打死，也不能改變已經發生的事實！」水育寬挺身去擋掃把，與老婆拉扯在一塊，混亂中不忘指示女兒：「小澐，妳先出去躲一下，等晚點妳媽氣消了以後再回來跟她道歉。」

哪曉得這個舉動讓陳淑芳的無名火燒得更旺，她突然放開拉扯的掃把，水育寬一個重心不穩，隨即往一旁摔去。陳淑芳趁機衝上前抓人，水彥廷見狀趕緊將妹妹推向門邊，再飛快地阻擋母親的去路。

「彥廷，你這是幹什麼？還不快點給我讓開，不然我連你一塊打！」她努力推開兒子，卻徒勞無功。「你以為這麼做，我就拿如澐沒輒了嗎？」她的手伸向一旁，隨手拿了東西就往前丟。

鏗啷一聲，碎玻璃散滿地，一個玻璃杯砸中水如澐的肩膀，她痛得叫出聲。

水彥廷再也按奈不住，大喊：「如澐，妳聽話，暫時出去躲一下——」

「妳走啊！妳要是敢走出這個大門的話，就不要給我回來了！我就當做沒生妳這個女兒！」陳淑芳失控地撂下狠話。

「爸、哥，真的非常謝謝你們；媽，對不起，請妳原諒我。」

水如澐淚流滿面，說出內心最真誠的感謝與歉意，隨後轉身離開，消失在門後。

◇◇◇　◇◇◇　◇◇◇

水如澐漫無目的地走著，不曉得自己該去哪，她坐上客運前往熟悉的地方。

晚上八點，紅毛港的巷弄格外寧靜，而她獨自在國小的圍牆邊來回走了好幾趟，最後礙於身體上的疼痛，不得已才蹲坐在圍牆邊休息。她低著頭，腦筋一片空白，雙眼裡沒有焦距，一個人失魂地待在那裡。

白海文由屋子旁的小矮厝走出來，剛洗完澡的他還裸著上身，正打算進屋子就寢時，恬靜的四周突然刮起一陣風，枝上的樹葉為此紛紛飄落，散滿地的模樣像極了他此刻凌亂的心情。他來到圍牆邊仰望，聆聽這片風葉交錯的沙沙聲響，卻意外地發現蹲在牆角的她，令他好生驚訝！

雖然她處在燈光不明的暗處，教人無法看清她的樣貌，但，他一眼就能認出那嬌小的身影，就是自己近日倍為思念的人兒。

如果沒記錯，她有固定的門禁時間，照理說現在不應該出現在這裡，雖然不太能夠理解為什麼，但好幾天不見，不自禁深望著她，縮在牆角的她全然沒發現。

「如澐。」他不自覺開口。

磁性般的嗓音像清澈的水滴滲入，死寂般的水面因而激起陣陣漣漪，水如澐循向燈光下那抹英挺的身影，漾滿橙暈的輪廓，為此刻的徬徨無助注入一道光引。

「時間不早了，妳一個人在外面很危險，早點回去吧。」話一說完，他馬上轉身離開。

「海文——」水如澐急忙起身叫喚，白海文雖然停下腳步，但始終背對著她。

「我媽來找你的事情我已經曉得了，真的很抱歉，我沒想到她居然會這麼做，我知道她一定說了不少難聽話，希望你不要放在心上。」

雖然兩人不過離了四、五步的距離，但他的冷默與生疏卻像是離了百步遠，他頭也不回的模樣，像極了第一次在港口幫她解圍的場面，如果沒有開口留住他，他就會瀟灑地遠離，兩人從此沒有交集。

她好害怕這種感覺，再次鼓起勇氣：「你覺得……我們有可能在一起嗎？不只是單純的朋友關係，我現在很需要你的答案，拜託，只要你一句話……」這幾天發生一連串的事件，她早已身心交瘁，如今，唯一可以讓自己振作的精神支柱，就是他了。只要他的答案是肯定的，那麼所有的問題對她而言，全都不是問題。

她的坦白實實在在撼動了他，兩年下來，這個問題何嘗不是在他心中迴盪不下數千次，他假裝看不見問題的所在，以為繼續保持這種友好關係，就能夠……

沒想到預料中的事，終究還是得面對。

白海文停頓了好久都沒接話，現場的氣氛瞬間凝滯。

就在他內心百般掙扎時，風聲似乎傳來陳淑芳指責的種種聲浪——

「你配不上我女兒，她的幸福你給不起！就算你們私底下偷偷交往，我絕對不會允許你們在一起，更不可能把女兒嫁給你！只要有我在的一天，你們完全不會有任何機會。我會送如澐出國唸書，以她的條件，未來追求她的對象，不論學歷、收入、職業、家世背景，隨隨便便都在你之上，你死了這條心吧！希望從明天開始，你可以徹底抽離她的生活。我看你也是個聰明人，不用我明說，應該知道接下來該怎麼做，有一天，你也為人父母時，就會曉得我們這麼做全是為了子女好。」

幾天下來，這些話一直盤旋在腦海中，此刻，兩極交戰的心相互拉扯著。如果，全是為了她好，那麼，他願意狠下心來……

「很抱歉，我們並不適合。」

沒想到會得到這樣的答覆，水如澐的心瞬間凍寒，她抖著聲音反問：「為、為什麼？如果從一開始就覺得我們不適合，那你又為何……」他的笑、他的擁抱、他的巧克力和這幾天來的相處，難道全是假的嗎？為什麼要對她好之後，卻又狠狠地推開她？為什麼……

「我對朋友向來都很好，我們的關係之所以不曾改變，全是因為我沒有喜歡上妳，如果我之前所做的一切造成妳的誤解，在這裡跟妳說聲抱歉，我衷心地祝妳未來能夠幸福。」他冷冷道來，語調不帶任何溫度。

水如澐感到一陣暈眩，瞬間襲來的寒意延著四肢漫延開來，她整個人跌坐在地，像是喪失最後一絲氧氣的燭火，無聲煙滅在黑暗之中。

很抱歉，我們並不適合。

我對朋友向來都很好，

我們的關係之所以不曾改變，全是因為我沒有喜歡上妳。

沒、有、喜、歡、上、妳……

他說的每一字每一句，全刺向她心坎，不爭氣的眼淚奪眶湧出，轉眼間淚如雨下。

無情的風持續吹著，牆邊整排的榕樹被吹得搖搖晃晃，片片紛落的每一葉，全是她心碎的寫照。

她的心好痛好痛……痛到連呼吸都感到困難，眼前模糊一片，教她再也看不清燈光下挺拔的背影。她想將心上人最後的影像刻劃在腦海中，但失控的眼淚不肯配合；她試著開口向他道別，卻遲遲找不到自己的聲音……

最後，她費了好大的力氣，才勉強站起身，顫動的手扶著圍牆緩緩離開，當嬌小的身影消失於黑暗的轉角時，白海文始終站在那裡沒有轉身。

◇◇◇　◇◇◇　◇◇◇

水如澐獨自一人走在內海路上，這條路她再熟悉不過了。

這曾是她在紅毛港認為最幸福的步道。以前，他們總會踩著絢麗的餘輝，由這裡一塊漫步到渡船場，沿途中他如春風般的微笑總是一路伴隨，如今重新踏在上頭，卻教她步步椎心。

馬路左邊的古厝一一熄滅燈火，嬌弱的孤影差點被黑暗吞噬，即使街燈和紅磚牆不離棄地陪伴在左右，止不住的淚水，卻讓她看不清楚接下來的路該往哪走。

走了好久好久……身體彷彿快失去知覺。直到空氣中傳來鹹鹹的海水味，耳邊聽見波盪的浪濤聲，眼前一片寬闊無際的大海似乎在提醒她——二港口到了。

她將目光落在遠端的長堤上，那是他們第一次相遇的地方。

往堤岸的方向前進，路邊正好有一間小雜貨店，有位年邁的阿婆正獨自收拾物品準備進屋內休息，瞧見阿婆拉下鐵門的那一刻，水如澐急忙加快速度朝目標地衝了過去。

「等一下——」她用力拍打半關的鐵門。

屋內的阿婆被突如其來的拍打聲嚇得心跳險些停止！重新拉高鐵門瞧見她後，忍不住責怪：「小賊，這呢晚啊，里喜要甲我驚死喔！」阿婆深吐一口氣雙手合十，口中喃喃唸誦：「天上聖母保庇……」

「阿嬤歹勢、歹勢……」她連聲道歉，告知對方自己買完東西就馬上離開。慶幸此刻的光線昏暗，加上老人家的眼力不佳，阿婆並沒有被她受傷的模樣嚇著。

離開店家，她朝堤岸的盡頭走去，步上一個小階梯，來到一個圓弧形的觀景台，岸邊沒有高聳的牆面圍繞，只有一塊塊低矮間隔的大石頭平均分佈於邊緣，她隨處找一個位子坐下。

這裡的燈光不算昏暗，眼前可以看見小港、中洲一帶還在作業的碼頭，以及遠處大樓的燦燦燈火。浪濤不絕狂打在堤岸邊，她為此感到莫名的心痛；夏季的海風迎面吹來，竟也讓人覺得格外寒冷。

後方傳來大貨船沉重的笛鳴聲，笛聲響徹整個港口，聲音落在她耳裡像是在取笑她一般，是啊，她好傻……等了兩年，落得今天的下場。

她呆望這一片海景許久，盡情傾洩一身的心傷，直到海風吹乾她的眼淚，情緒才逐漸緩和下來。指尖突然碰到冰涼的東西，她直覺低頭，這一袋啤酒是剛才從雜貨店內買來的，她順手取出一罐，用力扯掉上頭的拉環，猛然灌了自己一大口。

「咳咳……」水如澐連咳好幾聲，長這麼大以來，這是她第一次喝酒，今晚才曉得，原來，啤酒並沒有想像中的入口，有點後悔自己一時的衝動。她呆望手中的啤酒好半晌，彷彿連它也在取笑她。

笑吧，反正她已經傷痕累累，不差這聲嘲諷。

她反而高舉酒罐慶祝：「為自己的愚蠢，還有……失戀乾杯……」以及在紅毛港的最後一夜乾杯。今晚過後，她會乖乖地回家接受所有的安排，並且讓母親知道她這個女兒錯得有多離譜，這一切的一切，全是她的一廂情願。

再見了紅毛港，這裡充滿她無限的回憶，人生中有許多寶貴的第一次，她全獻給了這塊美麗的土地。想到以後可能不會再回到這裡，她的心就揪在一塊，現在只想藉由酒精的麻痺，才能讓自己暫時忘掉一切的痛苦。

下一秒，眼淚再次無聲地滑落——

◇◇◇　◇◇◇　◇◇◇

「鈴鈴——」

晚上十點，房內刺耳的電話鈴響喚醒正在發呆的白海文。

這麼晚了會是誰呢？他的電話才剛申辦沒幾天，照理說沒什麼人知道才對。

「海文是我。」七仔在電話那端。

「七仔，有事嗎？」他記得他跟女朋友約會去了。

「你猜我和淑珊剛才散步的時候遇見誰？」七仔愈想愈覺得不可思議：「如澐、居然是如澐！我問她為什麼這麼晚了還沒回家？結果，她連頭都沒有抬起來看我一眼，只用微弱的聲音說：她沒有地方可以去。之後，不管我怎麼叫她，她完全沒有回應，像是失魂般地一直往前走。」

他很懷疑，那個人真的是他所認識的如澐嗎？

「什麼！?她到現在還沒有回家！!」白海文既震驚又擔心。

「你現在快點來二港口，我看她往那個方向過去，現在我必須先送淑珊回家，待會再過去與你會合……」七仔正要補充一件極為重要的事，但兄弟早已掛上電話。

「喂喂……」

白海文火速衝出屋外發動機車，急速呼嘯而過的引擎聲劃破夜晚巷弄的寧靜，圍牆邊沙沙的聲響此起彼落，似乎也感染了他的擔憂，一張令人牽掛的臉孔，不絕浮現於腦海之中。

◇◇◇　◇◇◇　◇◇◇

「妳一個人在這裡很危險耶。」

水如澐無動於衷，背對著閒搭她的無賴不作任何回應。

「如果妳喜歡在港口喝酒的話，那我陪妳好了，還可以順便保護妳的安全。」吳名士賊笑著，他真沒想到居然會在這裡遇見她！兩年前在渡船場喝酒時，一眼瞧見氣質出眾的她一直念念不忘，之後，還曾在港口遇見她幾次。今天自己真是走狗屎運了！剛才毫無睡意一個人閒晃的路上，無意間發現她居然獨自一人，於是，他一路尾隨過來。

瞧前方的女孩毫無反應，暗想她可能已經醉了，呵呵，老天爺真是給他一個大好的機會，環顧左右確定四下無人，他乾脆主動上前握住她的手。

「女孩子一個人在這裡真的很危險，不如妳跟我回家好了，看妳想喝什麼樣的酒，我家裡統統都有，今晚我就捨命陪小姐，妳要是走不動的話，我還可以揹妳……」呵呵，撫著纖細又嫩白的雙手，看了就忍不住想親上一口。

水如澐醉眼惺忪地排斥，極力想抽回自己的手：「不要碰我！我、我不認識你——」她雖然努力掙脫，但對方畢竟是男生，她的力道落在下風。

「不用害羞嘛！等一下我們一起喝幾杯以後就熟了。」吳名士用力一拉，決定強行帶離。

「你、你，放手——」水如澐臉上佈滿驚恐，差點忘了紅毛港人的作息偏早，晚上十點就好比市區十二點般的寂靜，待會要是真的發生什麼意外，根本就不太可能會有人前來救她，天啊，自己真的是太大意了！

救命吶……

「是誰准你碰她的！？」一聲厲喝劃破港口的寂靜。

她實實在在震了一下；吳名士則嚇得鬆手，趕緊循向聲音的來源。

白海文由遠處的堤岸衝了過來，一把扯住他的衣領，怒火中燒的模樣差點讓吳名士嚇得尿失禁。

「海、海文原來是……是你，我就想說這個女生有點眼熟，好、好像是你的朋友，我看她一個人在這裡很危險，才想說要帶她去找你，沒想到這麼巧，你、你就剛好過來，那我就可以不用雞婆了……」他戰戰兢兢地解釋，深怕被識破，不論力氣還是身高，他完完全全在白海文之下，幸好分秒之差，他還沒有強行將人擄走，不然，這下子可就真的要吃不完兜著走了。

「滾！！」白海文雙眼迸射怒光，瞬間甩開手，要不是心繫著她，不然——絕不輕易放過這個趁人之危的小人！

吳名士一個重心不穩，腳步踉蹌，站定後，急忙向兩人說再見，隨後火速逃離現場。

港口的堤岸就剩下他們倆。

白海文凝視她的背影，一把向前：「走，我現在馬上送妳回家。」他伸手欲握，卻被她躲開了。

水如澐望著他，好不容撫平的心，卻又開始波濤洶湧。

而他，現在才看清楚她的模樣——

原先柔美的雙眼早已哭得紅腫，白嫩的雙頰隱約還可以看見兩個紅色的掌印，左側的肩膀則有明顯的瘀青，手臂與腿部更是留下不少長條印記，從傷痕紅腫的色澤來判斷，肯定是不久前挨打的，他再繼續往下看，她的腳指與拖鞋還有些未乾涸的血跡……

一陣酸楚湧上他的心頭。

該死的！剛才在圍牆邊他居然沒發現她的異狀！

「妳被家裡的人打？為什麼？」這幾天他不是已經依照伯母的意思，徹底斷決跟她的往來嗎？為什麼還會害她挨痛呢？

「跟你沒有關係。」面對他一臉擔憂的神情，她直覺想閃躲，於是別過臉去。

「妳喝酒？」他發現她說話的口氣有明顯地醉意，而且地上還有散落的啤酒空罐。

「我現在只想一個人靜一靜，你可以離開了。」雖然不清楚他為什麼會來這裡，但，再見到他只會加深自己的痛苦。

「如澐，快告訴我，究竟發生了什麼事情？不然妳怎麼會傷成這樣？這麼晚了妳一個人在外面，我真的很擔心妳的安全，我相信這個時候，妳的家人一定也四處在找妳！」他激動地吼著，抓著她的雙臂想知道她受傷的始末。

她不禁抬頭質問：「請問，你現在是用什麼立場來關心我？好朋友？」

「……」他鬆開手，面帶苦澀沒有接話。

強勁的海風將她頰邊的長髮吹至眼前，髮絲扎得她雙眼刺痛，他的沉默不語，猶如二次傷害般再次朝她的傷口上灑鹽。忍受七百多個思念啃蝕的日子，好不容易盼到心愛的人回港，她不可自拔地深陷關於他的一切，彼此曖昧不明的界線，只是被他定位成普通朋友的交情，接踵而來的打擊讓她忍不住崩潰，痛心地迸下眼淚。

綿綿細雨無聲飄落，天上的流雲陪著她一塊哭泣。

她潰堤的淚水滴進他的心坎，那泛紅無助的神情像是一把鋒利的刀——狠狠地往他身上狂刺。究竟為了什麼，他必須去傷害第一次見面就讓他掛心兩年的女孩？為了她將來可以得到幸福，他得狠心推開她？然後，看她在自己面前落得遍體鱗傷？

不！

如果她徹底消失在自己的世界，奔向其他男人的懷抱，他肯定會痛不欲生！

「對不起。」他無意間脫口而出。

對不起？「你跟我說對不起？如果，你早在兩年前就能像現在這樣明白地拒絕我，我今天就可以不用這麼痛苦了！我真的好蠢……居然會誤以為你也同樣喜歡我……」她用滿是傷痕的手，抹去失控的淚，雨水和淚水早已分不清。他的出現和這聲遲來的抱歉，讓她痛心地蹲下身，嬌小的身軀蜷縮著，早已泣不成聲。

白海文心疼地來到她身側，此刻，無論他說什麼做什麼，對她而言都成了一種傷害，他只好選擇靜靜地陪伴在左右。

不曉得過了多久，水如澐突然抬起頭來，呆然望向前方的渡口，用著微弱的聲音娓娓道出心中最赤裸的情意：

「七月一日那天，我第一次在港口遇見你，莫名地被你吸引，雖然你當下不太想理我，但我真的很感謝你特地過來幫我，當時你丟下我不管，一個人向前走，我急著想留住你，因此假藉學校作業的名義來拜託你幫忙，你答應的時候，晚上我還高興地睡不著覺，好希望天快點亮，好早一點見到你。四天相處下來的點點滴滴，我真得很滿足，總覺得自己好像陷得更深了。你出港那天，我一早就在渡船口等你，但卻撲了個空，後來我才知道，原來你們是從前鎮漁港出發的，那天沒能送你出港，我難過地哭了好幾天。兩年的時間真的好長好長……而我最快樂的事，就是重覆走在你曾帶我去過的每一個場景，我總愛蒐集紅毛港的相關剪報，總覺得了解愈多就離你更近一些。每隔幾個月，我固定會打電話向船公司打聽你們的消息，雖然不曉得太平洋與大西洋離這裡有多遠，但，只要知道你們出港的路上是平安順遂的，我就能夠開心上好幾天。我一有空就看書、跑菜市場，努力和一些料理的店家混熟，就是希望有那麼一天，我也能夠煮出像樣的菜色讓你品嚐。每天苦悶地數著日子等你回來，好怕兩年後再見面，你會不會早就把我給忘了……」

她頓時停下來哽咽，白海文連忙安撫，許久，她才又繼續開口：

「我意外地夢見好多女孩子像我一樣，都在等著你回港，我真的嚇死了，好不容易盼到你回來，那天，我居然緊張到……不知道該如何面對你。這幾天下來我真的好快樂，我不怕等待你回港的漫長日子，只怕等不到你的回應，然後你又再次出港，我沒有勇氣再傻傻地等著兩年過去……」

面對她毫不掩飾的告白，白海文澎湃的心潮久久難以平息，分別兩年的煎熬，他何嘗不是渡日如年呢？

水如澐的情緒似乎隨著乾枯的眼淚靜止，她試著撐起麻痺的雙腿，白海文迅速扶她一把，瞬間，她綻笑了，卻用失望無比的眼神看著他。

「幸好，從明天開始我就不用再做傻瓜了，因為，我已經等到你的答案。」

不曉得是酒精發作，還是一整晚沒有進食的關係，她的步伐開始不平穩，甚至還作噁想吐。水如澐用力推開他的攙扶：「如果你堅持繼續待在這裡，那我這個外地人走就是了……」隨後茫茫然轉身，拖著沉重不堪的身體朝堤岸的邊緣邁進。

「小心——」

白海文驚慌大喊，火速衝向前，即時將人救回；猛然撞擊的力道讓她當場昏厥在他懷裡，他趕緊抱住即將傾倒的嬌小身軀，然後，深深望著懷裡的人。

他主動抹去她臉上的淚，用自己的身體替她抵擋紛紛細雨。

兩年前，在她跨出渡輪，獨自站在泊岸觀賞海景時，一眼就吸引他的目光，那天，要不是她主動，也許他只會待在堤岸目送她離開。慶幸她比自己還有勇氣，不然，只怕他們現在連朋友也不是——頂多是不相干的兩個陌生人。

「如澐，一直忘了跟妳說，那天我轉身看見妳，彷彿看見一朵純淨、潔白的蒲公英飄落在眼前，很美，也讓我大感意外。很抱歉，兩年前我一直沒有主動表示自己喜歡妳的立場，我沒有把握要妳等我回港，畢竟時間是一個現實的考驗。出港那天，我一點也不希望妳前來送別，深怕妳又會忍不住傷心的眼淚，那樣只會加深我航程中的痛楚，雖然妳沒有見到我，但我卻早就站在遠處等妳出現，陪妳一起等待，許久後才離開。兩年後，當妳再次出現在我面前時，我真的很想上前給妳一個擁抱，然後跟妳說聲——對不起，久等了！謝謝妳這麼無悔地等待。回港後，那些相處的日子我很難忘，特別是妳一早就辛苦提了一大袋東西過來，為的就是要下廚給我吃，我真的很感動！我知道妳很努力融入我的生活，謝謝妳不介意我的職業和我居住的環境，妳的付出，我全都曉得。」他發現懷中人的體溫微涼，趕緊摟緊些。

「那天，妳媽和妳哥突然出現在我家門口，我確實很意外，但，我並不介意伯母對我說過的那些話，我曉得她全是為了妳好。之後，我開始刻意躲著妳，妳一定很難過，對吧？對不起，我以為這麼做，才是真的為妳好，但我卻嚴重忽略了妳的感受。剛才在學校圍牆邊跟妳說的那些話，請允許我把它收回，我並沒有對其他異性朋友好過，目前也只對妳才這麼做。如果我當下早點發現滿是傷痕的妳，絕對不會讓妳白白為我流下那麼多傷心淚，已經造成的傷害，我無法挽回，但希望之後我可以彌補這一切，兩年前我早就喜歡上妳了，很抱歉，這句話讓妳久等了……」

岸邊的浪濤持續拍打著堤岸線，點點燈火綴飾著深夜，紛飛的細雨替兩人灑落訴不盡的思念。

遲來的情話，只可惜水如澐沒能親耳聽見。

「海文——」七仔從另一端趕來。

「剛才淑珊託我拿外套過來。」衣服原本是要讓如澐遮擋傷口用的，但發現她此時熟睡在他懷裡時，七仔順手將外套覆蓋在她身上。「如澐現在怎樣了？為什麼她會傷成這樣？你們到底發生了什麼事？」

「沒事，她只是醉倒而已。」

她今天又是失魂、又是受傷、又是喝醉的……一連串異常的表現，七仔再也忍不住脫口：「喂！有些話我很早就想跟你攤牌了，你明明就很喜歡她，為什麼一直都不肯向她表示？你讓一個好好的女孩子主動跟你示好、成天往你這裡跑，又不是不曉得我們附近那群三姑六婆常在背後對她指指點點的，私底下還把如澐說得很難聽，你真的受得了？就算她媽媽反對你們交往又怎樣？未來又不是伯母要嫁給你，你管她那麼多。你可以試著努力改變女方對你的偏見，你有正當的職業又沒有不良嗜好，就算我們目前居住的環境差了點，但並不代表你養不起她女兒、給不了如澐幸福。我希望你不要再畏畏縮縮的，真是把我們討海人的臉都丟光了！」他一反常態，嚴肅瞪著白海文：「要不是你現在抱著如澐，不然，我早就一腳把你踹下去，讓你泡在海裡好好想一想。還有，我一直把如澐當成是自己的妹妹在看待，之後，你要是做了什麼讓她傷心的事情，我一定第一個找你算帳！」他忿而握拳。

「你放心，我知道接下來該怎麼做了。」

「還有，我們之前合作的漁船早就出港了，你這次不再續約，有什麼打算？」

「我想要找噸位比較小的遠洋漁船，這樣可以縮短出港的航程。」

「為了如澐？」

「對。」白海文回答得極為乾脆：「那你呢？幹嘛也不簽約。」

七仔用堅定的口吻說：「因為我們是好兄弟，你去哪我就去哪。」

「少來，我看你是熱戀中捨不得出港，怕兩年後回來，淑珊她……」

「呸呸！」烏鴉嘴。「她這次不也是和如澐一樣等了兩年。」

「是是，誰不曉得淑珊個性外向人緣相當好，不少人上麵店，醉翁之意不在酒，我看你自己保重一點。」

「謝謝你，幸好淑珊她媽媽好相處多了，你自己的皮才要繃緊一點。」

囉嗦……「走吧。」白海文抱著她率先離開。

「你現在打算怎麼做？」七仔趕緊追上。

「先帶如澐回我那邊，剩下的明天一早再處理，現在要麻煩你載我們一程。」

他抱她坐上後座，三人共騎一台機車回到住處。

白海文安置好水如澐後，共撥了兩通電話，他與話筒那端的人聊了許久，最後，總算滿意地掛上電話。

第五章　情定

天還沒亮，水如澐逐漸從睡夢中甦醒，醒來的第一個動作，就是伸手摸向一旁的床鋪。奇怪，她的床墊什麼時候變得這麼硬？讓她一覺醒來感到全身痠痛。

她緩緩睜開眼睛，花了幾秒鐘的時間才適應屋內昏暗的光線，當發現映入眼簾的景像不是自己以往熟悉的場景時，驚嚇得彈坐起身。

……這裡是？她忍不住揪緊身上的棉被，幫自己增加一點安全感。

她循向燈光的來源，壁上的小夜燈光源雖然微弱，卻足以讓她看清四周的環境。

這個房間並不大，整間全用木質地板挑高鋪造，角落擺設了幾個簡單的木頭櫃，斑駁不均的牆面加上樸實的格局，突顯出房子的老舊與幽暗。房間最內側有一扇窗戶，由窗簾後透出的漆黑與一屋子的寂靜來看，目前應該是深夜。

身體突然傳來陣陣的疼痛，她不禁皺眉。低頭找尋疼痛的來源，盯著手臂與雙腿挨打過後所留下的記號，她才恍然大悟，原來，她之所以會全身痠痛，並不是因為睡躺在厚硬的木質地板上。

她檢視自己的傷勢，發現左肩貼了一片藥膏，手臂與腿部似乎還聞得到一股淡淡的藥草味，涼涼的藥效滲透在皮膚裡，舒緩了不少疼痛，而原先踩到碎玻璃的腳掌，此時也已經纏上繃帶，照這些情形來看，已經有人先行替她處理過傷口了。

會是誰呢？還有，她現在為什麼會在這裡？她實在一點印象也沒有。

水如澐努力拼湊不完整的記憶，隱約記得她離開家裡後，坐上了客運，然後……她獨自在內海路上走了好久好久，還在港口那裡喝了一點酒，雖然啤酒的濃度並不高，但以她初嚐者的酒力，要喝醉一點都不困難。

低頭思考的她無意間轉頭瞥向一旁，竟意外地發現身邊還睡了一個人！

一瞬間，她心跳莫名加速，呼吸也開始變得急促。

那個人面朝著她的方向側躺，頭髮不規則地覆在臉上，濃眉與挺直的鼻子、健康的膚色及有形的肌肉線條——除了白海文，還有誰能讓自己產生這麼大的情緒變化？

原來……這裡是他的房間，以前，她未曾進來過。

水如澐注意到兩人的中間捲了一條棉被當界線，而自己目前睡的位置下則鋪上了兩層薄被——這個貼心的舉動，無非是為了幫她緩衝身體與木板接觸的不適。反倒是一旁的他直接睡在木板上，身上一件薄被也沒蓋，看得出來，整間屋子的棉被全都貢獻在她身上了。

昨晚，她肯定給他添了不少麻煩。

腦中突然閃過昨晚他曾說過的話，想到這裡，她的心似乎又開始隱隱作痛，不自覺鼻子一酸，眼睛又浮上薄霧。她仔細端詳他熟睡的臉龐，原來，他連睡著的模樣都這麼好看，水如澐努力刻劃下眼前的畫面，這將會是她最後、也最珍貴的回憶。

該離開了，要是被人發現他們孤男寡女共處一晚，只怕跳入黃河也洗不清，到時候遭受鄰居指指點點的輿論壓力，只會害他更難做人。

為了不驚醒睡夢中的他，水如澐小心翼翼掀開身上的被子，改將棉被輕覆在他身上，隨後起身準備離開。

「啊——」突如其來有力的手拉住她，她驚叫出聲。

「妳要去哪裡？」

她忍不住瞥頭看，正好對上他的眼，炯炯有神的目光鎖著她，讓她有些不知所措，從他現在的模樣看來，她懷疑他根本就沒睡著。

「我、我……我該回家了。」一再次面對他，她感到格外尷尬。

「現在是半夜，沒有客運、沒有渡輪，也沒有計程車可以搭乘，妳想回家的話，等天亮我再送妳回去。」他平和的語調在寧靜的夜裡，更顯得動聽。

白海文的手似乎沒有放開的打算，她不禁想提醒，昨晚，兩人在圍牆邊的種種對話。「昨天晚上，我們……」

她話還沒來得及說完，白海文已經搶先插話。

「昨晚我只負責幫妳擦藥，我們什麼事也沒發生，妳可以不用擔心，再加上我家只有一個房間，我又不想去和七仔一塊睡，所以，我們只好勉強擠一間了。」他的唇邊掛著一抹懾人的微笑。

「!?」水如澐懷疑自己是不是聽錯了？他是故意誤解她的意思？還是存心開她玩笑？

望著他溫和又出眾的神色，害她又……

「如果妳睡不著了，不介意的話，我們現在聊聊好嗎？」

水如澐震了一下。

如果，他想聊的內容是接續昨晚的話題，她可是千百個不願意再重新撕開未癒合的傷口。

昨晚她確實是喝醉了沒錯，但他說的那些話，她一個字也沒忘。

她僵在原地不知該如何是好，憂鬱與不安掛在臉上。

下一秒，整個人被拉進一具溫暖的懷抱之中。

水如澐大吃一驚！！

待她回神，背已緊貼他的胸膛，她徹底感受到他鍛練有素的肌肉曲線，厚實的手臂圈住她嬌小的身軀，完完全全將她困在他的天地裡。

彼此肌膚近距離觸碰的溫度像一道灼熱的電流竄出，她嚇得僵直身體不敢亂動。

「現在傷口還會痛嗎？昨天晚上我只能臨時做些簡單的處理，想等天亮以後再帶妳去附近的診所上藥。」他輕附在她的耳畔細說，隨後執起她的雙手查看傷口消腫的情形。

她目不轉睛盯著眼前親暱的舉動，他的臉近貼在旁側，她實在不敢任意轉動自己面頰的角度，此刻，她只知道自己的心跳急速加快，差點停止！

面對他忽遠忽近的態度，她再也忍不住抖著聲音詢問：「這、這樣做，也算是對普通朋友表達關心的方式之一嗎？」她加強了普通朋友四個字。

「當然不是，我只對自己的『七啦』才這麼做。」他將人圈得更緊了些，繼續補充：「那天七仔的解釋只說對了一半，『七啦』確實指的是女性朋友，但講白一點是指——女朋友。」

什麼！！

水如澐瞠大雙眼，不可置信地消化他所說的話。

他說，她是他的……

再也按捺不住此刻澎湃的情緒，迫切地想進一步聽他親口說出答案，連忙面朝著他，彼此間的距離近得不能再近。

「你、你的意思是說……」

她迎上一對充滿情意的眼眸。

「這就是我的答案。」

有力的手掌出其不意托住她的腦後，白海文迅速俯下身，溫熱的吻落在她來不及反應而微啟的紅唇上，原先輕觸的四片唇瓣，隨著他力道的加重轉成纏綿的吸吮，他的氣息徹徹底底佔據她的感官，不容退怯。

這是夢嗎？她宿醉還沒醒嗎？現在居然被自己所愛的人親吻著，這麼濃烈又炙熱的情意，幾乎將她僅剩的理智給燃燒殆盡。

如果這真的是一場夢，那麼她唯一的請求，就是希望它可以不要太早醒來。

水如澐的熱淚不自覺滑落，白海文察覺她臉上的濕意，迅速停止動作。

他憂心捧著她的臉：「怎麼哭了？是不是傷口又開始痛了？等我一下，我馬上去拿藥……」

他轉身之際，水如澐飛快地摟住他的頸項。

這遲來的一句話足足讓她等了兩年，差一點……她以為和他再也沒有機會了，想到這裡，已無法抑制，忍不住伏在他的厚實的肩上痛哭。

兩年前同樣的畫面，是因為他們即將要分開；兩年後，她喜極而泣是因為盼到他的回應。

白海文緊擁著她，任由懷中人釋放壓抑已久的情緒。

宣洩完畢後，她像個哭累的小孩，趴在他溫暖有力的懷中，安穩地睡去。

感受她呼吸緩和起伏的節奏，他才輕聲道來：「如澐，妳一定不曉得，我最害怕看見妳哭紅的雙眼……」偏偏又害她為自己流了不少傷心淚，她的眼淚總能一點一滴侵蝕他的心，讓他再也無法漠視為她埋藏已久的情感。

他輕吻她眼角的淚痕，幫她蓋上薄被，擁著她一塊入睡。

◇◇◇　◇◇◇　◇◇◇

紅毛港，一早便是這幅活力盎然的景象——

天還沒全亮，一群早起的中、老年人來回慢步走動，一路上閒話家常的音量，完全不怕吵醒還在熟睡的同鄉人；海汕國小圍牆邊，嘰嘰喳喳的鳥叫聲不絕於耳，為美好的開始演奏一首又一首動聽的晨曲；早餐店的老闆則是忙著現煮一鍋鍋熱騰騰、又香又濃郁的古早味豆漿；菜市場一大清早，各式各樣的攤販陸陸續續擺設，為漁民補給今日的生活所需；每天準時早起的學童，紛紛往海汕路集中，等待每小隊的成員全數到齊後，即整齊劃一帶隊前往校園，可愛又朝氣蓬勃的景象，也算是當地的特色之一。

窗外頻頻傳來吵雜的聲響，水如澐緩緩由睡夢中甦醒，本能地翻動身體，卻莫名撞上一堵結實的牆面，好奇心的驅使下，她自然伸手觸摸。

上上下下，左左右右。奇怪？這溫熱又渾厚觸感是……？

疑惑誘使她一探究竟，當白海文熟睡的臉龐近距離置入時，她還以為是自己眼花了！！

她用力搓揉雙眼，但眼前的景像並沒有任何改變，緊接著伸手去捏自己的臉頰，直到疼痛從腦神經傳達至臉部，她才相信眼前的事實。

這次絕對不是在做夢！如此貼近的接觸，他男性的氣息圍繞在左右，鐵臂還勾附在自己的腰間上，剛才不自覺在他身上游移的雙手，此時也還貼在他的胸前。剎那間，一股熱潮湧現，她整張臉紅得可以煎蛋。

趁著某人還在熟睡的當下，她努力搬動環在腰際上的健臂，想以最快的速度逃離令她臉紅心跳的場面。

「睡醒了？」白海文沒睜開眼：「吃完豆腐之後就打算開溜？未免太便宜妳了。」他用力一攬，始作俑者馬上又回到他懷裡。

「啊——」水如澐驚叫。

他將臉埋進她的頸後，引來懷中的人兒一陣顫抖。「現在妳應該知道，喝酒誤事要付出多麼痛慘痛的代價了吧！」

……呃，這句話的註解真是下得太好了，現在她確實有點後悔，不過才經過一晚，她瞬間從地獄飛上天堂，落差之大害她有些適應不良。

「為、為什麼你突然改變心意，決定……」昨晚她究竟錯過了什麼精采好戲。

他輕笑，隨意編個理由唐塞：「妳喝醉後把我家吐得亂七八糟，還對我又親又抱的，為了彌補我的損失，我決定——不放過妳了。」

啥？水如澐完全沒想到會聽見這樣的答案，趕緊抽身面對他：「真的？我真的做了這些事？」天啊，她居然像電視劇情般發起酒瘋來，這次臉全都丟光了！

白海文這才睜開雙眼，接著以嚴肅的表情直視她。

「下次別再自己一個人跑到港口喝酒，以後除非有我在身邊，否則，嚴格禁止妳碰任何含酒精的飲料。」昨晚要不是碰巧被七仔遇見，不然，他又怎能及時趕到現場。當時醉意不淺的她要是真的被人帶走，他實在無法想像現在究竟會發生什麼事？思及此，忍不住瞪著懷裡的人。

他此刻含怒的神情與嚴肅的語調，讓水如澐倍受驚嚇。

「對、對不起，我下次再也不敢了……」她連忙道歉，想也知道他昨晚肯定忙翻了。

「還有下次？」他皺眉並且提高音量。

在她來不及反應之前，他早已迅速將她壓在身下。

貼近的臉龐與火熱的吻來得太突然！

水如澐感受到壓覆在自己身上沉重的男性軀體，他熱情如火的吻，惹得她只能羞怯地閉上眼睛，微顫的雙手不自覺環抱他寬闊又溫暖的胸膛——這個迷人的位置她並不陌生，除了帶給她莫名的安全感之外，還逐漸帶領她適應情人之間的親密接觸。

纏綿一會兒後，他緩緩移開唇，結束親吻前懲罰性地輕咬她的下唇，並且很滿意她此時嬌羞無助的模樣。

她迅速將臉埋入他懷中，發燙的雙頰想必連他也感受得到。

「昨晚，你怎麼會知道我在二港口的堤岸？」她忍不住問。

「里長深夜廣播說：有一名女子疑似白海文的女朋友，現在喝醉酒大鬧二港口，請當事人快點把人給帶走，才不會影響紅毛港的善良風氣。所以，這一里的人全知道妳昨晚在我這裡過夜了。」

她笑出聲，沒想到他這麼會開玩笑。

「如澐，妳爸媽明天才會出國，是嗎？」他撫著她柔順的長髮問。

她在他懷裡點頭，沒發現他是如何知道這件事情的。

「待會我們一起吃完早餐後，我就送妳回家。」

「嗯。」她確實也該回去了，昨晚一整夜沒回家，家裡的人肯定擔心得要命，不曉得母親的氣消了沒？

「送妳到家後，我順便進去作客。」

啥？她沒聽錯吧？水如澐急忙探出頭。

「這樣不太好吧……」昨晚母親已經被她氣成那樣了，要是看見他今天陪同她一塊回家，場面搞不好會更加失控，會不會還害他一起挨打呢？

「有我在的話，要是發生事情還可以保護妳的安全，如果妳擔心我的話，那我再請一位神秘嘉賓陪我一起去就行了。」

「誰？」不會是七仔吧。

他笑而不答。

「我們一起回去後，到時候氣氛鬧僵了該怎麼辦？」她緊張地追問。

「如果真的演變成那樣，就一定得靠妳的幫忙才有辦法化解。」

「我？」水如澐訝異地指著自己，她怎麼可能做得到？

白海文附在她耳畔說悄悄話，聽完後，她完全無法理解。

「你確定？」就這麼簡單的任務？

他點頭笑了笑，順手看了一下手錶：「時間差不多了，我們該起床了。」隨即牽著她步出房間，一起至隔壁的小矮厝盥洗。

白海文換上一套正式的服裝，合身的剪裁襯出他的氣宇非凡。他帶著水如澐走出門口，門外正好來了一位婦人。

「海文，你們起床啦，早餐我順便幫你們買來了。」婦人一身優雅的粉色系套裝，嫻淑而親切，她手裡提著一大袋東西，正笑咪咪地看著他們。

「海文，她是……？」眼前這位氣質頗佳的中年婦女，讓她覺得有點眼熟，好像曾經在哪見過？

白海文攏著她的肩，介紹說：「媽，她就是如澐。」隨後轉向身側的她：「如澐，她是我媽媽，名叫陳好。」

水如澐呆愣了好幾秒才意會過來，紅著臉怯聲說：「伯母，妳、妳好……」

「好好好，很好、很好。」陳好目不轉睛地欣賞，頻頻點頭。

「媽，妳的東西都準備好了嗎？」

「嗯，一大早就去市場買了蘋果和梨子禮盒，等你們好了，我們就可以一起出發了。」

一起出發？她沒聽錯吧！？

「海文，你說的神秘嘉賓該不會就是……」

白海文點頭，笑容的背後藏著一抹讓人猜不透的意圖。

「你、你們要陪我一起回家，為什麼？」水如澐打量母子倆正式的裝扮，看樣子應該不只是單純的想送她回去。

「如澐，妳一定肚子餓了吧，快點進來吃早餐。」陳好巧妙地轉移話題，她將手中一大袋物品交給兒子，隨後笑盈盈拉著一頭霧水的水如澐進屋子去。

屋外的白海文笑望這一幕。

◇◇◇　◇◇◇　◇◇◇

水如澐萬萬沒想到會有今天的局面。

他們母子倆居然是來提親的！

父母親似乎早就做好訪客到來的準備，一早就待在家裡等候。陳淑芳從他們進門開始就扳著臉孔；白海文與陳好則是從頭到尾笑容滿面，雙方面對面而坐，形成強烈的對比。

這屋子凝滯的氣氛已經僵持了很久，不管陳好說什麼，陳淑芳總是持堅決反對的立場；水育寬頻頻從中打圓場，忙得不可開交！水彥廷兄妹僵立一旁也顯得十分尷尬。

「我說不同意就是不同意，誰來說情都一樣！」陳淑芳冷著一張臉，管它什麼待客的基本禮貌，她始終沒給對方好臉色看。

「水先生、水太太，我們真的很有誠意跟你們結成親家，你們有什麼條件儘管開口，我們一定會盡全力配合，將來如澐要是嫁到我們家來，我保證會把她當成是自己的女兒一樣照顧。而且你們把女兒教得這麼好，我們海文能夠娶到她，真的是上輩子修來的福氣。」陳好迷人的笑容絲毫有沒受到任何影響。他們夫妻只生了海文倆兄弟，一直很渴望能再添一個女兒，遺憾的是——她的肚皮從此再也沒有下文。

兩年前大兒子文濱娶老婆，他和老公開心的不得了，對媳婦的疼愛遠超過對兒子的關心。如果今年可以再幫海文完成終身大事，家裡再添一位媳婦，他們真的會笑到合不攏嘴。

更別說，她第一眼見到如澐就相當喜歡。

哼，佔了便宜還賣乖！要是真的把女兒嫁給他們，自己才是真的虧大了！陳淑芳氣得轉頭不接話。

「淑芳，別這樣嘛，人家是客人。」水育寬急忙拉著老婆勸說，立刻附耳：「妳這樣做我很難做人耶……」虧他們夫妻都從事教育工作，害他的臉不知道該往哪邊擺？相形之下，白太太從容不迫的應對與智慧，層次反而在他們之上。要不是先前受到老婆的影響，讓他對眼前的母子產生先入為主的偏見，不然，從他們的外形與談吐來看，他還真不相信他們是打從落後的漁村來的。

白海文將目光瞟向一旁發呆的水如澐，飛快地朝她使個眼色，暗示接下來的重頭戲該輪到她上場了。

水如澐愣了愣，緊張地吞著口水，腦海中回想他早上交待她揣摩的事件。深吸了一口氣後，努力融入那個情境。

「嘔——」她掩口頻頻作嘔，雙腳還差點站不穩。

一旁的水彥廷雖然感到驚訝，但眼明手快地立刻扶住即將傾倒的妹妹，順便幫她順背舒緩不適。

水育寬和陳淑芳被此舉嚇得目瞪口呆！難以接受眼前事實的他們，神色凝重互望彼此一眼。水育寬當場沉默；陳淑芳的臉色更是鐵青到毫無血色。

水如澐沒料想到父母的反應會這麼強烈，她繼續賣力演出，好掩飾自己滿肚子的驚訝與疑惑。

「嘔——」

「水先生、水太太，要是如澐身體不舒服的話，先讓她回房間好了。」陳好憂心地提議。

水育寬馬上抬高下巴，示意兒子帶妹妹回房，在兄妹倆準備離開客廳前，即使只有短暫的零點幾秒，水如澐清楚地看見白海文對著她眨眼，似乎是在暗示說：做得好！害滿臉心虛的她雙頰瞬間漲紅。

水彥廷兄妹離開後，陳好直接切入重點：「如澐真是個孝順的好孩子，昨晚在我那裡一整夜都沒睡好，還哭著擔心媽媽的身體會被她氣壞。都怪我們家海文一直沒跟我說這件事情，害我這個長輩到現才出面處理，對於你們兩位我真的感到相當抱歉，都是我教子無方，希望你們能夠見諒。水先生、水太太，看在我們很有心要負責的份上，只要你們開口要求的條件，我們一定照辦。如果沒問題的話，你們一回國，我就請媒人送上訂婚用的習俗禮品。」

「好，這件事就交給我作主。」水育寬再也不管老婆反對的聲浪，女兒的終身大事他這個一家之主說了算。

陳淑芳咬牙接口：「除了大餅和金飾外，聘金我要求四十六萬，一塊錢都不能少！」

四十六萬！水育寬瞠目結舌。

照行情來說，聘金大約十幾萬不等，四十六萬可是一筆大數目，再添一些金額上去，幾乎可以蓋間一樓高的平房了，老婆獅子大開口擺明了是蓄意刁難。

「淑芳……」

「我不管，這是我最後的底線，要是辦不到的話，現在就可以請他們回去了。」

「水太太，關於妳提出的這一點絕對沒有問題，謝謝你們不嫌棄和我們結為親家。」兒子的婚事成功抵定，陳好難掩喜悅，她看著兒子示意他開口說話。

「謝謝伯父、伯母成全。」白海文站起身，向兩位長輩致意。

陳淑芳別過臉不作回應；水育寬則笑說：「哪裡，未來如澐還要麻煩你們多多照顧。」

「水先生別這麼客氣，結成親家後我們就是自己人了。對了，如果方便的話，我可以向你們要如澐的生辰八字嗎？這幾天我就盡快請人家選定下聘和結婚的日期。」

「這當然沒問題，淑芳，妳馬上去抄小澐的資料給白太太。」

陳淑芳不情願地離開，一會兒後，她拿了一張紙條遞給陳好，臉上依舊沒有笑容。

「水太太，真的很謝謝妳。」陳好笑著接手，馬上收妥。「我們也打擾很久了，該要回去了，今天真的很謝謝你們的招待。」語畢，她與白海文隨即起身。

「伯父、伯母，如澐今天就麻煩你們費心了，你們出國不在的期間，我會好好照顧她的，祝你們明天旅途愉快、一路平安，我和我媽先離開了。」

「嗯。」水育寬點頭回應，雖然這是他們第一次見面，但對方給他的印象還算不錯，他跟著起身送客人離開家門，獨留老婆在屋子裡生悶氣。

一直待在樓梯口偷聽的水彥廷，此時躡手躡腳地跑上樓，關上門，他隨即大喊：「如澐，爸媽居然答應你們的婚事了！」

「真的？」水如澐高興得跳起來。

「你們到底在演哪齣戲呀？我怎麼都看不懂？」

「說真的，我也不是很清楚……」海文只是問她有沒有過暈船的經驗，要她把那種頭暈作嘔的感覺演出來，哪曉得父母看見後的反應會如此強烈。這招這麼管用的話，他應該要早點教她才對。

「所以，妳的身體並沒有不舒服嘍？」

「當然有，昨晚被媽媽打成這樣，我全身上下都痛死了！」這回完全不用演，她皺眉忍痛的模樣絕對是真的。

「哎呀！我差點忘了這件事，妳等等，我馬上拿藥幫妳擦。」水彥廷急忙離開。

水如澐望著哥哥離去的背影，再看著自己身上的傷口，腦海中閃過兩人稍早的親密接觸，瞬間浮上一股潮紅。

她一路的堅持與付出，今天總算盼得了代價。

第六章　美麗的初約

水如澐今天起了個大早，父母這趟出國之旅一去就是十天，她特地在家門口送他們離開。

水育寬將行李陸陸續續拎上計程車的後車廂，隨後提醒女兒：「小澐，待會記得再去補個眠，沒事多休息別亂跑，我和妳媽媽到達目的地後，就會打電話回來報平安。」

「爸，別忘了幫我和哥哥帶紀念品回來喔。」水如澐勾著父親的手臂撒嬌。

「哈哈，我哪敢忘啊！」水育寬撫摸她的頭頂，在他眼裡，女兒永遠都是他呵護在手心──一個長不大的小女孩。

昨天的事件後，陳淑芳仍在氣頭上，和女兒的互動自然減少許多，水如澐望著母親開啟後車門準備入座，趕緊衝上前抱住她。

「媽，對不起，妳不要再生氣了，希望妳和爸這次出國可以玩得很愉快。」

陳淑芳立刻皺眉：「小澐，妳現在的動作不可以這麼大，這種小細節自己要多加留意，知道嗎？」她心裡氣歸氣，但為人母親的天性還是不忘對女兒提醒。

聽見母親這聲關心的叮嚀，水如澐感動得眼眶泛紅。

「媽，謝謝妳……」她的眼淚終究還是落下。

「都長這麼大了，還是愛哭鬼一個，將來嫁人了該怎麼辦？」陳淑芳雖然一直繃著臉，但立刻從皮包內拿出面紙遞給女兒擦拭。

水育寬看著母女倆此時的互動，欣慰地笑說：「淑芳，這都要怪妳，雲字還特地挑水部首，這朵『澐』能不愛哭嗎？」

陳淑芳冷睨老公一眼；水如澐則是邊笑邊擦淚。

計程車司機忙探頭出來催促：「先生、太太，再延誤下去可能會影響上飛機的時間了。」

兩人聽見後，紛紛坐進計程車內，關上門後，水育寬隨即搖下車窗向女兒揮別，他再次提醒：「小澐，我們不在的期間，你們兄妹倆自己小心點，家裡的大小事記得要麻煩哥哥協助，妳自己要多加注意身體，知道嗎？」

「嗯，我會的，爸、媽路上保重喔，再見。」

水如澐一路目送父母離開，直到計程車遠離，她才返回屋內。順道看了一下牆上的時鐘，現在還不到早上六點，距離海文來接她，還有好幾個小時的時間，她決定先回房休息。

躺在柔軟又舒適的床舖上，非但沒有睡意，她還猛盯著天花板發呆，忍不住回想昨晚哥哥跟她說的話。

原來，海文把她從二港口接回家後，當下就打電話給哥哥報平安了。哥哥說：海文已提前告知他，隔天一早會來家裡拜訪。他們還小聊了一下，整個事發的經過他也全告訴海文，這當然包括她扯的那個謊言——她和海文已經發生關係了。

天啊！她怎樣也沒料想到，他居然會知道這件事！

而且，還順著她的謊言上門提親，要她獨秀那場暈船的戲碼，全是為了讓父母親誤以為她懷孕了，所以父親才會當場就答應這門婚事。要是他們之後發現這是一場大騙局，不曉得會有什麼樣的反應？幸好父母短時間之內不在家，否則以她的爛演技，肯定很快就會被母親看穿了。

唉……她現在已經煩惱到睡不著覺，更別說十天後父母親要是真的回國，她鐵定會焦慮到寢食難安，到時候不用刻意演戲，就真的很像懷孕初期的症狀。

接下來幾天，一定要和海文好好商討一番，看接下來該怎麼做才好。

現在，總算能夠深深體會一句話——說一個謊言，就必須用更多的謊來圓那個謊——這句話實在一點也沒錯。

◇◇◇　◇◇◇　◇◇◇

水如澐一開門，就看見他準時出現在家門口，她開心地朝他飛奔過去。

「妳現在大動作的樣子，要是被某個人看見，可能不太好喔。」白海文坐在機車上，故意鬧著她。

突如其來的玩笑話，害她差點絆倒！幸好被他飛快地攬住身體。她紅著一張俏臉，讓他不禁發笑。

「昨天還好嗎？」

「不好，因為你沒有事先通知我要演一名孕婦。」在他的攙扶下她才站妥，接著問：「我們這樣子做好嗎？打算要瞞我爸媽到什麼時候？」

「至少要等到我們訂完婚之後。」他伸手幫她把耳際飛散的長髮撥好。

「要是後來我爸媽知道我根本就沒有懷孕，打算毀婚怎麼辦？」她十分擔憂。

白海文專注望著她，篤定的說：「放心，我不會讓他們有機會毀婚的。」

「你不怕我媽之後會帶我去產檢嗎？醫生會跟她說我根本就沒有懷孕，而且，還是……」她停下話來，不好意思再繼續說下去。

他帶著笑意的黑眸閃著一抹亮彩。

「先不用急著煩惱這個問題，我們還有好幾天可以想辦法，不是嗎？」他執起她的手安撫，順道檢查傷痕復原的情形。

「伯母知道我們實際的情況嗎？」

「我媽當然知道我們是清白的，不然，早就把我唸到臭頭了。」

「怎麼說呢？」她不免好奇。

「以前，她就不斷提醒我們兄弟倆，在沒有論及婚嫁以前，絕對不可以做出超越本分的事情，在漁村這麼保守的地方，可是會害女生的名聲受損，將來很容易被左右鄰居看輕的，所以我們如果真心愛另一半，就一定要懂得保護對方。」

「伯母真的這樣教你們？」

他點點頭：「我爸媽的情形和我們非常相似，以前，我媽也是不顧長輩的反對，還堅持和我爸結婚，氣得她的父母親沒來參加婚禮。幸好，婚後我爸的表現沒有讓她失望，當時捕魚的收入還算不錯，他們也很努力用行動修補長輩對他們的不諒解，後來，我外公、外婆才慢慢地接受我爸。所以我媽也算是苦過來的人，雖然她讀的書並不多，但人生的經歷比別人還要豐富，自然會以過來人的經驗要求我們。」

「哇，伯母真的很不簡單耶！在當時這麼保守的年代居然敢這麼做，只是我有點好奇，她要怎麼不顧家人的反對，私下和你爸結婚呢？」會不會像自己一樣，被修理得很慘？

「妳猜呢？」他反問。

嗯？水如澐努力低頭思考，回想他剛才說，伯父伯母的情形和他們非常相似。難道……不會吧？

「他、他們先有後婚？」她訝聲道。

白海文以燦爛的笑容回覆，點頭表示她猜對了。

哇，她簡直不敢相信這是真的！很難想像伯母當時除了要承受家人不諒解的壓力外，還得忍受鄰居異樣的眼光與接踵而來的冷言冷語。如果沒有堅定的意志，這條路肯定會走得相當辛苦，這也難怪伯母給人的感覺不同於其他婦人。

「所以，要我們假裝懷孕，是伯母的意思？」

「當然不是，我只是配合妳一起演出，不然，我要是堅持說我們沒怎麼樣，你爸媽肯定認為我是一個不負任的傢伙——偷吃還死不承認。到時候對我的觀感只會更差，這樣我們就更不可能有機會交往，因此，我還得感謝妳想到這個好方法呢。」他滿是情意看著她，接著說：「妳的問題全問完了嗎？現在可以上車了吧？」

「我們今天有什麼行程嗎？」在他的牽引下，她跨上後座，為了遮掩身上的傷痕，她特地穿著褲裝與薄外套。

「我爸他們知道妳今天會過來，特地晚點才去工作，他們一直很想認識妳，所以叫我們中午一塊回去吃飯。」

他拉她的手環住自己的腰際，她的臉貼在他背上，將前方的人抱得緊緊的。

「今天要回去見你的家人，我有點緊張……」

「不用擔心，他們都很好相處，以後妳嫁過來就知道了。」水如澐被他惹笑，臉上火速浮上兩陀紅暈，幸福又害躁的模樣一覽無遺。

白海文發動機車準備離開，水彥廷突然從二樓的窗口高喊：「如澐，今天晚上沒有門禁，祝你們約會愉快。」他邊說邊朝樓下的情侶做搞笑動作，逗得他們笑聲連連。相互揮別後，白海文隨即將機車駛離，踏上兩人正式交往的第一次約會。

艷陽四射的盛夏，美麗的紅毛港正等著他們到來。

◇◇◇　◇◇◇　◇◇◇

「喂！白金仔，今天是什麼大日子，你居然會在家裡沒有出去拚命？這不像你平常的作風喔，我看等一下天要下紅雨了。」萬順伯嘹亮的嗓音，哪怕是隔了幾條巷弄，鄰居照樣聽得見。

白金福笑容滿面從屋內探頭出來，說：「海文今天難得帶七啦回來給我們認識，我心情特別好，養蝦場就先請阿財幫忙看顧一下，晚點再去接手。」

海文的七啦。「吼，這臭小子居然藏了這麼久才帶回來給你們認識，都交往兩年了，早就應該把人家娶回來當老婆了啦！」

「哈哈哈，已經請人家看日子了。」白金福得意地笑著。

「啥？真的喲！」萬順伯高興的模樣像是自己的兒子要娶老婆般。「你們夫妻倆要好命了啦！年初才當阿公、阿嬤，現在又要娶媳婦，你們白家的運途愈來愈旺嘍。」他呵呵大笑。

屋內傳來陳好的叫喚：「金福，湯頭我調好了，你進來試喝看看。」白金福與萬順伯打過招呼後，隨即入內。

白海文和水如澐正好由巷尾走來。

「海文、水姑娘！」萬順伯朝他們揮手大喊。

水如澐顯得不好意思，只好睇向一旁的男友；為了不讓女友覺得尷尬，白海文攬住她的肩膀，主動拉近兩人的距離。

「別緊張，萬順伯妳也見過第三次了，他的人非常好相處。」

「他……怎麼知道我姓水啊？」早在兩年前，她就很想知道為什麼了。

「台語的『水』是指『漂亮』的意思，所以他是在誇獎妳喔。」他給了一記迷人的笑容，除了他和七仔外，當然沒有人知道她的全名。

「原來是這樣……」她今天又上了一課。

走近後，白海文向眼前的長輩問候：「萬順伯，一起進來吃午餐吧。」

一旁的水如澐也跟著說：「萬順伯，您好。」

「不用啦！我剛好有事情要外出，而且看你們現在幸福的模樣，我就飽ㄚ。」萬順伯笑著看她，不忘誇獎：「水姑娘，妳今天看起來比上次更加漂亮喔！」

她笑得靦腆；白海文則春風滿面，三人寒喧幾句之後萬順伯便離開。

水如澐抬頭仰望眼前這棟將近四樓高的房子，原來，這就是海文父母住的地方。今天頭一次要進去作客，自己一點準備也沒有，就連穿著打扮都和平常一樣，有點擔心……會不會無法讓他們留下好印象？想到這裡，她緊張不已，手心直冒汗，心兒怦怦跳。

「走吧。」他緊拉她的手，以眼神安撫一切，兩人跨上一個小階梯，一起走進屋內。

白家人早就守在這裡等候他們到來。

白海文領著她一一介紹家裡的成員，水如澐在他的陪同下跟著向長輩問好。

「如澐，別緊張，慢慢來，我們早就把妳當成是自己人了，幸好海文遇到妳，不然，以他懶得理女孩子的個性，我還真怕他娶不到老婆哩！」白金福笑得合不攏嘴，看得出來，他對未來的媳婦極為滿意。

一旁的陳好看在眼裡，笑在心裡。

「如澐，妳好，我是海文的大哥，今天很歡迎妳來家裡作客。」說話的是白文濱，他的皮膚略白、髮色烏黑，帶點文質彬彬的氣息，以體格來說，他不像弟弟那樣鍛練有加，兄弟倆長得不太相像，給外人的感覺像是一個斯文、一個健朗。

站在白文濱身旁的女子早已迫不及待開口：「如澐，我是海文的大嫂，我叫蘇玉媚，以後妳直接叫我的名字就行了，我們私下常討論海文會喜歡什麼類形的女孩，這小子平常話不多，對於不熟的人又有點冷淡，沒想到他居然可以追到妳，真是跌破我們全家人的眼鏡。以後他要是敢欺負妳的話，盡管找我們金福老爸就對了，他可是出了名疼媳婦的好公公。」蘇玉媚有著健康的膚色，大眼睛與深邃的雙眼皮是她五官上最大的特色，而她手裡還抱著一個圓滾滾的小女娃。

水如澐因他們一前一後的話語而綻笑，化解不少緊張的情緒。

「好啦，如澐一定肚子餓了，先讓客人吃飯吧！」陳好示意兒子先帶女朋友去廚房用飯，隨後指揮說：「金福、文濱，你們兩個吃完就快點去養蝦場工作；玉媚，汶娟先交給我照顧，妳先去吃飯。」

語畢，現場的人紛紛移至廚房，為了不讓如澐覺得尷尬，其他人盛完午餐後就識相地閃到巷外去吃，獨留他們兩人在廚房用餐。

「如澐，吃看看，我爸的廚藝相當不錯。」他一連挾了好幾種菜色到她碗中。

接過這碗將近半山高的美食，她瞪大美目：「你未免也幫我盛得太大碗了吧！」

他半開玩笑：「妳現在是一人吃兩人補，快點吃吧！」

水如澐試吃幾口後，頻頻點頭：「嗯，真的很好吃！你爸的廚藝完全不輸給外面做生意的店家，難怪你會幫我盛一大碗，我一定可以把它吃完。」

「可惜現在不是烏魚的產季，不然他最拿手的『烏魚米粉湯』，口感更是好到沒話說，保證妳吃過以後，絕對會想要外帶一大包回家。」

埋頭專注用餐的她，不禁掩嘴而笑：「認識你之後，害我都沒辦法拒絕美食的誘惑，吃完這餐，可能要花上好幾天才有辦法減回原來的體重。」

「妳太瘦了，本來就應該要養胖一點。」她食慾大開的模樣，教他不自覺揚起笑容，之前，他刻意避不見面那幾天，看得出來當時的她整個人消瘦了一圈，真希望之後能夠把她流失的體重統統都補回來。「別急，慢慢吃，待會吃飽後我們先去附近散步，然後再一起去麵店找七仔他們。」

「嗯。」她鼓著臉腮邊笑邊點頭，模樣十分可愛。

他撫摸她的頭頂，想起萬順伯剛才說的那些話，突然也能夠感同身受——看她現在滿足的模樣，他好像也同樣吃飽了。

◇◇◇　◇◇◇　◇◇◇

下午一點，夏日的豔陽當頭，每當中午過後，純樸的紅毛港就會自然釋出一份讓人放鬆心神的閒逸。悠靜又古樸的環境，加上隨處可享受的涼爽海風，任誰也抵擋不了這種大自然的催眠，搬張躺椅在小巷內休憩片刻，有如天堂般的享受。

白海文與水如澐牽著手，走在距離海汕路不遠的海堤上。

兩年前，因為即將要別離，魂不守舍撞上前方的他，還讓她記憶猶新，如今重新踏上這裡，此刻卻充滿幸福的喜悅。

水如澐望著地面，記得第一次走在這裡時，總覺得它的寬度相當窄小，所以她才跟在他身後。比照現在兩人緊緊相偎並肩而行，她才知道——原來它的寬度勉強還可以容納兩個人。

想到這裡，不自覺顯露出笑容。

「在笑什麼？」

「沒有，我只是很好奇後方那個圓柱形的泥牆，它有什麼用途？」她隨意發問，好掩飾現在雀躍的心情。

「那個叫做碉堡，早期是給海防部隊駐守用的，現在已經荒廢很久了。」

「這條海堤怎麼好像走不到盡頭？」

他輕笑：「它從『姓洪』這裡一直通到『埔頭仔』呢。」

哇，居然這麼長！海堤足足橫跨四個聚落，讓她感到不可思議。

「海文，你說蓋這條海堤是為了阻擋海水入侵家門口，但是海邊明明就離這裡有點遠，海水真的會淹過來嗎？」這裡要看到大海根本就完全不可能。

「早期海水的位置確實只有一牆之隔，後來這一大片的土地，全是二十多年來海水夾帶泥沙自動堆積出來的新生地。」

聽他這麼說，她覺得大海對於紅毛港人有時候親如家人，又時候又像一顆不定時的炸彈。還有，大自然的力量真是不容小覷，居然可以自然形成這一大片土地。

「早期紅毛港人幾乎都以漁業為生嗎？你說當時你爸捕魚的收入還不錯，他們主要是捕撈哪些魚獲？」

「沒錯，當地人幾乎都仰賴這片大海為生，當時捕撈飛魚相當有名，民國五十年，紅毛港還是烏魚的主要產地，我爸說當時從傍晚放網一直到隔天天亮前收網，最高紀錄曾補獲七萬多尾的烏魚，產量可以說是相當驚人！所以，烏魚當時又被他們稱之為『烏金』。漁民每當在烏魚季捕撈豐收的時候，都會邀請知名的歌仔戲班——『大憨仔』[1]來演戲酬神，當時他們酬謝給戲班的出手都相當大方，除了送上高檔的烏魚子和上萬元的大紅包之外，聽說還會贈送不小的金牌呢！」白海文的眼神閃爍著光芒，訴說家鄉當年在烏魚時期的討海榮景，水如澐似乎也感染到那份豐收的喜悅。

「後來呢？」她聽得津津有味。

1 大憨仔為明華園的前身。

「後來，因為烏魚捕撈過渡，再加上台灣開始邁向工業化以後，生態早就被嚴重破壞了，當年烏金的盛況，就好像是一道絢麗的彩虹在紅毛港綻放，那份滿溢的榮耀，老一輩只能永遠將它典藏在腦海中，偶爾想起的時候，再拿出來回味當時漁產豐碩的盛況。」

好可惜喔！她忍不住嘆氣。

此時，她就像故事只聽到一半的小孩，似乎還不夠盡興，他笑著摟住她：

「我們紅毛港人可是天生的海中之子，烏魚時代消逝後，並沒有將我們打倒，民國六十年紅毛港又以『卡越仔』而盛名。」

她雙眼晶亮，振奮地問：「真的！不過……什麼叫做『卡越仔』？」她有聽沒有懂。

她的反應果然在預料之中，他笑著補充：「『卡越仔』是日語發音，中文指的是『單拖網漁船』。」

「那它主要捕撈的魚獲又是什麼？」

「漁船通常是捕撈季節性的漁貨，主要有蝦類、魚類和蟹類。當時『卡越仔』時代創下紅毛港漁業史上的最高峰，港內曾經擁有九百艘漁船之多。」

哇！九百艘漁船耶，光想到那個畫面就知道有多麼壯觀了！

真不敢相信狹小的紅毛港，居然有過這麼輝煌、傲人的成績，連她這個外地人都不禁為他們感到驕傲。

答案。
「那……永遠不向大環境低頭的紅毛港人，現在又擅長什麼？」她睜大美麗的雙眼，盼著

白海文出奇不意在粉頰親上一記，水如澐的雙腮立即緋紅。
「未來輝煌的好成績，草蝦的養殖指日可待。」
「你爸和你哥目前的工作就是在養殖草蝦？」
他點頭，接著說：「走吧，我們該去找七仔了，待會，我們在他面前繼續裝成普通朋友的關係。」
「為什麼？」
「秘密。」他故作神秘地笑著。

◇◇◇　◇◇◇　◇◇◇

位在海汕三路「姓李」這一帶的馬路旁，這間沒有堅固的水泥磚牆圍護，一樓高的店面僅用木板搭建，裡面的空間雖然不大，但中午絡繹不絕的人潮，將店面擠得水洩不通，生意實在好得沒話說。
趁這時候店內沒客人的空檔，李淑珊趕緊端上兩碗熱呼呼的乾麵，隨後坐在位子上與男朋

友共享午餐。

「七仔，真不好意思，每天都讓你忙到這個時候才吃午飯。」下午一、兩點是他們倆的幸福時光，除了能夠一起同進午餐，還能順便享受午後的寧靜。

「哪裡，我只是幫一點小忙而已，妳才辛苦呢，忙進忙出的還親自煮麵給我吃。」七仔難得流露出溫柔的一面。

他們相視而笑，接著一起開動。

「淑珊、七仔，我先去附近買點東西，店內就先麻煩你們招呼一下，我很快就回來了。」一位婦人隨即牽著腳踏車匆忙外出。

「媽，我們不急喔，妳慢慢來就行了。」待會母親回來，他們就可以出去約會了。

現場少了第三者的打擾，他們的互動自然變得親密，一下子餵對方吃麵、一下子幫對方擦嘴，你濃我濃的，好不親密。

突然之間「砰！」一大聲，桌子遭人用力拍打，嚇得他們趕緊分開，紛紛抬起頭。

「大白天公然在這裡曬恩愛，會不會太過份了？」白海文扯開笑容，嘲諷意味十足；一旁的水如澐則掩著嘴努力憋著笑。

「吼！海文原來是你，想嚇死我們喔！」七仔深吐一口氣，隨後不客氣的伸手：「收驚的錢給我拿來。」

李淑珊被他們逗得哈哈大笑，她的膚色適中，不白也不黑，有著漁村女孩的純樸氣息，活潑開朗的個性相當吸引人，初次見面的水如澐忍不住多看她幾眼。

白海文幫她拉了張椅子，兩人一塊坐下。

「海文你們吃過午餐了嗎？我請客，想吃什麼儘管叫……」李淑珊的目光轉落在水如澐身上：「妳就是如澐？之前我常聽七仔和海文提起妳，原來妳長得這麼漂亮！」上次，她和七仔在港口附近散步時雖然巧遇她，但光線昏暗，再加上當時她的狀況並不理想，沒辦法看清楚她原來的樣貌，今天近距離欣賞才發現她的氣質出眾，讓自己也忍不住打從心裡讚賞。

水如澐笑著回應：「淑珊，我才久仰妳的大名呢，今天總算能夠見到妳本人，真的很高興認識妳。」她接著轉向一旁：「七仔，想不到你的眼光居然這麼好，這個女朋友一定追很久吧！」

七仔靦腆而笑，倒是一旁的女友落落大方：「哪有，是我自己主動的，不然他哪敢追我？」李淑珊隨後搭著男友的肩膀，近距離等著看他的反應。

七仔害羞的臉迅速竄紅，讓在場的人全笑成一團。

鬧過癮之後，李淑珊決定先招呼客人：「海文，看如澐喜歡吃什麼，過來幫她挾小菜。」她起身離開，白海文隨她一同走向料理台。

桌上就剩下他們倆，七仔趕緊趁機貼向她，問：「如澐，海文有向妳表示什麼嗎？你們現在的關係是……？」這次的答案應該不會讓人失望了吧？

「沒、沒有，我們還是普通朋友的關係……」水如澐心虛回應，雙眼根本不敢直視七仔，趕緊把目光調開。

「蝦咪！？這個俗辣！」上次，他不是說知道自己下一步應該怎麼做了嗎？怎麼還一直讓人家苦等呢？正想繼續跟她說什麼，只見水如澐瞬間愕然盯著前方，他自然順勢看去，頓時換七仔撐大雙眼，眼珠子差點就掉了下來！他真不敢相信自己的好兄弟與女朋友正親密地靠在一起說說笑笑，淑珊還附在海文的耳邊說悄悄話，他回她燦爛一笑，兩人的眼中似乎只剩下彼此。

七仔當下差點噴火！一旁擔憂的水如澐顧不得自身的疑慮，趕緊把焦點轉回他身上。

「小菜上桌嘍！」李淑珊端上一盤現燙的綜合滷料，兩頰被熱氣蒸得泛紅，搭配她此時甜美動人的笑容，任誰都會被她吸引。

「如澐，別看了，快點趁熱吃吧。」白海文提醒呆愣的她，接著在她身旁坐下。

「好……」水如澐漫不經心的應和，不自覺偷瞄七仔。

李淑珊順著她的目光睇向自己的男朋友：「七仔，你怎麼了？臉色不太好看，是不是忙了一個早上所以有點累了？待會等我媽回來之後，我們四個人再一起去漁會旁邊的港口散步，順便放鬆一下，怎樣？」

七仔悶不吭聲，有意無意掃向白海文。

白海文單手撐下巴，一派悠閒：「七仔，你要是真的太累的話，早點回去休息好了，待會我們三個人自己去就行了。」他故意加強我們三個人這幾個字。

這一扎，七仔再也承受不住刺激，連忙跳起，猛力拍桌高喊：「誰說我累了？現在要我抱著淑珊走到港口都沒有問題——」

◇◇◇　◇◇◇　◇◇◇

他們四人一起漫步到「姓楊」漁會旁的船泊港口，走在前方的李淑珊與白海文有說有笑；被撇在後頭的兩人則彌漫著一股低氣壓，空氣中不時傳來濃濃的火藥味。

七仔再也按耐不住高漲的情緒衝上前去，他拉著好兄弟向前跑開一段路，確定後頭的人在這種距離下聽不清楚他們的對話，才開口：「喂，我們家的淑珊究竟都跟你說些什麼？」再不問清楚，他悶燒的慘狀都快媲美火力發電廠的煙囪了！

「我覺得你還是不要知道會比較好，怕會影響你今天的心情。」白海文故意吊他胃口。

什麼嘛！他要是不問出個所以然來，才真的會賠上一整天的心情！

「不然……」七仔腦筋一動：「我們來玩問答的遊戲，要是你答錯了，就必須回答我剛才的問題。」

「好。」白海文爽快答應，正等著他發問。

「請問，最早來紅毛港的是哪個姓氏的聚落？」

「楊、吳、洪這三個姓氏，在明鄭時期就到紅毛港定居了。」

「……那，紅毛港年代最久遠的廟宇是哪一間？是什麼時候創建的？」這個就有難度了吧。

「答案是位在『姓洪』的朝鳳寺，創建年代在清乾隆年間，民國六十三年重新改建，目前也是當地建築面積最大的廟宇。」

七仔的臉色頓時鐵青，眼角還滲出汗珠，差點忘了——紅毛港的文化是他的強項，就算他隨便亂唬人，他也不曉得答案到底對或錯？不過，看他那副自信滿滿的模樣，還真的讓人有股想要掐死他的衝動。

「喂，你們到底在做什麼？」被拋在後頭的淑珊忍不住高喊。

聽見女友的叫喚，七仔自然順勢瞟去，突然，他靈機一動！

既然贏不了男的，那對付女的總可以吧！他火速衝到水如澐面前，朝白海文喊：「現在換我考如澐，要是她沒辦法連過四關的話，就算我贏！怎樣？」嘿嘿，非常時期只好採取非常手段。

無端被捲入風波的水如澐一臉無辜，無助望著白海文，只見他點頭，她才勉為其難地答應。

「走！」七仔顧不得其他人的眼光，拉著她向前狂奔。

他們來到港口附近的漁市場，每天下午一點過後，近海作業的小型漁船會陸陸續續將最新鮮的魚產運送到這裡來拍賣，當地人總會在下午三點，準時前來採買各式各樣的第一手海產。

「如澐，待會我指到什麼魚，妳就必須回答出牠的名稱。」

「喔……」她盯著地上大排長龍的各種漁獲，顯得很緊張。

七仔隨意指了自己腳邊的魚，問：「請問，牠叫什麼？」

「飛……飛魚。」

啥，她居然知道！不不不，這一定是巧合。他接著指向一旁：「那這個呢？」這個就不算簡單了吧，呵呵呵……

「鬼頭刀。」

「啊———」七仔不可置信地尖叫，接下來，他一連瘋狂指了好幾種魚。

「九母魚、扁魚、石狗公魚、馬頭魚、虱目魚、星雞魚、巴鰹、黃魚、紅鯛……」水如澐一一回答，隨著答對的次數增加，七仔的臉色就愈來愈難看。

一旁的白海文和李淑珊早就笑翻了！

「喂，願賭服輸，如澐已經答對超過四題，所以——你輸了。」白海文走近七仔，手搭他的肩，拽到一旁低聲說：「不過，看到你這麼有心想知道的份上，我就坦白告訴你好了。」

七仔又驚又喜：「真的！海文，你果然是我的好兄弟。」他迫不及待將耳朵湊近。

「淑珊說，我們出港那天，那封信其實是要給我的，只是幫她送信的阿伯搞錯對象，她不好意思跟你明說，只好將錯就錯跟你交往……」

轟！晴空萬里突然落下一道閃電，狠狠劈在七仔身上，他搖搖欲墜差點倒地不起。

「七仔——」李淑珊驚呼，趕緊上前攙扶。

白海文拋下他回到女友身邊，展開迷人的笑容迎接，牽起她的手就打算離開。

水如澐擔心地問：「我們……不必過去關心七仔他們嗎？」

「放心，他死不了的。」他主動將人摟在身側。

「你到底跟他說了什麼？不然，他的反應怎麼會這麼大？還有……」她很想知道，他與淑珊一直刻意保持的親密，就單純為了整七仔？

瞧她滿臉疑惑，欲言又止，他笑開懷說：「誰叫這個臭小子之前經常惡搞妳，剛才，我連同本金外加利息一次幫妳討回來，順便讓他知道欺負我女朋友的下場有多麼淒慘，看他下次還敢不敢這麼做？對了，忘了跟妳說，淑珊是我遠房的親戚，她為了感謝妳送她的耳環，今天特地配合我一起演出。」

「真的！」原來，她和七仔都吃錯醋了。

「不然呢？我可沒興趣搶好朋友的七啦，要不是七仔這傢伙平常像無尾熊一樣緊跟著我，不然，淑珊怎麼可能會注意到他，所以，我算是他們的媒人喔。」

「七仔不曉得這件事？」

「等一下，他就知道了。」意思是說，待會淑珊就會跟他說明了。

她卸下不安的情緒，轉而洋溢幸福的微笑，想不到正式約會的第一天，他特地為她獻上這場籌備已久的整人戲碼。

「忘了誇獎妳剛才表現得非常好。」他執起她的手親吻，傳達出濃濃的情意。

她順著他的力道傾靠在他身上，長髮隨風飄散於身後，跟著他一塊漫步回家，彼此相偎的影子映在金燦的陽光地毯上，編織出一幅美麗的畫。

第七章　澐海相伴

今天是個多雲涼爽的好天氣，陽光偶爾從雲縫中露臉閃耀。

漁會旁的船泊港口擁入許多人潮，不管是大大小小、老老少少、男男女女，當地人全是來參加新船下水的慶祝儀式。現場不少人手上拿著長型的漁網，全部往堤岸邊蜂擁而去。

遠眺海面上逐漸駛近的新漁船，桅杆上掛滿進水旗幟，旗幟全印上「大漁」、「大利」、「滿載」等豐收的祝福詞句；現場人擠人的盛況與旗幟隨風飄揚的畫面，為下水儀式增添不少喜氣。

水如澐興奮地指向前方：「海文，他們一群人拿著漁網要做什麼呢？」

「等一下新漁船上面會丟下餅乾、糖果、和一些零錢，當地人按照慣例都會以漁網代替手來撿拾這些東西。」

「好有趣喔，你怎麼沒有順便幫我準備呢？」她真想衝往最前線體驗那種搶破頭的熱鬧，只可惜……他只讓她待在這裡觀望。

「這種機會以後多的是，這麼想吃糖果的話，等一下帶妳去買就好了。」他故意開她玩笑。

水如澐抿嘴抗議：「我又不是小孩子……奇怪，怎麼一直都沒看見七仔和淑珊？」不是約好今天一起來參加的嗎？

「他們可能擠到最前面去了。」

她直盯著海面上的漁船：「新漁船都是怎麼下到海裡的？而且，為什麼它的前方還有一艘小漁船呢？」

「新漁船在船公司建造完成後，就從旗後[2]那邊下水，下水後的第一個岸邊就必須做拋餅儀式，回到紅毛港之後再做第二次的慶祝活動。前面那艘小漁船是在拉動新漁船，因為它目前還沒有裝設發動的引擎，所以沒辦法獨自航行。」

被他這麼一說，她才發現兩艘漁船的中間確實連繫著一條粗繩。「為什麼不等新漁船全部建造完成之後，再來進行下水儀式呢？」這樣不是比較方便嗎？

「這個我也很難解釋為什麼，只知道舊例都是這樣，可能是先跟大家分享這個喜悅，才不會讓人在背後說閒話吧。妳看，活動要開始了。」

新漁船被拉進岸邊，所有參與撿拾儀式的人都蓄勢待發，當船上灑下滿滿的儀式用品時，底下的人無不使出渾身解數，個個伸長漁網盡情搶撈。身高較小的孩童，乾脆就直接蹲在地上

---

[2] 或寫作旗后，位於旗津的北端，南端為中洲。

撿拾散落的糖果，每個人的臉上全掛滿笑容，將現場氣氛炒熱到最高點。

第一次近距離參加這麼熱鬧的戶外活動，水如澐看得直跳腳，興奮地猶如自己也參與其中般；反觀自己以前的生活實在是平淡得可以，幸好遇見他之後，她的人生開始有了不同的變化。

「真的這麼有趣嗎？」瞧她比小孩還興奮，令他止不住笑意。

「待會活動結束後，我們可以繼續留在這裡嗎？」她的眼睛始終盯著遠方，幾乎忘了眨眼。

「當然可以……」突然瞥見一張熟悉的臉孔，白海文瞬間繃緊臉色。

吳名士對自己的女友有非份之想，他早就看出來了，他此時裸露出來的神情，彷彿在隔空吃她的豆腐，教人看了火冒三丈！他迅速將她摟在身側，用自己的身體徹底抵擋他覬覦的目光，要不是此時圍觀的人太多，加上她也在現場，不然，舊帳加新仇，他肯定不會輕易放過他！

吳名士察覺白海文怒視的目光，嚇得趕緊調頭找朋友聊天。

「怎、怎麼了嗎？」察覺他的異狀，水如澐忍不住問。

「沒事，現在陽光出來了，怕妳曬久了會覺得太熱。」他主動幫她戴上草帽：「活動差不多要結束了，我們去前面找七仔他們吧。」

水如澐伸手調整帽子的角度，恰巧看見前方的淑珊，她開心地揮手大喊：「淑珊，我們在這裡——」

「海文、如澐。」同樣戴帽遮陽的李淑珊立刻跑了過來。「剛才一直找不到你們，還以為你們不來了呢。」

白海文問：「七仔人呢？」

「他喔……還在忙著和小朋友搶撿地上的糖果。」李淑珊的臉上寫著大大的丟臉兩個字。

「果然像是他的作風。」白海文笑著說：「他來了。」

七仔笑嘻嘻地捧著滿滿的餅乾和糖果，一副滿足的模樣：「喂，你們看，我大豐收耶！」

現場的三人相視而笑。

「我們去堤岸邊散步吧，最好離這種人遠一點，才不會讓別人誤以為我們認識他。」李淑珊勾著水如澐先行離開，白海文瞄他一眼，隨後跟上。

「喂，你們幹嘛不理人啊？」眼見三人離去的背影，七仔急忙將手中滿滿的零食全丟給一旁路過的小朋友，隨後呼喊：「喂，等我啦——」

◇◇◇　◇◇◇　◇◇◇

「海文，馬路旁邊有一間廟，它看起來為什麼和一般的廟宇不太一樣？」站在堤岸的水如澐好奇地問。

「那個叫『海眾廟』，它和一般祭拜神像的廟宇不同，主要供奉的對象是在海上意外死亡的孤魂野鬼。」

什麼！她很意外聽見這個答案。「這也算漁村獨有的文化之一嗎？」

「算吧，以前漁民在大海捕撈漁獲的時候，經常都會打撈到屍塊或骨骸，他們基於人道與尊敬的立場，都會將他們帶回來祭拜。大部份都會在岸邊或是堤防上搭建簡易的竹寮安置。海眾廟通常都會面向大海的位置，幾乎都是單扇門的小祠。」

「這麼說……紅毛港境內有很多這一類的小廟嘍？」

「嗯，早期的數量比較多，將近三十間左右，後來很多都被海水沖刷掉了，現在只剩下少數幾間而已。當地特殊的廟宇除了海眾廟之外，還有一間陰廟相當有名，就在玉媚大嫂娘家『姓蘇』那一帶，名叫『保安堂』，它最大的特色是全台灣少數供奉日本人的廟宇。」

「……日、日本人。」她沒聽錯吧？

「沒錯，大約在民國三十五年左右，漁民在海上打撈到一顆頭顱，將它帶回來供奉，後來它托夢給漁民說：他是日本海軍第三十八號軍艦艦長，在太平洋戰爭中陣亡。剛開始漁民也是半信半疑，後來靈異事件頻頻傳出，漁民才不得不相信，所以當地人就奉祂為『海府』。目前保安堂內總共供奉三尊神像，另外兩尊是『郭府』與『宗府』。這三尊神像還有個小故事，據說漁民當時曾在海上捕撈到重物，拉上船後才發現是一塊漂流的大樟木，失望的他們再次把它丟回海裡，過沒多久，沉重的漁網再次撈上岸時，居然又撿到相同的木材。第三次，他們刻意將魚網灑向丟棄的反方向，沒想到最後撈起的還是同一塊樟木，經過三次的拾獲，漁民只好恭敬的將它帶回來放置，後來，某一天大家想找塊木頭雕刻神像時，這塊樟木正好足夠雕刻保安堂的三尊神像，讓當地人嘖嘖稱奇。」

水如澐細細聆聽從小到大未曾耳聞的傳奇故事，連她也感到不可思議。

「為什麼當地人對廟宇的敬重，遠比其他地方還要虔誠呢？」紅毛港的大小寺廟真的非常多，光是他們經常行走的內海路，沿途就有好幾間。

「俗話說：行船七分險。表示漁民經常要靠天吃飯，早期船隻的設備並不先進，所以在海上生活的風險非常高，因此，心靈上的信仰與精神上的寄託是非常重要的，漁民相信只要秉持這種善念與尊敬，出海的航程就可以一帆風順，再加上當地漁民出港前都會去請示神明，不少漁民聽從祂們的指示，漁船果然都滿載豐收，就因為這樣，當地人對神明更顯得尊敬。所以紅毛港另一個文化特色，就是全台灣廟宇密集度最高的地方。」

「原來是這樣……」她意猶未盡，還想再繼續發問，突然一陣強勁的海風吹來，一個不小心，頭頂上的草帽就被吹往海面上。

「啊——」水如澐驚叫。

「帽子飛掉就算了，改天再去市場幫妳買一頂，走吧。」他準備帶她離開。

「可、可是……」那是他特地為她挑選的，對她來說意義非凡。

瞧她停佇在原地，直盯著海面上飄載的帽子，不捨的模樣全寫在臉上，白海文忍不住問：「真的這麼喜歡這頂帽子？」

她望著逐漸飄遠的草帽猛點頭。

下一秒，他迅速脫掉上衣，整個人一躍而下，當她反應過來時，他人早已游往草帽的方向。

白海文俐落地划動手臂，輕輕鬆鬆、三兩下已經到達草帽飄浮的位置，她幾乎看得出神！

以前，她從來不曉得……原來善於游泳的人居然會這麼帥！有點後悔自己當初為什麼沒能學會這項技能。

他朝這裡游過來，伸手將帽子遞給岸上的她，笑著暗示：「水姑娘，妳的草帽我幫妳撿回來了，現在，妳要怎麼報答我呢？」

她僅以甜美的笑容回應，眼神中有滿滿的崇拜與感動。

濡溼的髮絲不規則地覆在他的臉上，金耀的光線則灑落在一身健康的古銅色肌膚，水滴不停地延著肌肉線條滑落，襯出一身鍛鍊有加的曲線，加上他此時眯眼的神情與等待獎賞的模樣，散發出一股難以形容的誘惑與魅力，她不禁看得著迷。

兩人凝望著彼此，久久沒有言語。

突然，一道煞風景的聲音，打斷情人之間無聲的對話。

「來來來，我代替我妹妹報答你的救帽之恩。」七仔跳出來搗亂，隨即嘟嘴湊近。

白海文立刻濺起一把浪花往他身上潑灑，無預警飛濺而來的水花，惹得七仔大叫：「啊——不想要報答說一聲就好了嘛！幹嘛請我喝海水——」噗噗！他努力吐掉嘴上的鹹味。

「哈哈哈哈……」在場的兩位女生笑彎了腰。

白海文健臂一撐，迅速躍上岸邊，水如澐趕緊遞上衣服給他，並興奮地問：「海文，你是怎麼學會游泳的？」

他接過手，擦拭一頭濕髮：「小時候我們一群小孩常在港口跳水消暑，在海裡泡久了，自然就會游泳了。」

什麼，跳下海就自然會游泳！？她完全不相信會有這種事。

七仔臭屁的補充：「如澐，別忘了我們可是天生的海中之子，與生俱來和大海相處的天賦，這股獨特的男人味，可不是其他地方能夠欣賞到的。」

水如澐望向男友，猛點頭認同：「說的也對。」引來現場陣陣笑聲。

白海文開口：「時間差不多了，我們該回去了，等一下七仔和淑珊還要回麵店幫忙。」

當四人移動腳步離開之際，突然又刮來一陣海風，這回換淑珊的帽子被吹落海面，她急得大喊：「啊——我、我的帽子……」

七仔率先開口：「海文，反正你全身都濕了，再跳下去幫淑珊撿帽子吧。」

白海文故意回他：「咳，淑珊的男朋友好像不是我，你應該要自己下去撿比較有誠意。」

七仔聽得跳腳：「大家都是自己人，沒有必要分得這麼清楚吧？」

「不然，我現在去麵店徵求一下，看有沒有見義勇為的青年要自願幫忙的？以淑珊的行情來看，起碼會有十幾個人搶破頭來撿帽子。」白海文帶著水如澐作勢離去。

「喂，回來啊——」七仔可慌了，無意間瞄見女友正冷著一張臉看自己。

剛才，海文為了如澐跳下水的那一幕，她看得非常感動，現在主角換成自己，結果，男朋友的反應居然是……

「親愛的，剛才好像有人說自己是海中之子。」淑珊皮笑肉不笑，蘊含一股可怕的氣勢，模樣還真夠嚇人。

「我我我、我當然非常樂意下海幫妳撿……」七仔嚇得趕緊脫鞋，只是上衣脫了老半天，還無法離身。

眼看著已經飄遠的帽子，李淑珊再也奈不住性子，急忙催促：「七仔，快點給我下去當英雄——」話一說完，她用力推了男友一把。

噗通的落水聲、哎呀的驚叫聲，以及遠處傳來的笑聲，同時響起。

◇◇◇　◇◇◇　◇◇◇

「哥，謝謝你這麼晚了還特地載我過來，到時候海文會送我回去的。」水如澐跳下機車後座。

「嗯，別太晚回來喔，多注意安全，那我先走了。」水彥廷與妹妹揮別，發動機車離去。

晚上七點半的紅毛港仍燈火通明，當地人習慣坐在屋前那塊突出的平台上乘涼，有人單純觀看馬路邊流動的車潮、有人和鄰居聚在一起聊天，這股悠閒與自在的風氣，深深傳達彼此間與這塊土地濃厚的情誼。

水如澐欣賞這一幕後，接著走進這棟近四樓高的屋子內。

「如澐，妳來啦，吃過晚餐了嗎？要不要我煮麵給妳吃？」陳好笑著迎接。

「伯母不用麻煩了，我早就吃飽了，謝謝妳。」她禮貌性地點頭道謝。

「真不好意思，最近養蝦場比較忙，害妳和海文好幾天都沒有見到面。」

「不會啦，他都會打電話跟我聯絡。」這樣她就很滿足了。

「有件事我想要私下跟妳聊聊，但是在這裡不太方便，我們上樓好了。」

兩人進房間後，陳好即刻關門，她輕聲地問：「如澐，妳最近的生理期什麼時候會來？」

「我是幾天前來的，不過……最近好像荷爾蒙失調的關係，這次竟然晚來了兩個禮拜。」

她照實回答，很好奇伯母的用意。

「真的呀！那太好了！」陳好接著說：「我最近請教過一位醫生，他說剛懷孕的前三個月是胚胎的著床期，這期間胚胎比較不穩定，流產的風險也比較高，如果剛形成的胚胎不夠健康、或是母體不夠強壯、以及受到外在因素的影響，身體很容易將它排除體外，這情形和我們平常的生理期一樣，不容易分辨……」

水如澐撐大眼睛，不太明白：「伯母的意思是……？」

「這幾天我們就去看婦產科，然後……」陳好附在她耳邊說悄悄話。

「真的可以嗎！？」水如澐極為驚訝。

「嗯，我們製造這次的看診紀錄，就不用擔心妳媽媽會起疑心了，等妳的經期完全結束後，我再請海文去中藥行幫妳抓幾帖藥回來，妳試著喝一陣子看看，它可以幫妳調經和強身，也可以讓妳爸媽誤以為妳是因為『那個』的關係，事後在調養身體。剩下的細節就是我們雙方要套好統一的說詞，包括妳哥哥在內，等妳父母親回國之後，我也會親自跟他們解釋整個事發的經過，所以，妳不用擔心自己沒辦法應付這一切。」

陳好一整串的安排與此刻親切的笑容，讓一連好幾天都處在擔憂下的水如澐頓時安心不少，要是伯母的方法真的行得通，之後，她就不用再繼續假裝懷孕欺騙父母了。

「伯母，那我還要特別注意什麼嗎？」

「因為你和海文並沒有怎麼樣，只要在結婚之前完全不讓醫生做內診的檢查，這樣就沒問題了。」陳好貼心的提醒。

水如澐點點頭，仔細記下這番話。

「還有，你們訂婚和結婚的日期已經決定好了，訂婚的時間剛好就是妳父母親回國後的隔一天，也就是七月二十二日，結婚的日期則是訂在下個月的三十號。」

什麼！？他們結婚與訂婚的日期會不會都……太快了點？

陳好瞧她此時的反應，忍不住發笑：「當然要愈快愈好，怕時間拖久了，妳媽媽那邊會產生變數，要不是剛好卡到農曆鬼月，不然，可能會更快喔，而且……妳好像還不知道海文為了妳，目前都沒有出港的打算，他想等你們結婚之後再重新找新的遠洋公司。」

什麼！「我、我真的不知道這件事，我一直以為他們遠洋一趟回來，會連休好幾個月……」

難怪，他一直沒有說出明確的出港日期，原來……

「叩叩叩。」一陣敲門聲打斷她們的對話。

「媽，妳們聊完了嗎？」白海文站在門外。

「我們好了。」陳好輕拍她的肩：「如澐，那就不打擾你們了，快去找海文吧。」

「謝謝伯母。」她滿心歡喜，準備迎向幾天不見的他。

◇◇◇　◇◇◇　◇◇◇

「……我、我們倒底要去哪裡？」被矇住雙眼的水如澐緊張地問。

「好了，可以睜開眼睛了。」白海文附在她的耳畔說，隨即放手。

她緩緩睜開雙眼，適應了幾秒後，很驚訝映入眼簾的一切。

真沒想到，他竟然帶她到頂樓來看夜景！

這棟將近四樓高的建築居然可以俯瞰大半個紅毛港，呈現在眼前的是一片遼闊無阻的視野，低頭望下，全佈滿數不盡的點點燈火，小巷、街燈、古厝、走動的人群盡收眼底，就連遠處的二港口、小港一帶的夜景全都一覽無遺。紅毛港簡樸的環境搭配此刻幽靜的夜晚，享受迎面拂來的涼風，此時此刻的意境簡直美不勝收！

「好……漂亮！」她感動得目不轉睛。

白海文牽著她繞到門的後方，門形的設計像是一個直角三角形，門後有個斜坡可以攀爬至門頂，他先行跨上陡峭的斜坡，再小心翼翼拉著她走到最頂端的位置，這裡的寬度只能容納一人，他們自然前後而坐。

目前的高度更上一層樓，初次欣賞漁村夜景的水如澐，貪望這片美景，幾乎忘了開口說話。

他緊摟著身前的人：「喜歡嗎？」

「嗯。」她回過神猛點頭，難怪都這麼晚了，他還特地約她前來。「這裡真的是太美了！我真的沒有想到……你家的頂樓居然可以欣賞到紅毛港的夜景。」

「這三、四天下來都沒時間陪妳，為了彌補妳，就決定今晚帶妳上來看夜景。」他將臉龐緊貼著她的面頰，傳達幾天下來切切的思念。

「你們紅毛港人好幸福喔，居然有這麼棒的生活環境。」她順勢磨蹭他，感謝他的精心安排。

他不禁想發笑：「怎麼說呢？水姑娘。」應該就只有她才會羨慕這個落後的地方吧。

「我剛才來的時候，發現不少人坐在屋前閒聊，家家戶戶平時門窗大開，加上鄰居彼此熱絡的互動，真的很有在地的人情味耶！」這是她相當欣賞的一點：「對了，為什麼海汕路左右兩旁的房子，有許多一樓都是採挑高的設計？那塊突起的平台有什麼特別的作用嗎？」

「嗯，一樓會挑高設計是因為某年紅毛港內淹大水，當地人得到那次的教訓後，後期新蓋的房子就統一採挑高的模式。所以，那塊平台也可以稱之為『雨埕』，後來演變成當地人隨處可坐的休閒平台。」他側看懷裡的人，忍不住抱怨：「妳只注意到當地人的互動，好像忘了問一件重要的事。」

她羞怯一笑，雙頰微紅：「你們……最近在忙什麼呢？」差點就忘了。

他輕捏她的嫩頰：「養蝦場最近有母蝦要產卵，所以，這三天三夜是相當重要的觀察期，因為要隨時守在一旁將水溫控制在攝氏三十三度，不然一有什麼閃失，這一陣子的努力很可能會血本無歸。」

「所以你們父子三個人，這幾天都在養蝦場輪班工作？」原來她這幾天的情敵是一群準備產卵的母蝦，幸好母蝦不能上來看夜景，不然，她鐵定會吃醋的，想到這就不自覺發笑。

「這有什麼好笑的？我一點也不想陪一群蝦子，倒還寧可當妳二十四小時的文化導遊。」讓他格外思念的，正是懷中人甜美的笑容。

水如澐被逗笑，雙手緊握他的大手，她也想讓他知道，這幾天自己對他的思念有多濃厚。

「那……改天我可以去參觀養蝦場嗎？」這樣順便可以帶愛心便當去探班。

「不太好吧，我怕自己不能專心工作，而且，以妳的個性到時候肯定會東問西問的，草蝦可能會嫌訪客太吵喔。」

她笑得抖動身體，他果然了解她。「那你現在就把養殖的重點一次說清楚，到時候我就沒得發問了。」

「咳，聽好了，草蝦依照不同大小的養殖場，大約需要四十至六十噸不等的海水，平時的溫度要控制在攝氏三十度，水的鹹度則是在千分之三十左右，並且要二十四小時待在旁邊細心照顧。在一般人的眼裡會覺得養殖的利潤還不錯，但我個人卻覺得吃力不討好，因為草蝦不是普通的難照料，真心建議有女朋友的男性還是盡量離養蝦場遠一點，女朋友才不會因此被草蝦氣跑，到時候可就真的血本無歸了。」他半解說、半告白近日來的心聲。

聽到這，她不禁笑倒在他懷裡，白海文順勢將人摟緊，享受兩人小別幾天再相聚的美好。

「伯母剛才跟我說懷孕的事情要如何處理了，你知道這件事嗎？」

「嗯，我媽早上跟我說了。」

「你不怕我沒有懷孕之後，我爸媽他們可能會毀婚嗎？」

他雙眼含著笑，略帶嚴肅的口吻說：「妳覺得一個未婚的少女，發生這一連串的事情，以後要是被別人打聽到的話，還有人敢追妳嗎？搞不好，妳爸媽也很希望我們可以盡快辦婚禮，才不會讓事情傳開來。」

啥？「照你這麼說，我發現自己好像比較吃虧，要是你到時候反悔不想娶的話，那我名譽上的損失就不止四十六萬了，難怪我媽會開出這麼龐大的金額，原來，她早就幫我想好退路。」聘金外加人格保證金。

話一說完，兩個人都笑了。

「妳覺得我們結婚的日期訂得太早了嗎？」

她搖頭：「其實我最擔心的，還是能不能騙過我爸媽？」這點關係著兩人是否能夠順利訂婚。

「啊！怎麼都沒有告訴我，你目前並沒有出港的打算呢？什麼時候決定的？到時候重新再找其他的遠洋公司，會不會不好找呢？」知道他暫時不出港，她當然非常高興，只是不希望因為自己而影響他的工作。

「妳放心，萬順伯年輕的時候專跑遠洋路線，他認識的人脈很廣，有需要的話，再麻煩他

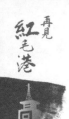

介紹就好了，至於什麼時候決定不出港，在我這次進港的時候就已經想好了。」他低頭側看懷裡的人，眼眸柔情似水。

「為什麼？」她轉頭盯著他。

「暫時保密，等妳嫁過來之後，我再告訴妳。」他笑得燦爛。

「你現在是在下餌利誘無知的少女嗎？那……為了不讓其他女性同胞受害，我決定犧牲小我，自願上勾。」她伸手勾住他的頸項，近看比天星還要閃耀的眼眸，他微笑的神韻像一抹迷人的彎月，教人為之入迷。環繞的手觸碰他略長的髮梢，忍不住問：「為什麼你們兄弟長得不一樣，而且連髮色都不同？」

「可能我有隔代遺傳的荷蘭血統吧。」小時候自己也問過同樣的問題，媽媽總是會這樣半開玩笑的回答他。

「荷蘭血統也包括一手好畫功嗎？」

「畫圖是與生俱來的天份，我媽說我們兄弟從小就很會畫畫，她也不曉得為什麼？」說到這，腦中突然閃過一個念頭：「如澐，假設那天妳在堤岸上看見正在作畫的人是七仔、或是我哥，妳同樣會假藉學校作業的名義，去拜託他們幫忙嗎？」他很期待她的答案。

她不假思索：「當然不會。」她緊縮環繞他頸項的手臂，將兩人的距離拉到最近，以甜美的嗓音附在他耳畔說：「但是，如果那天在渡船口喝醉酒的人是你，過來邀請我進去喝兩杯的話，我可能會答應喔。別忘了，我是天上的澐，你是地上的海，澐海相伴，所以我們本來就應該要在一起，而且我還是水做的澐，很快就可以融入你的世界。」她溫柔似水的翦眸流露出滿滿的情意，訴說讓他悸動不已的情話。

他深深望著心上人許久，反覆咀嚼剛才的那番話，接著會心一笑。

她確實是一朵水做的澐，初次見面時就輕易地擄獲他的目光與思緒，並且迅速滲透他內心的最深處，讓他從此只為眼前的澐彩波動。

澐海相伴，好美的註解。

下一秒，他迫切的熱吻火速覆上她的唇，緊密的糾纏讓彼此不留一絲空隙，她在他溫熱的懷裡差點窒息！腦中瞬間閃過他所說的話，究竟，他是怎麼曉得自己假藉學校作業的名義來親近他的？是她聽錯，還是……？不過這些似乎都已經不是重點，重點是……在她喪失思考能力之前，隱約察覺一隻有力手正在自己的身上游移。

紅毛港矮厝的燈火熄了大半，巷弄的人影寥寥可數，皎潔的彎月害羞地以雲彩遮臉，滿天星斗閃爍點綴這場風情月意，四面吹拂的海風羞覷頂樓的情意綿綿。

今夜的紅毛港真是美吶。

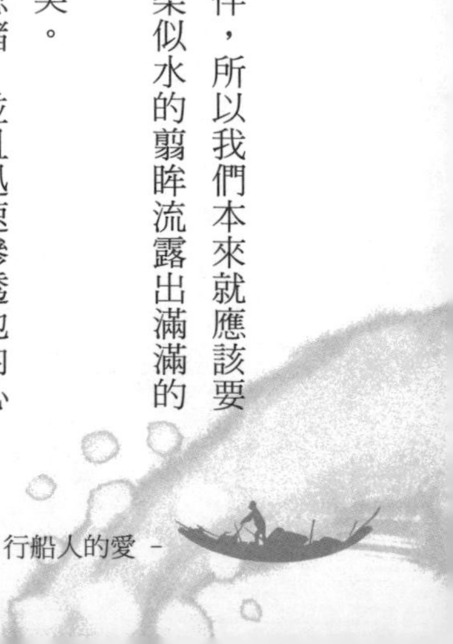

第八章　燕爾新婚

陳淑芳開門瞧見眼前的景象，當場愣在原地。

眼前的人頭髮略長，一身休閒打扮，身材略高、氣質沉穩，外頭的毛毛細雨將他的髮梢與肩頭濡濕了一小部份，反倒多了一股難以言喻的味道。此刻，他正對著她微笑。

「媽，晚安，不好意思這麼晚了還來打擾你們。」他將預藏在身後的一束鮮花捧到她面前：「情人節快樂，這束花是爸剛才托我順路買來的。」

突如其來一大束火紅色玫瑰與這聲稱呼，陳淑芳震了好半晌！她轉頭看位於客廳的老公，只見他靦腆一笑接著點頭，她才緩緩伸手接過這束鮮花。

「……謝、謝謝。」

「海文，快進來裡面坐，你吃飽了嗎？」水育寬特地來到門口迎接，好化解老婆此時的尷尬。

「爸，謝謝你，我早就吃過了。」白海文向未來的岳父點頭，跟著一塊入內。

「你等一下，如澐正在廚房洗碗，馬上就出……」這一說，女兒馬上探頭出來。

「海文，你怎麼來了？」水如澐訝聲問。

「他專程幫我送花來給他未來的岳母。」水育寬幫他代答，臉上止不住笑意。

「花？」她瞟向牆上的月曆，恍然明白今天是八月六日；也是農曆七夕。

水如澐繞到他身後探了探，似乎在找什麼東西。

「如澐，不用找了，這裡沒有妳的情人節花束，我今天忙得比較晚，剛才過來的路上，玫瑰花全被買光了，我只買到爸交待的這一束。」白海文笑得迷人，提起手邊的東西說：「不過，我手上這一大袋的中藥，都是特地為妳帶來的。」

啥？望著這一大包的補品，她瞬間像洩了氣的皮球，讓在座的人全笑出聲。

「中藥給我吧，我會每天盯著她喝完的。」陳淑芳臉上沒有太大的表情，卻主動接過白海文手中的袋子。

水育寬父女互看一眼，心裡有滿滿地感動。

「媽，那就麻煩妳了，謝謝。」他發自內心而笑，眼前這不起眼的互動，卻是他們近日來難得的突破。

「如澐，廚房的碗盤要是還沒洗好，先放著好了，現在，妳應該陪著海文。」水育寬當然清楚女婿今天來的用意。

她笑著看父親，接著一臉期待來到母親身邊。「媽，我可以求妳答應我一件事情嗎？」

陳淑芳低頭忙著放置中藥，隨口說：「妳要我分一枝玫瑰花給妳，對吧？」

水如澐嚇了好大一跳！沒想母親居然會看穿她的心思，忍不住衝向前摟住她：「媽，妳真的是太厲害了，竟然猜對了，謝謝妳。」能夠拿到男朋友買來的花，就是她情人節最棒的禮物。

陳淑芳頭也沒抬：「我可沒有答應要跟妳分享喔，這麼喜歡花的話，等結婚那天，叫妳老公幫妳買一束超漂亮的玫瑰捧花，看妳想要拿多久，絕對不會有人跟妳搶。」

沒想到會聽見這樣的答覆，她害羞的小臉瞬間漲紅；白海文則是一臉藏不住的喜悅。

「小澐，不然等花枯了，妳再拿去做成乾燥花當紀念好了。」水育寬哈哈大笑。

「爸，你這個建議真的是太棒了！」她如獲珍寶，高興得拍手叫好。

陳淑芳忍著笑意，接著說：「育寬，家裡一些日用品快沒了，外面的雨勢好像變小了，我們趁現在趕快出門採買吧。」她向老公使個眼色。

收到老婆的暗示，水育寬趕緊起身：「對對，不然太晚去的話店家就關門了，海文，那就不招待你了，我們先外出買點東西。」

「爸、媽，你們慢走。」他們倆齊聲道別。

水育寬夫妻倆隨後共撐一把雨傘外出，離開家門沒幾步，陳淑芳已忍不住開口：「我嫁你這麼久了，從來沒有收過你送的花，今天這束花應該不是你的意思吧？」

水育寬愣了一下。「還是躲不過妳的眼睛，這束花是海文自己的心意，大概是擔心妳不肯收下的關係，才假藉我的名義送給妳。」他說著笑看她：「我覺得未來的女婿還不錯，我非常滿意，而且親家他們也很好相處。」

她扯動嘴角苦笑：「是呀，他們三不五時就送來新鮮的海產，家裡的冰箱都快要塞不下了。」這點令她相當困擾。

水育寬哈哈大笑，仔細觀察老婆好一會兒，才又說：「那……妳最近的心情好多了嗎？」

她垂首沒有接話。

「不要難過了，我曉得這次的事件不小心讓妳想起那個無緣出世的小天使，當時妳懷孕三個月左右，肚子裡的寶寶突然沒有心跳，讓妳痛哭了好幾天，後來，妳也花了很長的一段時間才走出傷痛，所以，小澐這次發生類似的意外，妳一定相當自責，對吧？」當他們回國得知女兒意外流產的消息，老婆情緒上的反應比任何人都還要激烈。雖然她從小對他們兄妹管教的方式甚為嚴格，做法也比較強勢，這一切全都是因為她太愛小孩了，才會完全依照自己冀望的模式幫他們舖陳好未來的路，目的全是為了不讓孩子經歷她小時候貧困的生活，這一點，他怎麼會不了解呢。

她可是標準的刀子嘴豆腐心。

陳淑芳繼續保持沉默，水育寬摟著太太的肩膀安慰：「放寬心吧，小澐他們還很年輕，而且親家那邊也沒有責怪的意思，反而很努力幫小澐進補，妳看我們家女兒最近氣色多紅潤呀，整個人豐腴了一圈，看起來又更漂亮了。」

「可是……我有點捨不得她這麼早嫁人。」她老實說。

「哈哈，妳不是常說女人的青春很寶貴嗎？而且海文的職業又比較特殊，婚期要是往後延的話，小澐非得再等兩年不可，既然這樣，早一點讓他們結婚也沒有什麼不好，而且……」他故意壓低音量：「最近我突然發現，彥廷的女朋友其實也挺不錯的，有一部份的個性和我們家的小澐非常相似。」

陳淑芳笑了出來。自從發生這一連串的事件後，他們的觀念確實改變了不少，以前看不順眼的人突然之間冒出了許多優點。當她決定不再強勢主導這一切時，反而大大地拉近彼此之間的距離，瞧他們現在一個個幸福的模樣，讓她深刻領悟到一句話——有捨，才有得。

「你在暗示什麼？」她瞥了老公一眼。

「我在想，等彥廷教師的工作穩定之後，就可以考慮讓他和雅珍結婚，我們嫁掉一個寶貝女兒，後續馬上補一個賢慧的媳婦進門，這樣我們水家就沒有吃虧了。」

「最好是這樣……」

「對了，我們到底要去買什麼東西？」

「單純享受兩人的雨中漫步，還有……情人節快樂。」

◇◇◇　◇◇◇　◇◇◇

「海文，你們最近不是一直在忙嗎？今天怎麼有辦法抽空過來？」最近光是養蝦場、籌備婚事就夠他忙碌了。

「今天的日子對妳來說有很特別的意義，我再怎麼忙也要親自過來一趟，還有……好多天沒有看見自己的未婚妻了，我非常想她。」他毫不隱藏自己近日來的思念，上前將人抱個滿懷。

「看妳今天沒收到情人節花束，好像很失望？」

她笑得很甜，其實她並不是真的喜歡玫瑰花，只是純粹想留下專屬彼此第一個情人節的紀念物，這就是她最無價的收藏與回憶。

「不會啊，有紅毛港歷史最悠久的『秋冬中藥舖』的藥材補身體，也是很棒的情人節禮物。」

「妳這麼容易滿足？不然，我改天補送妳一隻價值四萬元的母草蝦好了。」

……啥？母草蝦！她要這個幹嘛？

她眨著美目，俏皮地說：「那……我可以跟你換一隻國內還沒進口、珍貴又獨一無二的公『白蝦』嗎？」

白海文愣了愣，瞬間失笑。

每一次見面，她總是可以帶給他滿滿的驚喜與收穫，隨著兩人相處的時間日益增加，他對她的愛意似乎又更加濃烈。

「送給妳，情人節快樂。」他出其不意遞上一個精緻的金色小盒子到她面前。

「這是什麼？」她接過手，好奇盯著眼前的小禮物。

「打開看看。」

水如澐小心翼翼掀開它，這才發現裡面居然是一條銀製的項鍊。它的外框是一個心形的圖案，框上刻著一小排英文字 a sea of clouds，愛心框內採鏤空設計，裡面有一條極為閃亮的小銀魚，魚眼鑲上一顆水鑽，魚的上方有幾條纖細的波浪銀絲綴飾，整體感相當精緻而且炫目。

她愛不釋手地欣賞，幾乎忘了眨眼。

「好……好漂亮！你怎麼會想要送我這麼貴重的項鍊呢？」她在心中反覆默唸那排「雲海」的英文字，雙眼瞬間濕潤。

她此時的反應讓他露出極為滿意的笑容。

「因為這是我們交往後的第一個情人節，也是妳告別單身的最後一個情人節，到時候水姑娘就要變成白太太了，所以，當然要獻上一份特別的禮物讓妳留做紀念。」

「我現在可以戴上它嗎？」她轉頭詢問。

「當然可以。」他主動幫她配戴，隨後說：「我幫它取了一個名字。」

「真的？叫什麼？」她興奮地想知道。

他貼近她的耳畔，幾乎吻上她的臉頰：「它叫──『如澐得水』。」

「如澐得水……」她撫著頸上的項鍊反覆唸誦，這個名字實在取得太美了！完全吻合遇見他之後的幸福寫照。現在，她確實像是一條被野放到大海裡的魚，任意遨游於廣闊自在的水域之中，在他充滿愛的滋養下，被人呵護著，未來，即將成為他此生攜手的另一半。

下一秒，水如澐突然摟住他，迅速將臉埋進他的胸膛，好掩飾自己感動到熱淚盈眶的模樣，貼在他溫暖的懷抱中，久久無法言語。

「水姑娘，妳再哭下去的話，牛郎的機車可能會浸水回不了家喔。」

她破涕為笑：「對不起，我都忘了準備東西送你，不然……看你喜歡什麼樣的禮物？我改天補送給你，好嗎？」她伸手準備和他打勾勾。

「傻瓜，我現在只缺結婚當天那位美麗的『牽手』，這就是我最想要的情人節禮物。」他伸手勾住她的小指，接著將兩人的姆指緊密地貼合在一塊，一同印上這一輩子永遠不悔的承諾。

◇◇◇　◇◇◇　◇◇◇

民國七十年八月三十日。

今天是白海文大喜的日子。

這一年，高雄港位居世界第五大貨櫃運輸港。

霹靂叭啦的鞭炮聲響徹紅毛港的巷弄，不少人擠在海汕路上觀看熱鬧的迎娶過程，一群小朋友迫不急待等著看美麗的新娘子，四周圍觀的婦人嘰嘰喳喳地掩嘴討論，紛紛猜測待會新娘下車門，肯定是撐一把黑雨傘，要不是新娘早就懷有身孕，不然，白家怎麼會迅速完成這場婚禮？

媒人拿起備妥一旁的米篩，上前迎接新娘下車，小朋友一見到美麗的新娘子，個個興奮地拍手叫好，在場的人臉上全掛滿笑容，為這場喜事增添了不少熱鬧。

水如澐穿著一襲漂亮的白紗，臉上化著精緻的新娘彩妝，長髮盤在腦後，手捧一大束火紅色的玫瑰捧花，頸上和雙手掛滿金飾，精緻的妝扮將她襯托得高貴典雅，那一抹幸福又甜美的笑容，讓在場的人全感染了這份新嫁娘的喜悅。

長相帥氣的白海文穿著白襯衫與一襲銀灰色的西裝，一身好骨架與充滿自信的模樣更顯得英氣勃勃，從一早出發到此刻迎娶新娘子回家，他滿意的笑容不曾消失。

白金福、萬順伯、陳好、白文濱、蘇玉媚等人，見到郎才女貌的新人歸來，望著眼前這幅美麗的畫面，全笑得合不攏嘴，新郎迎娶美嬌娘的喜氣，讓在場的紅毛港鄉親忍不住拍手為這對新人喝采。

七仔與李淑珊今天以伴郎和伴娘的身分全程參與這場婚禮，望著前方幸福配對的才子佳人，淑珊已感動得落淚；七仔看他們一路從相識、相愛、直到完成終身大事，內心激昂的情緒不在話下。他們互望彼此一眼，傳達此刻盡在不言中的心情。

這場婚宴從早上一直熱鬧到夜晚喜宴結束，即使新人已經完成送客程序，白海文還是難抵萬順伯、七仔、和其他鄉親的熱情攻勢，被他們灌了不少酒，眾人看著一旁羞怯的新娘子，有人開始鼓吹她喝酒，不過全被新郎一人擋了下來，這群人沒完沒了鬧到晚上十一點，才被陳好一一趕離現場。

「媽，謝謝妳，這麼晚了妳快回去休息吧，剩下的我自己來就行了。」水如澐卸下一身新娘妝扮，還回原本清秀脫俗的樣貌。

「如澐，那我就不打擾你們了，晚安。」陳好掛著笑容離開。

水如澐望著今晚貼滿「囍」字的新房，真不敢置信親眼所見的一切！

她一直以為海文是因為忙著工作與婚禮的籌備，才會從訂婚後就沒再帶她回到住處，剛才從婆婆的口中得知，原來，這段期間海文自己購買材料，親自幫整間屋子重新裝潢，原先幽暗斑駁的牆壁，如今變成整片鮮亮的白色木板，上面印有藍色系的花紋綴飾，這麼用心的搭配，就是為了呈現澐與海的意境。

房間內整片高挑平鋪的木質地板，也多了一張又大又舒適的彈簧床，而她心愛的人正醉躺在上頭。

白海文洗盡一身酒味似乎沒有比較清醒，立體的五官被酒精燻得一臉紅潤，長髮不規則覆在臉上，褪下帥氣的新郎西裝，他換上居家無袖的白色上衣，正安靜地睡在床上，沒想到醉王子的模樣也別有一番風味，水如澐滿意地欣賞這一幕。

她來到他身邊，側躺一旁輕撫他的臉頰與柔軟的髮絲，突然憶起兩人初見的情景，究竟自己當時是哪來的勇氣，居然敢主動搭訕冷淡的他？為了他，一連做出自己也無法解釋的舉動。如果沒有他，她現在只會平凡過著一成不變的生活——一個乖巧聽話、沒有太多個人意見的水如澐。

對他一見鍾情的那份執著，是她唯一可以解釋的行為。

經歷兩年多的考驗，他們真的結婚了！以後她可以和心愛的人一起生活、一起睡在一張床鋪、一起近距離分享未來的點點滴滴，不再擔心突如其來的變數，她可以安安穩穩、實實在在成為白太太，想到這裡……感動的熱淚不自覺淌流。

笑著抹去眼角的淚水，水如澐準備起身關燈就寢。

「啊——」突如其來一隻有力的手抓住她，她差點嚇破膽！

「妳要去哪裡？」白海文順手一拉，將人摟進懷裡。

她愣得不知所措，瞬間結巴：「你你、你不是睡著了嗎？」他明明就已經醉得不醒人事，怎麼會……

「誰說我喝醉了？我只是小躺一下儲備體力而已。」瞧她此時驚愕的反應，讓他掩不住笑意。「妳剛才好像有偷哭，不會是後悔嫁給我了吧？」

她起身改趴在他身上，燦爛一笑：「現在後悔的話，會有什麼下場？」

「丟到大海去餵魚。」他迅速將她壓在身下，親吻她粉嫩的雪頸。

這前所未有的親密舉動，惹得水如澐全身發顫，只覺得一股電流由身體底部向上竄出，教她雞皮疙瘩爬滿身。「等、等一下……」她害臊地趕緊喊暫停。

「白太太，新婚之夜，妳還有急事嗎？」他微醺的眼眸散發勾人的魅力。

「我、我……」她完全不敢直視他的眼，腦筋一轉，說：「我已經嫁給你了，現在應該可以告訴我，為什麼這次回港之後，就決定暫時不出港了？」

「我跟自己說，如果這次回港後，妳主動出現在我面前，那我就……」他壓低身體附在她耳畔說：「我就主動追求妳，一直到我們穩定交往之後才考慮出港。」送她的巧克力就是最好的暗示與表達。

水如澐簡直不敢相信自己聽見的一切！「真……真的？」意思是說，要不是母親出面阻擋的話，他就會……

溫柔的眼眸浮上驚訝與感動，理解之後一本正經盯著他：「咳，白海文先生，你欠我一次熱烈追求的機會，下輩子我要連本帶利一次討回來。」

他笑得很迷人：「那……我下輩子要怎麼找到妳？」

她脫口說：「只要有海的地方，風就會主動帶我去找你，所以你別想欠債不還，因為你——絕、對、跑、不、掉、的！」她主動勾住他的頸項，以專注的神情傳達對他堅定不渝的情感。

白海文腦中突然閃過兩人第一見面的情景，一轉身，她就出現在眼前，冥冥之中似乎早已註定好一切。望著身下那雙單純又溫柔的水眸，白淨的皮膚浮現淡淡的紅暈，微啟的紅唇與迷人的鎖骨，充滿無限誘惑。

「妳今天好美喔。」

回想他今天西裝筆挺的模樣，她也忍不住讚賞：「你今天也超帥的。」接著補充：「比我男朋友還要帥。」

她瞬間綻笑，模樣嫵媚動人，白海文瞧得沉醉，溫熱的吻隨即覆了下來，迫切的雙手同步在她身上來回撫摸，火熱地糾纏直到彼此缺氧低喘，他才起身關掉大燈，獨留一盞幽暗的小夜燈，腿去自己的上衣即壓覆在她身上，熱吻一路從她的雪頸向下滑落，瞬間兩人的衣物已褪至一旁。

沸騰的舉動與喘息聲譜成美麗的節奏，為第一眼邂逅就相互傾心的情意寫下動人的註解。

巧妙的緣份讓水如澐在此落地生根，她找到今生幸福的港灣，有他陪伴的地方，她將永遠幸福滿載。

◇◇◇　◇◇◇　◇◇◇

隔天一早，水如澐依照傳統習俗，捧著一盆水給公婆淨臉與洗手，再奉上咖啡給長輩們飲用，座上的白金福與陳好皆笑得合不攏嘴。

儀式結束後，他們正要離開，碰巧遇見路過的萬順伯夫妻。

萬順伯正要開口，一旁的老伴早已搶先插話：「免看啦，擱卡水麻喜別人的媳婦。」她瞥了老公一眼，誰不曉得他老早就把海文他們夫妻當成自己的兒女一樣看待。昨天那場喜宴，他一整天下來笑容沒停過，還高興得到四處找人敬酒，不知情的人還會以為是他們娶婦媳哩。

萬順伯母一說完，在場的人都笑了。

「海文，新的船公司已經接洽好了，這次的航程大約一年多，目前確定出港的日期是十月十一日，再麻煩你跟七仔說一聲。」

「謝謝萬順伯。」白海文夫妻倆一同點頭致謝。

寒喧一會兒他們才道別離開，新婚夫妻在小巷內散步，水如澐好奇地問：「這一陣子好像都沒有看到小白，牠跑哪去了？」

「牠最近處於發情期，除了偶爾回家吃飯、喝水以外，萬順伯說其他的時間根本連狗影也看不到。」

沒想到會聽見這個答案，教她忍不住笑紅了臉。

「萬順伯他們有小孩嗎？」

「他有三個女兒，不過很早就嫁出去了，萬順伯年輕時專跑遠洋路線，雖然賺了不少錢，卻非常遺憾沒有好好地陪伴家人，等他退休想要享受家庭生活時，小孩已經長大了，也找到好的歸宿，所以他現在只好養狗、養鴿子來打發一點時間。」萬順伯常以過來人的經驗跟他分享：錢夠用就好了，把握當下的幸福比什麼都可貴。兩年前，他才深深體會箇中的道理。算一算距離下一次出港，他們還有一個多月的時間能相處，想到這裡，不自覺摟緊身旁的人。

「海文，有件事我想跟你商量。」

「什麼事？」

「你贊成我冠上夫姓嗎？」

「為什麼？」他一臉好奇。

她揚起甜美的笑容：「你不覺得『白水如澐』這個名字很美嗎？」

「傻瓜。」他輕敲她的腦袋，開懷一笑。

兩人剛回到巷尾的住處，對面的窗戶突然開啟，有人高分貝大喊：「如澐，我們家海文昨天晚上表現得好嗎？有沒有讓妳失望啊？」七仔不懷好意地賊笑，想到喜宴上他們猛灌新郎的酒量，就絕對足夠讓好兄弟一醉到天亮。錯過新婚之夜的他，現在肯定憋了一肚子的悶氣，為了笑看這一幕，他特地早起守在這裡等候。

面對唐突而來的私密問題，水如澐不禁回想昨晚的情景，臉頰瞬間漲紅，模樣像是剛煮熟的蕃茄，她低著頭完全不敢接腔，當下只希望有個地洞可以鑽進去。

白海文貼近窗口，揚著笑：「七仔，謝謝你的關心，我們昨天晚上好的不得了，倒是你從現在就要開始訓練酒量了，不然，你結婚當天，很有可能會醉到隔天晚上，女方歸寧的宴客上，新郎很有可能會缺席無法出場。」

瞧窗外的人精神抖擻，完全沒有宿醉的模樣，笑容的背後還藏著一抹殺氣，七仔不禁全身發顫狂冒冷汗。

「還有，順便告訴你，下次出港的時間是十月十一日。」

「這麼快！」那他和淑珊相聚的時間已經不多了。

「所以，你還不快趁現在好好把握美好的時光。」他冷瞟七仔一眼，暗示他還不快點滾蛋。

「……我突然想到還有約會，那就不打擾你們了，再見。」他趕緊閃人。

白海文回到妻子身邊，笑著問：「妳還好嗎？」

她紅著臉說不出話來。

「走吧，趁現在有空，我們進去整理妳的衣物，待會抽空小睡一下，等晚上歸寧忙完之後，就可以好好休息了。」他摟著新婚妻子準備進屋，瞧她此刻羞澀的模樣，再回想昨晚的新婚之夜，嘴邊不自覺掛上一抹微笑。

體驗在地的紅毛港生活，對水如澐而言，是既新鮮又有趣的事情，她每天拿著筆記本在巷弄間走動，實地深入探訪當地人的一舉一動。

◇◇◇　◇◇◇　◇◇◇

光是當地人的名字，她就發現一些有趣的事情，某對洪氏兄弟別分叫海水與溪水，單看名字就曉得哪位是哥哥，哪位是弟弟；另一對兄弟的稱呼就更有趣了，鄰居都叫他們大頭、二頭，雖然不曉得這個綽號是怎麼來的？但兄弟倆的頭圍還真是不小呢；最好笑的就屬海文的國中同學，要不是親眼目睹他的畢業紀念冊，她真不敢相信會有女孩子叫「李媽好」呢！

前幾天，她發現隔壁巷剛嫁來的小媳婦，夫家的親戚擁有龐大的家族人口，光看她從巷頭走到巷尾，一路見人就開始喊：二婆、三公、五婆、大姑婆、二姑姑……她都替她捏了一把冷汗。漁村這個純樸的地方，大大小小的傳統禮數還真不少，難怪玉媚人嫂會提醒她，有外人在的地方，彼此千萬不能直呼對方的名字，免得被三姑六婆說閒話，原來是這麼一回事。

紅毛港還有一個有趣的現象，當地小姐內銷的機率相當高，用肥水不落外人田的字眼來形容，最貼切不過了。淑珊總會開玩笑說：「以後七仔要是敢欺負我，我隨時可以回娘家討救兵過來修理人。」讓她笑得頻頻點頭。

水如澐在本子上仔細記錄今天觀察到的收獲，突然瞥見前方有位大叔拿著相機正在拍攝，引起她高度的好奇：「大叔你好。」她主動上前問候。

眼前的長輩戴著一副大眼鏡，皮膚黝黑，他一臉親切地回應：「小姐妳好。」

「大叔，你應該不是本地人吧？怎麼會想來這裡攝影呢？」

「哈哈，我老家住在鹽埕區，十多年前我就來過紅毛港了，妳呢？」他打量她的外形，很肯定她也不是當地人。

「我最近剛嫁過來這裡，娘家住在草衙那邊，對了大叔，鹽埕區離這裡有好一段距離，你怎麼願意跑到這麼遠來拍照呢？」

他笑著說：「因為紅毛港純樸的民風和當地的人情味，讓我想起童年的點點滴滴，有一種說不上來的親切感，所以一有空我就喜歡來這裡走走，再加上我非常喜歡攝影，所以就順便紀錄當地的生活影像。」

能夠遇見和自己同樣喜歡紅毛港的外地人，水如澐像挖到寶藏似的，開心不已！正想繼續和他閒聊，突然瞥見白海文站在巷尾向她招手。

「大叔，不好意思我有事先離開了，下次有機會我們再繼續聊，拜拜。」她笑著和對方道別。

「海文，養蝦場那邊忙完了嗎？」水如澐小跑步到他身邊。

「嗯，現在有空可以陪妳了。妳剛才和任職三信銀行的陳寶雄大叔在聊什麼？」

「你認識他？」她有些驚訝，接著一臉俏皮地撒謊：「我跟她說我是外籍新娘。」

白海文輕捏她的臉頰，將人摟在身側：「陳大叔經常出現在紅毛港的各個角落拍照，久了我們就認識了。」他瞄她手中的筆記本，笑問：「今天有什麼新發現嗎？」

被他這麼提醒，她才想到什麼：「這裡的衛生環境不太好嗎？」

他一臉疑惑。這裡除了生活環境有點落後、離市區也比較遠之外，並沒有環境髒亂的憂慮。

「妳怎麼會這麼問？」

「剛才我看見一位婦人四處到鄰居家敲門，還邊用台語大喊：喂，抓老鼠喔！要特地麻煩鄰居前來幫忙，情況應該有點嚴重吧？」

白海文愣了一下，隨後放聲大笑，搞不清楚狀況的水如澐則是一臉尷尬，難道她聽錯了嗎？

他一把將人摟進懷裡，臉上滿是笑意：「這群婦人是在相約玩『老鼠牌』，這種紙牌印有十二生肖的圖案，外地人可能沒有見過。大家習慣以『抓老鼠』來稱呼它，這也算海邊居民特有的一種地方文化。這裡的婦人平常喜歡在午後時光，相約三五好友聚在一起小賭，一來可以當作無聊的消遣，二來可以增進彼此之間的情感。」

原來是這樣……她紅著臉問：「所以『撿紅點』也算是一種紙牌遊戲？」

他笑著點頭，眼眸瞬間柔情四溢，這位剛娶進門的「外籍新娘」真的太可愛了！

「那你改天可以教我老鼠牌怎麼玩嗎？」她興奮地問。

「當然可以。」

「啊，都忘了問你吃過午飯了沒？肚子餓不餓？要不要我煮給你吃？」

他思考了一下：「好，我想吃『魚』。」他刻意拉長魚的音量。

真巧，早上她剛去市場買他愛吃的魚回來，正要繼續開口，卻迎上一對意圖不軌的眼神。

「……怎、怎麼了嗎？」她納悶地問。

白海文壓低身體輕靠她的耳畔：「我不要大海裡面的魚，我要吃天上的——澐。」隨後一把抱起來不及反應的她，迅速衝回不遠的住處。

紅毛港午後寧靜的小巷，被沿路的驚叫與嘻鬧聲喧擾，在驚動左右鄰居出來關切之前，他們早已消失在轉角的屋子裡。

◇◇◇　◇◇◇　◇◇◇

「海文，你睡了嗎？」

「嗯，怎麼了？」他帶著睡意的聲音十分動聽。

昏暗的燈火加上寂靜無聲的環境，摟著心愛的人特別有助眠的效果。

「我們可以聊一下你們遠洋漁業的細節嗎？」她婚後最享受的時刻，就是在睡前和他天南地北的聊著，想到下個月他即將踏上遠洋的航程，就格外讓人珍惜彼此相處的每一刻。

「妳想要了解什麼？」他的臉傾靠她的頸側。

「關於遠洋的定義是什麼？漁船通常會航行多遠呢？」

「在台灣兩百浬經濟海域以外，從事大規模海洋作業的漁船就歸類為遠洋漁業，大致上航行的範圍在三大洋的海域上──太平洋、印度洋和大西洋。」

「在這些海域上，你有見過超大型的鯨魚嗎？是否有專門捕獵鯨魚的漁船？」

「當然有，不過國際捕鯨協會多次協議要減少捕殺鯨魚的數量，經濟部也在今年七月十六日公告禁止捕鯨，已經核發的捕鯨執照都已經回收註銷，台灣捕鯨漁業正式走入歷史。」

「萬順伯說這次的航程是一年多，上次，你不是足足去了兩年嗎？」

「這要看漁船噸位的大小，航行愈遠的噸位就愈大，航程自然就會拉長。大西洋通常是最遠、風浪也最大的海域，漁船的噸位就必須在兩百五至五百噸之間，遠洋最久的航程大約是兩年半左右。」

啥？兩年半，居然這麼久！「那你們加入遠洋作業的首要條件是什麼？」

「第一要先割盲腸，第二，要克服長時間暈船的障礙。」

「割盲腸！為什麼？」她沒聽錯吧？

「在茫茫無際的大海上作業，船員如果因為急性盲腸炎發作，漁船就算盡全力抵達鄰近海域的港口，也會因為距離太過遙遠，船員等不及救援就先死亡。」

原來是這樣。「你幾歲開始行船呢？暈船會很難克服嗎？」

「我國中畢業就開始接觸漁業，幾年後就正式加入遠洋漁船，在船上我適應得還不錯，暈船的情況並不嚴重，但我哥就完全不行了，所以，我爸也沒有勉強他從事這部份的工作。」

「我發現當地人普遍的學歷都不高，這是為什麼？還有，我覺得你的資質還不錯，為什麼只讀到國中畢業就沒再升學呢？」這一點她感到相當可惜。

「早期的人生活比較困苦，當時海洋資源相當豐富，所以從事漁業的收入比其他行業還要優渥，當地人才會有『學歷不能當飯吃』的觀念。我當時確實是想繼續升學，但是我哥沒辦法協助我爸的工作，再加上我對這片大海有很深的感情，如果我讀書到達一定的學歷，就不太可能從事這方面的工作，所以就自願放棄繼續升學的意願，陪我爸一起出港捕魚。」他突然摟緊懷中人，一本正經道：「在我心中能夠和妳並列同等地位的，就是家鄉這塊土地與大海，妳……應該不會吃醋吧？」

水如澐笑出聲，她完全可以體會這片土地上的人與大海之間，有一股濃郁到化不開的情感。

「當然不會，不過下輩子記得把我擺在第一位。」

「只要下輩子就滿足了嗎？」

「剩下的……要看你個人的誠意嘍，對了海文，你怎麼會想從事遠洋的工作？你們通常要在海上待多久才能靠岸？」

「正常來說，差不多需要半年左右的時間，除非船艙內的漁貨提早滿載，才會提前進入鄰近的港口販售漁貨，靠岸大約一、兩個禮拜不等的時間，漁船如果有需要，就會順便維修一些零件，我們也會趁這個時候補充一些日常的生活所需，之後就是重覆相同的作業模式，再沿途捕撈回到台灣。至於為什麼選擇遠洋漁業，除了想趁年輕多點人生歷練之外，它的收入也比較優渥，船上的設備也比較齊全。」

船上的設備比較齊全？她完全不懂其中的意思：「你指的是……？」

「一般中、小型的漁船並沒有衛浴設備，船上能夠運用的空間也很有限。」

「你的意思是說，船上沒有地方可以上廁所和洗澡？」她好驚訝。

「嗯，所以漁民的工作相當辛苦，船上的食物變化並不大，冬天在海上作業，迎面而來的冷風刺骨難耐，漁民收、放網的過程中，也很容易割傷手掌，但傷口還是得反覆接觸海水，再加上海上作業的風險很高，所以克難的討海生活，不見得每個人都能夠適應。」

她簡直不敢相信自己聽見的一切！突然有點心疼他的職業。

「所以你跑遠洋的話，就不會有這些問題了？」

「也不是完全沒有，雖然有自己專屬的房間，但空間並不大，差不多是一個人平躺的大小，勉強還可以翻身，最辛苦的是……」

「是什麼？」她急著想知道答案。

「是要長時間忍受和自己心愛的人分隔兩地，那種相思難耐的痛苦，比什麼都還要難熬。」

話一說完，他的手立刻抵住她腦後，迅速在她細膩的頸項深情吸吮，隨後三兩下子解開她的衣扣。

「等、等一下……」水如澐驚呼，他的手腳什麼時候變得這麼快？她還有很多問題沒有問完呢！

「誰叫妳把我吵醒了，又讓我想起在海上作業的苦悶，當然要彌補我一下。」

「我……唔——」

下一秒，她的唇被覆在上方的人給堵住，此刻完全感受到他身體迫切的需求，彼此纏綿一會兒，她逐漸適應心上人的熱情攻勢，不自覺地勾住他的頸項，迎合他每一個激情的節奏。

炎炎夏季即將進入尾聲，而古厝內的春意正值濃厚。

第九章　別離在即

水如澐一覺醒來身邊空無一人，她注意到牆角放了一份早餐、一張紙條。起身觀看紙條的內容，才曉得丈夫有事情外出，一會兒才會回來。突然瞟向自己放置一旁的筆記本，隨手翻開來看，卻意外地發現他在裡頭寫下幾段文字。

遠洋漁船以延繩釣法為主，釣餌為秋刀魚，捕撈的魚種主要有鮪魚、長鰭鮪、黃鰭鮪、大目鮪、旗魚、劍旗魚……等等。船上主要人員有：船長、大副、機輪長、報務員、廚師以及船員數名，總人數大約十二至十五人不等，每出海一次就簽一次合約，每次回港大約停留三、四個禮拜左右，才會再次出港。

在當兵前我已經取得駕駛一般漁船的證照。

還有，我服的兵役是海軍。

看完後，她嚇了一大跳，沒想到他居然曉得自己昨晚來不及發問的問題！摟著筆記本，心裡甜絲絲地。開心過後，準備起身更換衣服和盥洗，今天又是美好的一天。

前方小巷內有三位婦人坐在矮凳上織著漁網，四周還有一群小孩子拿著捕網針幫忙纏線，眼前分工合作的溫馨畫面，吸引水如澐的目光。

「以前我老公的漁船傍晚靠岸回來，我們每天光是捕破網就要忙到晚上十一、二點，哪像現在……唉，漁貨量差多了，只好接一點代工幫忙補貼家用。」

「我公公也常抱怨，他以前養家活口的魚塭，現在都被火力發電廠佔據了。」

「你們有發現嗎？自從『剖港』後，我們整個紅毛港的運勢大不如前，原本像是一條龍脈的好風水，全被破壞掉了。」

婦人們正在抱怨近幾年來大環境的改變與無奈，聽完她們的心聲，水如澐主動開口：「阿姨，妳們早安。」

婦人同時抬頭，呆愣了幾秒後互望一眼，其中一位開口說：「喔，妳是白金兄最近剛娶進門的二媳婦，對吧？」

水如澐笑著點頭：「阿姨，我叫如澐，我也可以幫忙纏線嗎？」看著眼前這群低頭專注的小幫手們，真是可愛極了。

「可以啊，妳想學的話我來教妳好了。」阿月姨停下手邊的工作，拿起一支竹製的捕網針與白色的網線，教她如何將線纏進網針內。

親身體驗後，水如澐才發現這看似簡單的工作，卻相當有技巧性，如果不使出一定的指力，是很難將線勾進長針內的。瞥向一旁的小朋友，他們個個手腳俐絡、迅速地來回翻轉與纏繞，教她看得目瞪口呆！反觀自己連一根網線都未完成，已經耗費不少時間，生澀的手指甚至傳來陣陣的疼痛。

這群小朋友停下手邊的工作，紛紛往她身上投射，水如澐誤以為是自己手腳笨拙的關係，才會引來他們好奇的目光。

寶蓮阿姨笑說：「妳是第一次接觸這個吧？手會痛的話就不要勉強，以後多練習幾次就會比較習慣。」

水如澐顯得不好意思，以她的速度可能只有幫倒忙的份。「阿姨，那有我可以幫忙的嗎？」

「不然……妳幫我把這包織好的漁網，拿去巷前的雜貨店交給秀桃阿姨。」

「嗯。」水如澐提著一大袋漁網開心地離開。

確定她走遠後，阿月姨忍不住笑說：「現在的年輕真是愈來愈開放了，哪像我們那個年代……」

「新烘爐、新茶壺就喜某同款。」

「我看白金兄沒多久又有孫子可以抱了。」

下一秒，婦人們全笑成一團。

◇◇◇　◇◇◇　◇◇◇

水如澐提著沉甸甸的漁網來到海汕路旁的雜貨店，努力將它搬上雨埕的小階梯，模樣顯得很吃力。

「這個太重了，讓我來幫妳。」突如其來一雙強而有力的手。

「謝……謝你。」她循著聲音抬起頭。

吳名士獨自將漁網搬進店內，與老闆娘打聲招呼後隨即走出來，他笑望眼前思慕已久的美人：「妳好，我叫吳名士，很高興認識妳。」他主動伸手示好。

「你……你好，我叫水如澐。」盯著眼前等她回握的手，猶豫了幾秒，她不自覺開口：「我們……見過面嗎？」眼前這名男子頗令她覺得眼熟。

吳名士愣了一下，趕緊放下手，解釋說：「我家住在這附近，這幾年看妳出現過好幾次，妳可能對我沒什麼印象。」兩人難得近距離接觸，他灼熱的雙眼直盯著她，打量的目光一路從臉部直到勻稱的小腿。

對方如此冒失的舉動，讓她極度感到不舒服，水如澐挪動腳步急著開溜：「謝謝你的幫忙，那我先回去了。」隨後趕緊離開。

吳名士如夢初醒，迅速收斂自己踰距的行為：「等一下——」他瞥見她髮絲飄揚後露出的雪頸，表情瞬間變得尷尬，正想喊住她，卻驚見前方挺跋的身影，他停下腳步倒抽一口氣。

「海文，你回來了。」不由分說，她開心地奔向另一半。

白海文笑著迎接太太，冷峻的目光立即掃向不遠處的男士。

「妳一個人去雜貨店做什麼？」他摟緊身旁的嬌妻，向某人宣示他的所有權。

「我幫阿姨她們把織好的漁網拿去店內放，剛才那位……」她回頭，已不見他的蹤影。奇怪，剛才不是還站在店門口？

「下次離那個人遠一點，走吧。」他帶她一塊走進巷子內。

「他怎麼了嗎？」

瞧她滿臉疑惑，他只好解釋：「還記得二年前，妳在渡船口遇見喝醉的萬順伯他們嗎？他就是其中一名醉客。這傢伙平常遊手好閒，喜歡仗勢著自己的老爸在漁會擔任重要的職務，沒事就愛高調等別人來巴結奉承，他們家持有各種大小漁船的股份，經濟收入相當優渥，也就是說他們不用辛苦出海工作，就有大把的鈔票進入口袋。」白海文猶豫了一下，決定不張揚過去吳名士差點強行將她帶走的事件。

原來如此，難怪他散發出一股……不太正直敦厚的氣息。

「嗯，下次我自己會多加小心的。海文，剛才聽見這邊婦人說『剖港』，究竟指的是什麼？

早期的紅毛港就已經盛行魚塭的養殖嗎？」

「『剖港』是指開闢高雄第二港口，當地人習慣用這個稱呼。『紅毛港堰』自清朝以來就是有名的養殖區，自從開闢二港口、再加上火力發電廠在那裡設立，養殖業從此沒落。」他出其不意勾住她的頸項：「妳剛才不會是去偷學編織漁網的技能，以後好補貼家用吧？」

她點頭，扯開笑容：「你應該也不會反對我去找一份正職的工作。」

「當然贊成，不過妳不用辛苦找了，我這裡剛好有適合妳的工作。」

「真的！？」她興奮地問：「是什麼工作？」

「有人高薪聘請妳幫忙看家、順便盯緊她太太的一舉一動，這麼單純的工作，妳有興趣嗎？」

他一臉正經的表情透出些許的笑意。

她愣了一會兒才逐漸意會。

「這位老闆該不會和你一樣都姓白吧？如果他擁有你的長相和體格，還畫得一手好畫，出手又大方的話，我怕自己很難拒絕這麼好的條件誘惑。」她俏皮的盯著他：「老公，你應該不會介意吧？」

他順手將人摟緊：「當然不會，他早就決定要養妳一輩子。」

傾靠溫暖有力的臂彎，與聆聽這聲感人肺腑的承諾，婚後的她真的好幸福。

「對了，你早上外出是去……」目光無意間落在他的手臂上，她瞬間驚叫：「你──什麼時候……」真不敢相信他的左手臂居然刺上一個「澐」字。

「之前早就買好藥水，這是早上自己拿針刺上去的。」瞧她此刻的反應，他臉上堆滿笑意。

「怎麼突然想要刺青呢？」她紅唇微啟，看得目不轉睛。

「這樣妳下輩子就不用擔心找錯對象了，刺在這裡我隨時都可以看見妳。」

她轉動美麗的黑眼珠，瞬間閃過一個念頭：「那……」

「怎麼了？」

「我也可以和你一樣在身上刺青嗎？」

他愣了一下，隨後蹙眉。一個好好的女孩子在身上刺青？要是讓左右鄰居知道這件事，肯定會在背後對她評頭論足，到時只會害她被三姑六婆貼上不良標籤。

「不行。」他完全不考慮。

她曉得他的顧慮，急著說：「我只要刺在衣服可以遮擋的位置，就不會被人發現了。」瞧丈夫一臉堅決的模樣，她腦筋一轉：「不然……我們來玩猜謎遊戲，我出一題跟紅毛港有關的問題，要是你回答不出來的話，就必須同意讓我刺青，怎樣？」

瞧自己的新婚妻子眨著渴求的雙眼、一臉央求的神情，他一時心軟捨不得回絕，猶豫了一下才開口：「好吧。」

為了預防他要賴，她特地伸手與他打勾勾。

「那你聽好了，題目是：三百多年前的紅毛港，猜一位偉人的名字。」

白海文一愣，以他對她的了解，答案絕對不會是鄭成功，那究竟是誰呢？

「不能稍微提示一下嗎？」他微笑的雙眼直勾著她。

「不行。」她才不吃這一套呢！而且以他的聰明才智，一旦給予提示很有可能會被猜穿，這樣她可就虧大了。

幾分鐘過去，白海文始終沒有頭緒，只好認輸：「好吧，算我輸了，妳可以公佈答案了。」他雙手抱胸等著聆聽正確解答。

勝利在握的她一臉得意，故意向前邁開幾步，與他拉出一小段距離後，才開口：「咳咳，那你聽好了。」她接著模仿某人兩年前平淡解說的語調：「三百多年前，紅毛港擁有寬闊的港灣，是下淡水溪的出海口……」

他笑看這一幕：「所以呢？」

「所以，那個人是……」她深吸一口氣，丟下這個答案：「水育（域）寬。」

話一說完，她卯足全力拔腿就跑。

她快，他更快！下一秒已被身後的人騰空抱起。

「啊——」

「不錯嘛，白太太，才嫁來沒多久，腦筋就愈來愈靈活了。」他似笑非笑直瞪著懷裡的人。

水如澐紅著臉，不敢正視他：「現在我贏了，你剛才答應的事情絕對不能黃牛！」

他再也忍不住笑意：「那妳打算刺在哪裡？」

嗯，他將澐字刺在手上是因為可以隨時看見她，那她要將他……

「我要刺在左胸前。」她要將他放在心裡。

他瞬間皺眉。「我們商量一下，能不能刺個『文』字就好了。」它的筆劃最少，可以不必讓她忍痛太久。

她搖頭：「要是讓大嫂誤會該怎麼辦？」兄弟倆的名字恰巧都有這個字。

「那……『白』字呢？」

這就更不理想了，又不是刺給小白看的。她猛力搖頭，篤定的臉因為生氣而漲紅：「我就是要指定你的『海』字。」

「好吧，不過別說我沒有事先提醒妳，真得很痛喔，妳想要後悔的話，現在還來得及。」

她一臉堅決的可愛模樣，讓他笑著妥協。

「後悔的是小狗。」她才不怕痛呢！接著興奮地朝他的臉頰親上一記。

「我們現在去採買一些東西，之後載妳四處逛逛，回來再抽空幫妳刺青，下午約七仔他們去沙灘散步，怎樣？」

哇，今天的行程真的是太棒了！

「嗯。」她點頭如搗蒜。
「但是妳要答應我一件事，除非是待在家裡，不然，今天一整天妳都要加上一件有領子的薄外套，不管再怎麼熱都不可以脫下來。」他的目光透著柔情蜜意。
「好。」她迅速溜進屋內拿外套。
白海文回想著老婆的頸項佈滿大大小小的吻痕，卻渾然不覺，還四處在外蹓躂，他的唇邊不自覺勾勒出一道美麗的弧線。

◇◇◇　◇◇◇　◇◇◇

下午時刻，四人相約在『姓楊』外海一帶的海域活動。
外海路上有兩處連續轉彎的路段，這裡的水流十分湍急，呈現多個迴轉的旋渦，白海文和七仔在兩側的消波塊上垂釣；李淑珊則充當導遊帶著水如澐在附近欣賞沿途的景色。
眼前絢爛的光輝佈滿遼闊無際的海岸，迎面而來舒適的秋風，台灣海峽的美景盡收眼底。水如澐望著綿延整個出海口的膠筏與舢舨，壯觀的場面與瀲灩波光，完美呈現純樸漁村的麗景。
而另一頭是銜接遼闊的沙岸，她們來到沙灘上，戴著草帽、一起打著赤腳，沿路談天說笑。
「如澐，改天我們一起去廟裡拜拜，順便幫他們求個平安符。」李淑珊興奮地提議。

「這個建議真是太棒了！」她已經許久沒進寺廟參訪，突然想起某人兩年前欠她的廟宇文化。「淑珊，妳說的廟指的是『姓洪』的朝鳳寺嗎？」

「當然不是，我住在『姓李』這邊，所以直屬的廟宇是濟天宮。」

「你們不同姓氏的聚落，就有各自擁戴的寺廟？」她一臉驚訝。

「對呀，所以紅毛港內有五間大型的『角頭廟』，每間寺廟奉祀的主神也都不一樣。」

「漁村供奉的神明不都是媽祖嗎？」

「媽祖是一定有的，但紅毛港內供奉的神明，稱謂多到數不清。通常每間廟宇都有一尊奉祀的主神，其次還有多尊供奉的神明。」

哇，她似乎又挖到寶了！「淑珊，改天可以幫我把五大角頭廟的名稱，以及它們各別奉祀的主神全部抄給我嗎？」

「哈哈，妳這麼想知道的話，叫海文帶妳去各大廟參訪一圈就好了，反正離下次出港還有一小段時間。」說到出港，李淑珊突然想到什麼，沒頭沒尾道：「如澐，我真的很羨慕妳耶。」

「羨慕我？為什麼？」她一頭霧水。

「上次我和七仔在路上遇見萬順伯，我主動向他確認出港的日期，他知道我是七仔的女朋友後，就詢問我的名字，我用國語回覆，他居然聽成台語的二四三，接著還笑說，我爸媽幫我取名字的時候，一定剛好在簽大家樂。」

噗……水如澐忍不住發笑：「結果呢？」

「結果氣死我了！要不是七仔拉著我，我早就衝上前去找他理論。最可惡的是萬順伯居然跟七仔說我『恰北北』，以後娶到我肯定像他一樣沒好日子過，還叫我有空要跟妳多多學習。」說到這裡，她的怨氣又一湧而上。

「淑珊妳別在意嘛，一定是因為妳是當地人的關係，萬順伯才會跟妳鬧著玩，我覺得妳個性活潑又開朗，這點我非常欣賞呢。」雖然認識不久，但兩人真的是一對感情還不錯的好姊妹。

「哪有，妳個性溫柔又有氣質，而且皮膚白淨又水嫩，哪像我們從小像放山雞一樣四處玩耍，皮膚都曬黑了，長大愛漂亮之後才開始保養，早就來不及了。」她盯著好友身上的穿著，不免好奇：「如澐，妳一直穿著外套不覺得熱嗎？」

「可是……海文交待我不能脫下它。」

「他一定是擔心妳會曬黑，妳看，都流汗了。」李淑珊順手將口袋裡的手帕遞給她。

「謝謝。」水如澐接過手，盤起垂散的長髮擦拭頸項的汗珠。

「哇！」李淑珊吃驚地指著她脖子：「妳、妳老公都用咬的嗎？」

「怎……怎麼了嗎？」她撫著雪頸一臉疑惑。

李淑珊趕緊附在她耳邊提醒：「妳的脖子有好多的吻痕。」

什麼！水如澐不禁發窘，瞬間漲紅的雙頰比火紅的夕陽還有看頭。

「想不到海文私底下挺熱情的嘛。」李淑珊掩嘴調侃。

「妳別笑了啦……」她都快尷尬死了，趕緊垂下長髮努力遮掩每一處能見的角度，此時，肩上突然傳來某種尖刺的觸感，像某個東西在身上攀爬，嚇得她趕緊拍動肩膀。

「哈哈哈——」身後傳來七仔爽朗的笑聲，此刻某人的反應果然在他的預料當中。

隨後走來的白海文瞪七仔一眼，趕緊上前幫太太取下身上幾隻無辜的小生物。

「這……這是？」水如澐低頭看，發現腳邊有幾隻正在竄逃的小螃蟹。

「這叫沙蟹，牠們棲住於潮線附近的沙灘上，通常會躲在自己掘挖的洞穴裡，在退潮的時候出來覓食，牠們的體形雖然才幾公分的大小，動作卻相當迅速，是陸地上跑得最快的無脊椎動物，所以也有『鬼蟹』的稱呼。」白海文蹲下身隨手抓起一隻小沙蟹，放於她的掌心。

「好可愛喲！」她盯著手中的小傢伙看，發現牠如同泥沙般的保護色。

下一秒，白海文冷不防拽住七仔的肩，將人帶到李淑珊面前：「李老師，麻煩管教一下妳的男朋友，才不會讓別人誤以為我們漁民的素質水準有待加強。」

「海文，我只是開個玩笑嘛，幹嘛這麼……」嘻皮笑臉的七仔突然瞥見自己的女友繃著臉，嚇得趕緊收起笑意，火速站直身體。

「下次再欺負我親戚的老婆，就等於是在欺負我。自己說吧，這次應該要罰幾下比較好呢？」

「……十下。」

「很好，伏地挺身預備。」

七仔瞬速趴下身體，做好標準的伏地動作；李淑珊則拉攏自己的裙襬，隨後優雅地側坐在他的背上：「目標三十下，開始。」

目睹這一幕，一旁的兩人笑得不可開交。

「走吧，我們去另一頭散步，才不會打擾他們打情罵俏。」白海文彎著結實的手臂等著太太勾附。

水如澐攬著有力的健臂，羞怯地說：「你怎麼沒有提醒我，脖子上有……」

「這樣別的男人想動我老婆的主意，只要看見這些印記，就會主動知難而退，妳要是覺得困擾的話，下次我幫妳吸成一串項鍊的造形，妳就可以不用辛苦遮掩了。」

他談笑自如的模樣，與唇邊那抹迷人的微笑，讓她再次羞紅了臉。

遠處的夕陽逐漸沒入海平面，靜悄悄的沙灘上，有兩對成雙的儷影各處一角，沙沙的浪聲不絕地傳入耳畔，訴說情人動聽的媚語流長，美麗的晚霞追隨著夕落，為此刻爛漫的情意卸下酡紅色的妝顏，天邊四起的繁星閃爍著無聲的煙火。

秋別的腳步，似乎近了。

◇◇◇　◇◇◇　◇◇◇

「淑珊和七仔他們合好沒？」白海文忍不住問。

「好像還沒耶。」水如澐滿懷歉意：「都怪我，不該把我們刺青的事情說出去。」

「這又不是妳的錯，誰叫七仔的技術那麼差，嘴巴又不夠甜，這也難怪淑珊會生氣。」

「早知道，麻煩你幫淑珊刺青就沒事了。」她嘆一口氣。

「我？」他挑高眉：「妳都不會吃醋嗎？就算我願意幫忙，只怕七仔他也不肯同意。」

「他要是知道會演變成現在這個局面，絕對會跪著求你幫忙。」

唉……十天前，她不小心向淑珊透露他們倆刺青的事情，她知道後的反應超激烈的！興奮地要求男友一定要幫她在腰間上刺青，哪曉得七仔的經驗不足，再加上過度緊張，原先預定刺的「七」卻不小心刺成「十」，雖然再補上一小劃，勉強還像個七字，但淑珊怎樣就是不肯，堅持要男友重新再補刺一個完整的字，所以，淑珊的腰間就產生了「十七」這個數字。

發生這種烏龍事情也就算了，哪曉得七仔這傢伙居然還補上一個大玩笑：「這樣也不錯啊！下次妳可以跟人家開玩笑說：我有十七腰喔。」

……天啊！淑珊應該會後悔當初看中他的幽默風趣吧？

連她聽完後都忍不住搖頭，這也難怪會惹火淑珊，氣得她完全不理會男友！可憐的七仔，出港的日子逼進了，居然還和女朋友吵架，這十天下來的日子肯定過得相當煎熬。

「改天我去幫淑珊補上一個字，她的心情就會好點了。」

「什麼字？」她十分好奇。

「在十七底下補上『仔』這個字。」

噗，「死七仔」這個斜音也未免太妙了吧！

「不然把十這個字轉個角度看，就像是加減乘除中的乘，『乘七』和『成七』同音，也挺有創意地。」

「海文，你解讀得真棒！晚點我就去安慰淑珊，她或許就能釋懷了，七仔那邊再麻煩你去指導一下，叫他買束鮮花誠心地向女朋友道歉，保證淑珊馬上就會心軟。」她靈光一閃，笑說：「你有發現嗎？七仔和淑珊的名字都和數字有關聯，他們果然是一對『速配』的組合。」

他輕點她的鼻尖提醒：「白太太，妳還要繼續練習嗎？」從剛才到現在，她的心思一直放在七仔他們身上。

「對不起，再給我一點時間……」她趕緊摟著丈夫，繼續未完成的動作。

懷中人兒生澀的技巧，不禁讓他笑著搖頭，冷不防抵住她的腦後，迅速朝她雪白的頸項用力一吸，好一會兒才放開：「我已經跟妳說過很多次了，要像這樣用吸的，妳再繼續啃下去，我的脖子遲早會破皮。」

水如澐尷尬地撫著被偷襲的部位，被他這麼試範，接下來幾天，她外出又必須裹著外套了。

他輕捏她漲紅的臉頰：「我們今天就不要煮了，等一下去海汕國小走走，之後再買妳最愛的小吃回來當正餐，要嗎？」

說到小吃，她的眼睛瞬間雪亮，紅毛港內的流動攤販真是多到數不清，許多道地的美味小吃都教人垂涎三尺。婚後一個月，沉溺在幸福世界的她已經胖了兩、三公斤。只可惜……再美好的日子，終究已經進入倒數的階段。

「海文，這次出港要準備的東西都整理好了嗎？還有缺什麼沒買齊的？」

他深深望著她半聲不響，隨著日子一天一天的逼近，兩人都感染了那份即將分離的惆悵，儘管再怎麼努力掩飾，終究還是得面對那天的到來。

「都整理的差不多了。」他唯一帶不走的，是懷中心愛的人。

「你不要擔心，這裡有很多人陪著我，我和淑珊會笑著等你們回港。」

「妳會不會埋怨我現在行船的工作？」

「不會，我一直以你的工作感到驕傲。」

他輕啄她的唇：「我們明天約七仔他們一起去相館拍照好嗎？」

「嗯，我一定要請老闆幫你多拍幾張帥氣的獨照。海文，你剛才說的相館是我們這附近的『海濱照相館』嗎？」

「妳對它也有深入的研究嗎？」

「第一次注意是因為它的店名，那時候我還猜想是不是你們兄弟倆合資的相館呢。」海濱兩個字多美啊！

「最好是。」他輕捏她的鼻尖：「它是紅毛港內第一間開設的相館，在民國三十四年成立，洪老闆原本是一位肖像畫家，隨著相機被引進後，畫像的市場逐漸沒落，他就轉行改開相館，到目前為止也開業三十六年了。」

「那我們等一下要去的海汕國小，應該也有一段歷史典故吧？」

「嗯，紅毛港內第一所正式的學校設立在民國二十二年，當時稱為『紅毛港公學校大林蒲分校』，民國四十年六月二十八日改為海汕國民學校，民國五十七年八月一日才正式稱為『海汕國民小學』，它也是境內唯一的一所學校。」

呵，這間二層樓高的校園，可說是紅毛港內的最高學府，它肯定是當地人在成長過程中，最珍貴也最難忘的求學記憶。

「一直忘了問你，我發現這附近有許多古厝，它的牆面裸露出一顆顆的石頭，那是什麼建材啊？」

「它的本名叫做『珊瑚石灰石』，大家普遍都稱它為『硓𥑮石』，它是海底死亡的珊瑚礁岩，堅固耐用又具通風性，使用在建築上有冬暖夏涼的效用。有印象我們常去散步的那條長海堤嗎？它高挑的斜面也是採用這種石材建造，包括我們目前住的這間房子也一樣。」

想不到不起眼的石頭厝，居然也有這麼棒的作用！

「紅毛港有這麼豐富的歷史文化，以後我一定要把這些資料全部整理起來，讓更多的人知道，還有……」她伸手摟住他的頸項：「謝謝你那天在筆記本上寫的那幾段文字，你真是太了解我了。」

他順勢貼近她的唇：「那妳還缺什麼沒補齊的？剩下的幾天我還可以帶妳去深入研究。」

「有，就是你欠我兩年的廟宇文化。」語畢，她主動親吻他，眸底光采盈盈。

◇◇◇　◇◇◇　◇◇◇

今天是出港前兩人相處的最後一天，這天的行程滿檔。

天還沒全亮，他們相偎的身影已出現在二港口觀賞清晨的海景，接著走遍紅毛港的大街小巷，回味每一處他們熟悉的角落，下午她靜靜地待在他身旁，喝著香甜的古早味紅茶，欣賞他為彼此初識的景點——二港口的長堤岸寫生，傍晚則來到外海觀望美麗的夕落。

晚上八點，他們已準備就寢。

剛洗完澡的白海文裸著上身回到房內，室內一片昏暗，只剩壁上那盞微弱的小夜燈。水如澐換上一襲亮紫色、低領口的絲質睡衣，烏黑亮麗的長髮披散在身後，及膝的襯裙露出一截勻稱的小腿，一身淨白光亮的肌膚在昏暗不明的光線下，顯得格外誘人。

即使沒亮燈，他也曉得太太不同於以往的媚惑，熟悉地來到柔軟的床鋪上，一把將人摟進懷裡，臉埋入她的髮絲中，享受她身上傳來沁鼻的陣陣幽香。

「妳現在這個模樣，叫我明天怎麼捨得出港？」

她笑得很甜，半開玩笑問：「那我的計畫會成功嗎？」

「會，明天連同行李一起把妳帶上船。」他輕吻她的耳垂。

「如果我在結婚之前穿這樣色誘你，你會上勾嗎？」一對柔美的眼眸直勾著他。

「那……就要看妳的功力好不好了？」他笑得極為迷人。

水如澐迅速在他的頸側用力吸吮，深情吻了好久，直到頸項烙印出一個又大、又明顯的痕跡，她才滿意地抽離：「那這樣呢？」

「不錯喔，進步很多了，只是……如果在結婚之前碰到像現在的狀況，我會先打電話跟我媽商量一下。」

話一說完，兩人都笑了。

今天從早到晚，滿滿的行程中，懷中人甜美的笑容沒有停過，未曾顯露一絲絲憂傷的情緒，看得出來，她似乎想把自己最完美的一面展現出來，好讓他無所牽掛。但，愈是這樣，他內心的虧欠與不捨就倍為加重，面對即將遠行的航程，他有所顧慮的是……

天地裡。

「如澐，妳覺得我們以後應該生幾個小孩比較好？」他收緊手臂，徹底將她包覆在自己的

「你覺得呢？」每次瞧見他與大哥的女兒汶涓玩耍，看得出來他相當喜歡小孩。

「我覺得以我們優秀的遺傳基因，至少要生四個小孩才足夠。」他發自內心而笑，腦中不禁浮現一家六口的溫馨畫面。

「我覺得生兩個就好了，生太多我怕你到時候就不愛我了。」

「怎麼會呢？我最愛的人還是妳，小孩只是生來增產報國而已。」

她被逗笑：「那……你喜歡男生？還是女生？」

「我希望第一個是兒子，後面看妳想生幾個女兒都可以。」

相信丈夫應該沒有重男輕女的觀念，她好奇地想知道理由：「為什麼？」

「這樣當哥哥的就可以保護一群漂亮的妹妹。」

原來是這樣，她點頭表示認同。

「不然，我們現在提前來幫小孩命名，男生的名字交給妳，我負責想女生的部份。」

「嗯。」她興奮地點頭。

「我先好了，妳對我們女兒有什麼樣的期許？」

她思考了一會兒，說：「我希望她可以當我們之間的麥芽糖。」擁有一群可愛的女兒圍繞在身旁撒嬌，是多麼幸福的一刻。

「這樣啊……」幾秒鐘後，他笑著說：「那就叫『白鷺鷥』好了，一來可以飛上天，二來又仰賴這片大海為生，完全生存在澐海相伴的空間裡面，還不錯吧！」

白鷺鷥，這名字實在是太可愛了！她喜歡地猛點頭。

「換我了，那你對我們兒子的期望是什麼？」

「我希望他是一位健朗的陽光男孩。」

「那麼……我幫他取名叫『白子帆』好嗎？」

「白子帆……」他在口中低喃唸著，頗覺得滿意。「不錯，很棒的名字，妳是怎麼想到的？」

「子是海中之子的意思，帆用來喻指船與海的密切關係，以及祝福所有出港的漁民都可以一帆風順，我還想幫他取一個『小太陽』的綽號。」

他點頭稱讚，親了她一記當做獎賞。

想到未來倆人將會孕育下一代的溫馨畫面，不禁沉浸在這份幻想的喜悅之中，好一會兒都沒有交談。

水如澐起身，轉而趴在他厚實的胸膛上：「你猜今天是什麼日子？」

「今天是十月十日，所以是國慶日。」

「你只猜對了一半。」她甜甜地笑著：「今天是我當白太太後的第一個生日。」

他好意外：「如澐真的很抱歉，欠妳的禮物，下次再補送給妳好嗎？」他輕撫她的臉頰，深感虧欠。

「好，不過我想要指定自己喜歡的禮物，可以嗎？」

「當然沒有問題。」

「那……我要你出港在外的期間內，時時刻刻帶著我們的照片，以及我在紅毛港各大角頭廟分別為你求來的平安符，順順利利的出港、平平安安地歸來，這麼艱難的任務，你有辦法完成嗎？」

他笑著發誓：「我保證，一定為妳達成這個生日願望。」

她迅速吻了他一下，接著問：「海文，那你的生日是什麼時候？」

他沉默幾秒，才緩緩說：「今晚十二點過後。」

什麼……！真沒有想到兩人都出生在光輝的十月，而且只相隔一天，今晚原本應該充滿慶祝的喜悅，卻被分離在即的傷感給無情地沖涮掉，老天居然為他們送上這麼殘酷的祝福。今夜過後，未來幾百個日子裡，他不能與她夜夜長談、同床共枕、相偎取暖，彼此生活中的點點滴滴，對方也將會暫時缺席，想到這裡……失落的神情不自覺顯露在臉上。

「如澐，對不起……」他不捨地摟緊她。

水如澐努力壓抑眼眶的淚水，早就跟自己說好了，今天只會留下兩人相處的甜美回憶，為了不破壞自己掩飾一整天的好心情，立刻整頓情緒，重新拾起燦爛的笑容。

「幹嘛跟我說對不起，我說過了，我以你的工作為榮，你不在的期間我一定會幫你把老婆照顧好，讓白老闆完全沒有後顧之憂，你絕對可以安心地出海打拚。」

他深深凝視她，心中有滿滿地感動。

「那……你的生日禮物我不希望拖欠到過年後，現在提前送你，可以嗎？」

話一說完，她迅速湊上他的唇，輕觸的四片唇瓣火速纏繞，她輕柔的手感一路從他的胸膛移至腹部，紅唇停佇在他的頸項上留下好幾個吻痕，隨後親吻他敏感的耳際，在她的挑逗下，他肚腹下的慾火急速蔓延全身，挑情的手延著她的大腿、光滑的背部來回撫摸，熟練地將她的衣物一一褪去，沉重的男性身軀隨即覆在她身上，炙熱的雙眼望著身下毫無遮掩的雪白胴體，胸前的刺字隨著她的嬌喘而起伏，瞬間，她媚眼一笑，令他徹底失魂，狂熱的吻如雨點般落下，擄獲她身上每一吋屬於他的軟玉溫香。

理智即將燃燒怠盡，他迅速解去自己的衣物，讓彼此赤裸的身子緊貼在一塊，緊繃的弦在窒息的柔軟中獲得釋放，纏綣難分的情意隨著翻覆的律動直達雲端。

這一秒，水如澐隱忍許久的淚水參在汗水之中，無聲地滑落。

第十章　行船人的愛

民國七十年十月十一日。

高雄前鎮漁港。

港口的岸邊聚集了一群人，為即將遠渡重洋的親友們送別，有兩對依依難捨的戀人努力把握最後的機會相訴相偎。

水如澐今天表現得出奇良好，在丈夫出港前，她忙做最後的叮嚀：「海文，冬天暖身的藥酒、衣物、感冒藥、胃藥、受傷時包紮用的護理藥包全帶齊了嗎？」

「嗯。」白海文深深望著她，不捨的神情刻劃在臉上。「如澐，妳昨晚沒睡好嗎？」總覺得太太的面容有些憔悴。

「我……我很好啊。」她立刻轉移話題：「倒是你自己要小心點，待會在船上可能會……」她指著丈夫頸上溫存後留下的吻痕，不免害臊地提醒。

白海文伸手撫摸頸部，笑著說：「他們應該會羨慕到流口水才對。」接著幫太太拉高外套的衣領，腦海中浮現昨日兩人共同留下的點點回憶，那股幸福的餘溫，似乎還纏繞在左右。

另一頭的七仔則是忙得不可開交。

李淑珊今天可哭慘了，第一次親送男朋友出港，難過的心情完全無法抑制，淚水直撲而下，抽抽噎噎地，什麼話也說不出來。

「淑珊，妳別再哭了，這樣我會很難過的……」七仔慌了手腳，平常搞笑的功力在此刻完全使不上來，只好遞上一張又一張的衛生紙。

「嘩——」聽他這麼說，她哭得更猛。

萬順伯為這次的出港張羅好一切，今天特地來送行，他踩著踏板走下船來，接著上前拍拍白海文的肩：「海文，該準備上船了。」接著轉向一旁的水如澐：「水媳婦，別擔心，船長和機輪長都是我的好朋友，我已經交待他們這段期間要多多關照他們兩個，往後有什麼重要的訊息要傳達，都可以透過船公司發電報給漁船。」

「謝謝萬順伯。」水如澐滿懷感激，不斷地點頭致謝。

「謝什麼啦！你們兩個就像我自己的兒女一樣，應該的、應該的。」萬順伯和藹的笑容，有著無比的親切感。

白海文夫妻倆相視而笑，下一秒，他出奇不意將她摟進懷裡。

「如澐，我不在的期間內，妳一定要好好地照顧自己。」好不容易將她纖細的體型養胖了幾公斤，深怕自己出港後，她又會瘦回原來的模樣。

「海文，這裡好多人在看呢……」她顯得很不好意思，況且萬順伯就站在一旁。

「妳還沒有回答我的問題。」

望著丈夫逐漸逼近的臉龐，她嚇得趕緊說：「我保證一定每天吃得飽、穿得暖、天天樂陶陶。」

他瞬間失笑，迅速在她的臉頰補上一吻，水如澐的雙腮立即緋紅。

他們牽手走向另一對難分的情人，白海文不得已煞風景：「七仔，我們該走了。」接著轉而輕拍李淑珊的頭頂：「李老師，什麼時候變得這麼愛哭？」她今天的表現，跌破所有人的眼鏡。

李淑珊半掩哭紅的臉抱怨：「這種分離的場面我都快難過死了，哪有人會高唱『快樂的出帆』啊？」

在場的人都笑了，確實……歌曲只是假象的慰藉。

水如澐上前搭著她的肩，連忙安慰：「淑珊，打起精神來，待會我們要一起笑著送他們出港。」

「嗯。」李淑珊努力擦著淚水，勉強擠出一點笑容。

白海文與七仔一一走上踏板，後頭的七仔忍不住指著好兄弟的頸項，暗聲說：「喂，你這樣會不會太過份了？」公然在大庭廣眾下獻寶，罷明是想氣死同船沒有女朋友的男性。

「別以為我不知道你的脖子上也有傷痕。」白海文頭也沒回地丟下這句話。

啥！？七仔差點跌下海，趕緊拉高自己的衣領小跑步上船。

待最後兩名船員到位，漁船一切就緒，發動的船隻緩緩駛離岸邊。

「海文、七仔一路順風喔！」萬順伯嘹亮的聲音響徹港口。

「海文、七仔路上保重。」兩位美女努力揮別心上人。

「如澐、淑珊，再見。」七仔朝她們高喊，白海文則是神色凝重揮著手。

隔海佇望的兩端，誰也捨不得將目光調開，數十年來如一日的港口，有人笑盼親人豐收回港；有人哀愁泣別心上人離去，日升西落悲喜交錯，一成不變的現實生活。

離港的船隻漸漸渺小，船身衝破大海的激浪已逐漸撫平，岸邊人再也看不清遠帆熟悉的身影，落寞的神情個個無從掩飾。

「萬順伯你要一起回去嗎？」水如澐主動詢問。

「不，我先在這附近找一些老朋友聊聊天，妳們兩個回程的路上自己小心點。」萬順伯向她們打過招呼後，就往港口附近的攤販走去。

她們沿著港口的岸邊走沒幾步，李淑珊立刻從自己的皮包內拿出一份牛皮紙袋：「如澐，這是海文早上托我轉交給妳的。」

「海文？」水如澐又驚又喜，趕緊打開來看。紙袋裡面有一幅她的素描畫像和一封信，她雙眼一亮，連忙拆信閱讀內容。

如澐：

船才剛離岸，我就開始想妳了。

兩年前，如果沒有妳的勇氣與堅持，我現在就無法擁有全世界都稱羨的幸福，謝謝妳為我所做的一切。

很抱歉，為了我，又必須讓妳忍受漫長等待的煎熬。

兩年前我喜歡妳，卻沒立場請妳等我回來；兩年後，我好愛妳，親愛的老婆請務必等我回來。

我想妳的時候，伸出手就可以看見妳，非常想妳的時候，抬起頭就能看見滿天淨白如妳的雲彩。

仔細聆聽風的聲音，它會把這份思念傳達給妳。

每當春夏秋冬一輪轉，就表示我在回家的途中了，一年也許會改變很多的事物，但我對妳的愛，只會靜止在那年——我們認識的盛夏。

最後，為了我，千萬要好好地保重自己；為了妳，我也一定會平安歸來。

澐海相伴，是我們不變的承諾。

海文 筆

水如澐抖著雙手，望著字裡行間丈夫逐字逐句寫給她的愛，逼著眼淚奪眶而出，壓抑已久的情緒總算在此刻潰堤，柔和的雙眼轉眼間被傷心的水霧佔據，無聲灑下的淚滴濡濕信紙上的字跡，她不捨地緊趕用衣服擦拭，緊摟著紙袋與這封信件，瞬間淚如雨下。

李淑珊上前摟住她的肩：「如澐，想哭就用力地哭出來吧，這樣心情會好一點，妳可以笑著送他們離開，已經非常棒了。從今天起，我們每天都要一起加油打氣，等待他們回港的那天。」

「淑珊——」水如澐抱著她放聲痛哭。

她們緊緊相擁著，一直待在港口的岸邊。

同一時間，船艙內的七仔將一份紙盒交給好兄弟。

「海文，這是如澐早上拜託我交給你的。」

白海文愣了一下，隨即接過手打開略有重量的紙盒，裡面放著一疊衣物與一封信，他迅速將信件拆開來看。

海文：

生日快樂。

紙盒內的東西，本來是送給你出港時保暖用的，沒想到……卻意外地成為你的生日禮物。

我把我的愛，全織進了每一針、每一線裡頭。這個技能也是在兩年前，數著日子等你回港的時候學來的。謝謝你，讓我這幾年成長了不少。

一直偷偷地織著，就怕被你發現，昨晚熬夜將最後的部份趕工完成，回房時看著你熟睡的臉龐，我靜靜望了好一會兒，努力將它刻劃在腦海中。婚後與你相處的每一刻，我都萬分珍惜。

出門在外工作，怕你難免會弄髒，我特色幫你挑了藍灰色，希望你會喜歡。

這次不同於兩年前的分離，現在我帶著你滿滿的愛，待在我們一起居住的古厝裡，等你回來，能夠守在我們兩個的家，我真的感到很幸福。

我相信你會好好的照顧自己，千萬別為我掛心，我每天戴著你送我的項鍊，身上有你親手為我刺上的字，就像你每天都陪在我身邊一樣，一點也不孤單。

好多好多的話想要告訴你，卻怎樣也說不完……

我愛你；我想你；我等你。

如澐　筆

翻看盒內，發現裡頭放著一條長圍巾和一件針織背心，柔軟又舒適的觸感，不禁讓人憶起主人溫柔婉約的模樣與那抹甜笑，捧著這疊暖烘烘的衣物，彷彿快灼傷他的手，沉重的喜悅久久無法平復。

望著好兄弟神色凝重杵在一隅，七仔轉而瞟向窗外海天一色的美景，心情卻是一片灰濛濛。

唉……今後將面對汪洋一片、枯燥無味的海上生活。

討海人的無奈與心酸，誰懂？

秋別的季節，台電在紅毛港西北側設立的「南部儲煤中心」也在這個月份完工。

◇◇◇　◇◇◇　◇◇◇

白海文出港後的一個多月，發生了兩件大事。

第一件事，漁村內一群小孩擅自到外海戲水，卻發生集體溺斃的意外。父母哭斷腸的畫面讓水如澐永生難忘，從此之後，大家開始嚴格禁止家中的小孩私自到海邊玩水消暑。

第二件事，水如澐發現自己懷孕了。

她好驚訝！沒想到自己的肚子內正孕育兩人愛的結晶。意外的驚喜讓情緒一直低迷的她，重新展現即將為人母的喜悅！只是令人遺憾的是……孩子出生後，海文還不見得能回港。雖然有點小失落，但為了肚子裡的寶寶，她很快就重新振作起精神。

家裡的人知道這件喜訊後，沒有一個不開心的！

「如澐，從現在開始妳記得要多多休息，千萬不要太過勞累，有什麼不舒服或是特別想吃什麼儘管跟我們說一聲，千萬不要客氣。」白金福笑得合不攏嘴，指示一旁的老婆說：「阿好，妳待會就請船公司發電報給海文，馬上跟他說這個好消息。」

陳好笑著點頭，立刻轉身去播打電話。

「媽，等一下！我想……才剛懷孕而已，等幾個月後胚胎著床的情形穩定了，再連同小孩子的性別一起告訴海文就好了……」她深怕丈夫會擔心自己的狀況，而影響日後工作的情緒。

白金福夫婦互望一眼，多少猜出她的顧慮。

「好，那就照如澐的意思去做。」白金福面帶微笑，對著媳婦點頭。

陳好則急著叮嚀：「如澐，從現在開始妳千萬要記住，不能任意移動房間內的擺設、不要拿剪刀，也絕對不可以在家裡釘任何東西，做家事的時候不要高舉雙手，也不要提重物，拖地的時候小心地上濕滑，懷孕前三個月，就盡可能不要讓左右鄰居知道這件事……」

牽著小孩的白文濱轉頭向老婆交待：「玉媚，如澐這方面有什麼不懂的，妳記得要多加提醒她。」弟弟未出港前，早已再三交待全家人要幫忙照顧她，畢竟丈夫長時間不在身旁陪伴，獨自一個人要適應全新的婚後生活，總是比較辛苦些。

「嗯，包在我身上。」蘇玉媚笑著牽起小嬸的手：「如澐，真的很恭喜妳，海文知道以後一定會非常高興，明年我們汶涓又多一個小玩伴了。」

「大嫂、大哥、爸、媽，真的很謝謝你們。」水如澐感動得泛淚，夫家所有人對她關愛備至，宛如自己的親家人，這股溫暖的力量，也是丈夫不在的期間支持她的動力之一。

「傻孩子，有什麼好謝的，我們本來就是一家人，我和妳媽把妳們倆都當成自己的女兒一樣看待，大家可以聚在一起，就是有緣嘛！」白金福向一旁的兒子吩咐：「文濱，你待會抽空幫忙把這些魚貨和草蝦送去如澐家，順便讓親家知道這個大好的消息。」

「好，我現在馬上送過去。」白文濱笑著點頭。

「大哥，那就麻煩你了，謝謝。」

水如澐懷孕之後，整個人幾乎消瘦了一圈，看得公婆、父母都心疼不已。

初期的幾個月她每天持續孕吐，還有嚴重的頭暈症狀，身體也明顯感到容易疲憊，醫生說胎兒目前的健康狀況十分良好，等懷孕邁入中期後，這些不適的症狀就會慢慢改善，到時候，媽媽一定要記得多多補充一些營養。

目前已懷孕二十二週的她，除了肚子明顯隆起外，纖細的體形並沒有太大的改變，這次的產檢，醫生也確定腹中胎兒的性別，她正孕育著活力四射的——小太陽。

真沒想到，寶寶的性別居然如同海文預期的一樣！

看來，他早就有這方面的顧慮，那夜才會主動提及兩人先為小孩命名。不曉得當他得知這個喜訊後，反應會是如何？想到這裡，幸福的喜悅油然而生。

她由巷尾漫步到巷前，突然聽見一聲熟悉的叫喚。

「小白、小白。」這是萬順伯極俱個人特色的嗓音。

她低頭環顧，並沒有發現小白的蹤影，走近萬順伯後，只見他彎著腰用道地的台語對著她的肚皮說：「小白，我喜萬順阿公，你治內底有乖某？」

水如澐忍不住掩嘴而笑，小白這個稱呼實在是太有趣了。

「你再不乖一點，害媽媽那麼辛苦的話，出生以後，阿公就代替你阿爸打你的屁股。」

「喂！」白金福迅速衝出來抗議：「有沒有搞錯啊！我們家的寶貝金孫，你居然給我叫小白！就算真的要動手修理他，我也是排第一個。」

「好，那第二個誰也不能跟我搶。」萬順伯褶起袖口露出兇惡的面孔，一副要找人幹架的模樣，逗得在場的人哈哈大笑。

陳好笑容滿面，由丈夫的身後探頭出來。

「如澐，我剛才已經跟船公司聯絡上了，相信沒多久，海文就會知道妳懷孕的好消息。」

「媽，謝謝妳。」

三月中旬已邁入春季，巷弄的海風迎面吹拂，微寒的涼意格外讓人牽掛大海另一端的愛人，海風阿海風，可以的話，請幫忙把這份積壓半年的思念傳送給他吧！

水如澐撫著肚子，不自覺望向遠方。

◇◇◇　◇◇◇　◇◇◇

正午時刻，位於太平洋海域上的一艘台灣籍遠洋漁船，裡頭一群人正放鬆聽著音樂在廚房享用餐點。

七仔不停地攪動飯碗中的食物，實在沒半點胃口的他瞥向前方的好兄弟，只見他千篇一律掛著一號表情垂首用餐。

「海文。」七仔忍不住開口。

「幹嘛？」他冷冷地回應，頭也沒抬。

「我好想念我們家的淑珊，你可不可以借我抱一下？」

白海文瞪他一眼，接著埋頭繼續吃飯。

「我……」七仔正要開口，突然有人打斷他們的對話。

「海文！」機輪長由船長室走來，大聲吆喝：「剛才我們收到公司傳來的電報，上面說你老婆已經懷孕五個多月了，肚子裡面是個男寶寶，預產期落在七月中旬。」

白海文肩膀一震，表情滿是驚訝，他激動地上前緊抓著他：「你說的是真的？」

機輪長笑著點頭，拍拍他的肩：「恭喜你！我們年底回港後，你就升格當爸爸了。」

下一秒，白海文展露半年來難得一見的笑容。

「居川兄，等咧！」七仔丟下碗筷趕緊追上去，急問：「那、那電報裡面有沒有提到我們家淑珊？」

「淑珊？」他一臉不解：「你們家淑珊也懷孕了嗎？」

「不是啦！」七仔急著跳腳，兩人尚未結婚，自然沒有發生親密關係，女朋友要是在這期間內懷孕，他應該會一頭撞牆兼吐血身亡吧！「我是說——有沒有提到我們家淑珊最近的狀況？」

「喔喔……」機輪長腦筋一轉，決定開他玩笑：「有有，我想到了，她說你不在麵店佇守的期間，現在的生意好到沒話說，他們都快忙不過來了。」

啥！？七仔腳步踉蹌，一陣莫名的暈眩。

「啊——」他大叫一聲，隨後激動地嘶吼：「你們誰也不要拉我，我現在就馬上跳海游回去，好好修理那群專吃豆腐的死蒼蠅——」

「哈哈哈！」眾人笑看這一幕，難得有飯後的娛興節目，大伙趁機炒熱氣氛。

一群人齊聲高喊：「七仔、七仔、七仔……」

接著，換另一群人接喊：「跳海、跳海、跳海……」

阿勇率先起身，勾住七仔的肩：「別說我這個朋友不夠義氣，現在就親自送你一程。」語畢，準備將人帶到外頭。

「等——咧！我ㄚ袂呷飽……」七仔可慌了，這種鬼天氣被扔下海可是會凍成冰棒的。

「安啦，待會其他兄弟會幫忙把吃剩的菜尾打包給你。」

「七仔，我個人贊助半打藥酒給你路上暖身。」阿保跟進相挺，與阿勇合力架著當事人以防他開溜。

現場口哨聲、掌聲、喧鬧聲如雷貫耳，愈來愈多人加入起哄的行列，一群人浩浩蕩蕩跟著去看好戲，豪邁的笑聲一路放送，即使是農曆過年也沒這般熱鬧。

吵雜的現場頓時安靜無聲，只剩下收音機的音樂還持續播放。

白海文靜靜處在一角，臉上難掩即將為人父的喜悅，想著故鄉心愛的人正孕育著彼此愛的結晶，鬱悶半年的心情總算綻放光彩。轉首仰望窗外雪白的雲朵，似乎瞧見一張甜美的臉孔正燦爛笑著，撫著頸上溫暖的圍巾，不禁會心而笑。

站起身正打算回房間，收音機突然傳來一曲動聽的台語旋律，他忍不住佇足聆聽。

每日生活在大海　行船走天涯
想起故鄉我的心愛　寂寞在心內
那通寂寞在心內　提出勇氣來
雖然這是遙遠的愛　總是愛忍耐

總是互相愛忍耐　堅心來等待
雙人若有真心的愛　無人會阻礙
請你相信我的愛　行船人的愛
千辛萬苦走遍四海　也是為將來（作詞：黃敏）

好一首——行船人的愛。

他呆在原地震了好半晌，歌詞內的字字句句直透心坎，撼動心弦的意境，徹底道盡所有討海人的心聲，悠揚的歌聲尚未播送完畢，澎湃的心潮早已深陷詞曲的情境無法釋懷。

如澐，這半年來妳過得好嗎？我沒有一刻不想念妳，這次的航程遠比上一次還要痛苦難熬，在不著邊際的茫茫大海之中，心情總是載浮載沉，內心總是牽掛遠方的妳，得知妳懷孕的消息後，雖然感到相當振奮，但我卻無法陪伴在左右照顧妳們母子倆，儘管明白懂事的妳不會有任何怨言，但內心還是深感虧欠。

歸心似箭的心情，偏偏還得熬過接下來漫長的九個多月……

耳邊突然響起萬順伯親切又直爽的聲音：

「海文，錢夠用就好了，把握當下的幸福比什麼都可貴。」

這一刻，他慎重做了一個決定。

◇◇◇　◇◇◇　◇◇◇

炎炎夏日一片寂靜的夜，有個嬌小的身影在國小的圍牆邊來回走動。

現在是半夜一點，懷孕後期的水如澐除了特別容易頻尿外，挺著大肚子也格外難以入睡，剛才翻覆的過程中，肚子裡的寶寶猛力揮動拳腳，當下令她睡意全消，為了不吵醒一旁熟睡的婆婆，她悄悄地開門走到屋外。

目前的孕期已經進入倒數階段，接近預產期的這幾天，她的心情也顯得格外緊張。挺著即將臨盆的大肚子，獨自享受此刻的寧靜與自在，海風夾帶陣陣溫熱的氣息，格外令她想念丈夫挺拔的身影。

這九個多月以來，她每天的胎教就是拿著丈夫的照片，告訴肚子裡的寶寶：「陽陽，爸爸是一位很有魅力的討海人，他雖然不能長時間陪在我們身邊，但是他真的真的、好愛好愛我們，你一定要乖乖長大，以後要像爸爸一樣，當個英勇又帥氣的男子漢。」她也常挺著肚子漫步到港口的長堤岸，觀望遼闊的海景，順便向海風訴說今天發生的點點滴滴。地球是圓的，海洋又佔了地球四分之三的面積，這片大海彷彿可以拉近遠端思念的距離。

整個孕期下來，丈夫雖然不在身邊，但她卻一點也不孤單，父母與哥哥一放假就相約來看她；平時婆婆、大嫂、淑珊這三人，幾乎是按時輪班陪伴在左右。

淑珊會摟著她一塊加油打氣，兩人會相互傾訴自己對另一半濃濃的思念，那種併肩等待的革命情感，讓她們宛如一對親姊妹。

「淑珊，為什麼海文都稱呼妳為『李老師』呢？」她一直都很好奇。

「哈哈哈，我從小就在男人堆裡面長大，個性兇悍又愛管閒事，所以海文就幫我取了這個綽號。」李淑珊笑開懷地解說，眼中閃爍著滿滿的童年回憶，接著爆料：「妳知道嗎？海文他小時候超頑皮的，還曾經把沾過狗大便的糖果拿來整人，那一次他被媽媽修理慘了，跪到雙腿都麻了，還不准他吃飯。」

水如澐吃吃地笑著，似乎也感染他們純真的童趣，現在，她總愛巴著淑珊，聽她訴說更多關於他們小時候的童年往事。

最有趣的，莫過淑珊經常對著她的肚皮高喊：「陽陽，我是乾媽，你今天有沒有想乾爹呢？雖然他沒有你爸那麼帥，但他比你爸還要可愛幾百倍，等年底他們回港，你就可以親眼目睹紅毛港『姓洪』這一帶，最英俊瀟灑的兩位大帥哥了。」每次回想她這般搞笑又生動的演說，總令水如澐狂笑不止。

而玉媚大嫂得知當初是她主動親近海文時，雙眼瞪得像牛鈴一樣大，眼珠子差點掉了下來！

「如澐，妳真的太有勇氣了！那天如果換做是我，他坐在港口畫畫不理人時，我可能會有衝動，想一腳把他踢下海去，幸好文濱的個性比海文好相處多了，我們剛交往的時候，每次遇見海文，他總是開口聊沒幾句話就想走人，害我花了不少時間適應，後來我們逐漸熟絡以後，才發現他其實是一個很會搞笑的陽光男孩。對了，偷偷告訴妳一件事，海文幾乎不會主動親近女孩子，要是真心遇見自己喜歡的人，他就會用冷漠來偽裝自己，這是我們幾個人長時間偷偷觀察到的小收獲，所以，我很肯定你們第一次見面的時候，他就已經喜歡上妳了。可惜我們認識的時間有點晚，不然，我們這群人一定好好幫妳惡整他一下，看他以後還敢不敢耍帥裝冷酷。」

聽完大嫂這番話，水如澐萬分驚喜！難怪兩人第一次見面時，他連理都不理，原來是這麼一回事……回想當年，他喝止七仔盯著她瞧的畫面，幸福的笑靨瞬間浮現。

這段時間和大嫂、淑珊相處後，她發現紅毛港的女性有個共通的特質，就是那股純樸、率真的氣息，也許在外人的眼中會覺得她們不夠溫柔體貼，但她卻相當欣賞這股不做作的真誠。

而與婆婆近距離交談後，她的收獲就更多了。

「我記得幾年前，有一天鄰居突然跟我說，她看見海文與七仔經常和一位女孩子走在一塊，剛開始我還不太相信，自然就沒有特別理會，不過那次他出港的前一晚，一直沉著臉發呆，連晚餐都沒有吃，全家人還是第一次瞧見他這樣。兩年後他一回港，就突然跟我說，他決定不再與原公司簽約，想暫時休息一段時間，好協助爸爸日漸繁忙的養殖工作，當下我很贊成他的決定，這樣確實可以幫忙分擔家務，也可以多一點時間跟家人相處。只是後來回想，我們這群人全被他騙得團團轉。」

水如澐臉上堆滿笑容，迫不急待聽婆婆繼續往下說。

「那天，我正在巷子和一群婦人閒聊，碰巧遇見剛好路過的妳，她們就偷偷告訴我，妳就是經常來找海文的那個女孩子，當時我真的好驚訝！因為海文平時對異性總是一副愛理不理的模樣，幾乎沒正眼瞧過人家，更別說……他居然會和妳走得那麼近，那時我才知道，原來我兒子是『惦惦吃三碗公半』的那種人，老早就交到一位漂亮的女朋友，真是讓我們全家人另眼相看。如澐，幸好當時妳很積極親近海文，不然……我和你爸為了他，恐怕要再等上好幾年才有辦法幫他完成終身大事。」陳好的目光移到媳婦隆起的肚皮上，滿意地頻頻點頭。

水如澐顯得不好意思，雙頰紅通通：「媽，妳可不可以說重點就好了……」

「好好……」陳好掩嘴而笑：「後來幾天，海文經常一早就出現在養蝦場，一直待到天黑才回到住處，一整天下來老是繃著一張臉，完全不和任何人說話，和幾天前如沐春風的模樣天差地遠，我們還私下討論，你們是吵架？還是分手了？當時要不是我們幾個人硬拉著你爸，不然，他老早就氣沖沖跑去找海文問個清楚了。」

「爸為什麼要生氣呢？」

「他說，海文的女朋友都還沒有帶回家給我們認識，怎麼可以說分手就分手？他還斷言，一定是因為海文對女孩子太冷淡了，嘴巴不夠甜又不夠體貼的關係，才會把女朋友給氣跑，甚至還怪到我頭上來，說我平常沒把兒子給教好，那幾天還莫名跟我嘔氣呢。」

「真的？爸當時真的這麼做？」她大感意外，難怪大嫂常誇說，金福老爸是出了名疼媳婦的好公公。

「嗯。」陳好點頭：「幾天後的某個晚上，我們早已經就寢，十一點多突然被急促的電話聲給吵醒，原來是海文打來的，他一開口就說，明天他要去女方家裡提親，我還以為是自己聽錯了？簡直像在作夢！」

想像婆婆當時睡眼惺忪與一臉錯愕的畫面，她不禁「噗嗤」笑出聲。

「後來，海文才把你們的事情從頭到尾說一遍讓我知道，我真的不得不佩服妳的勇氣，幸好這小子沒讓人失望，總算曉得自己接下來該怎麼做。最有趣的就屬你爸，那晚，他居然高興到睡不著覺，拚命找我聊天，天還沒亮就急著叫我起床，說要陪我一起去市場挑選最好的禮盒，還說，無論用什麼方法都一定要把這門親事給定下來，他今年一定要風光宴客迎娶第二位媳婦進門，害我當時承受好大的壓力，幸好，海文提前設想的假懷孕計劃奏效，不然……你爸搞不好又會一連好幾天不理會我們母子倆。」

聽完婆婆這一連串的分享，她既感動又好笑，此後，婆媳兩人每次聚在一塊常常天南地北的聊著，還一路聊到紅毛港當時『竹筏』與『鳥金』時期的文化點滴。

「早期漁民捕撈漁獲的工具主要是竹筏，上頭再裝置風帆就稱為『風筏』，它的製作流程非常繁複，製筏的人不但要身強力壯，更需要有相當的技術性。當時紅毛港外海的沙灘上，排列著綿延三、四公里長的竹筏，場面相當壯觀，這也象徵當時的漁業像鑽石般的繁景。」陳好闡述當時的盛況，面容透著豐收的甜果。

水如澐聽得極為專心，努力把這些寶貴的文化抄寫在筆記本上。

「紅毛港每到冬天就是捕撈烏魚的季節，你爸他們一群人就會在海邊的沙灘上搭建簡易的茅屋，當時又俗稱『繖寮』。捕撈烏魚的團隊在這四、五十天內，都會吃住在一塊，當時有許多習俗禁忌要遵守，像是共同生活的這段期間內，不可以私自與老婆同房，如果老婆剛好生產坐月子，在還沒滿月以前，也絕對不可以踏進房間內一步，女性更是嚴格禁止進到『繖寮』內，若是剛好遇上家中辦喪事也絕對不能參加，平常吃飯的時候絕對不能說台語的『底飯』，料理魚的時候，絕對不可以用油炸或是用煎的，因為這麼做必須把魚給翻面，可就會大觸霉頭了。」

「什麼？居然有這麼多禁忌？」水如澐感到不可置信。

陳好點頭：「所以當時我懷文濱快接近臨盆時，正好是他們開始忙碌的時候，一直到我生產、坐完月子之後，你爸他才真正回來探望我們母子。」

水如澐微啟的紅唇透著一絲訝異：「媽，當時妳有任何怨言嗎？」

陳好搖頭：「這邊許多婦人面臨生產的時候，先生經常都出港在外，有些家裡人手不足的，她們也只能拜託附近的鄰居幫忙照料較大的孩子，再獨自一人去生產。像萬順伯母也很辛苦，老公長年不在身邊，家裡三個小孩的大小事情只能靠自己一手包辦，所以和這些人比起來，我覺得自己幸運多了。」

聽完後，水如澐感慨萬千，原來……漁民的配偶得有過人堅韌的獨立性，這種辛酸若沒有親身經歷，一般人絕對無法體會當事人的感受。

「如澐。」陳好執起她的手，不捨地說：「為了海文，真是辛苦妳了。」

海風吹得枝幹沙沙作響，落葉飄散至停佇的腳邊。

水如澐回想之前與婆婆的種種對話，眼眶不禁泛淚，她實在很心疼每一位漁民辛苦的『家後』，有感而發向肚子裡的寶寶傾訴：「陽陽，爸爸在海上工作其實也很辛苦，他一定超想念我們……」是啊，兩人分開足足有九個多月了，懸掛的心早已被漫長的思念啃蝕得千穿百孔，想到這裡，不自覺伸手撫著頸上的項鍊。

「所以我們母子倆一定要一起加油打氣，千萬不要讓爸爸擔心，你也一定要健健康康、平平安安的出生，知道嗎？」話一說完，肚子裡的寶寶突然踢著回應。

「寶貝，你真棒！」她撫著肚子忍不住誇獎。

下一秒，一陣強大的劇痛在腹下釋出，她不禁咬牙皺緊眉頭，趕緊撐著一旁的圍牆承受這突如其來的變化。

好、好痛……她好像有產兆了！

挨過這陣疼痛後，水如澐趕緊加快腳步回家喚醒睡夢中的婆婆。

第十一章　天倫之樂

民國七十一年十二月下旬。

白子帆出生五個多月。

一早，陳好就將他抱到巷前照料，白金福今天難得拋下工作，決定好好地陪伴二位孫子享受祖孫情的天倫之樂。

水如澐將長髮紮成辮子垂放一側，純淨的模樣宛如在學的高中生。趁著難得空閒的機會，趕緊著手清潔家中的環境，順道整理小孩冬天要穿著的衣物。自從兒子出生後，她絕大部份的心思和時間全繞在他身上，這陣子居然忙碌到……忘了向船公司詢問漁船回港的確切時間，有些自責地敲著腦袋，待會，她絕對會記得播打這通重要的電話。

算算丈夫出港已經一年兩個多月，也許再努力撐一段時日，就能夠盼到心愛的他歸來，想到這裡，過去美好的畫面似乎又一幕幕地映放在眼前，彷佛看見兩人親密地摟躺在床上，說著永遠聊不完的話題。

恍神之際，無預警的開門聲讓她回了神，水如澐繼續手邊未完成的工作，並下意識開口：「媽，你們回來啦，待會午飯由我來……」身後卻悄然沒有回應，她不禁納悶地轉身，卻被突如其來的大手蒙住雙眼，接著被迫跌進一具莫名的男性懷裡，驚恐地正準備大聲呼救之際，卻被身後這副熟悉的溫體所震憾。

這……有力的臂彎，寬闊有型的肌肉線條，溫暖又迷人的懷抱，以及包覆在四周的男性息氣，不、不就是……顫抖的手忍不住觸摸這雙結實的手臂，眼角早已釋出淚液。

「白太太，妳不認識我了？」耳畔響起再熟悉不過的聲音。

水如澐心頭一震，憾動的淚水被磁性的嗓音催促而下，趕緊拉下有力的大手，迅速轉身面對，早已迫不急待目睹睽別已久的丈夫，充滿水霧的畫面映入熟悉的影象——

一頭粽色略長的髮型是他個人獨俱的特色；自信無畏的氣魄是初次見面深深吸引她的特質；不深邃含情的眼眸彷彿回到兩人情意相投的那晚；唇邊懾人的微笑比吹拂的南風更教人迷戀；不凡的容貌與挺拔的體格，教她望穿秋水無怨猶地等候。

儘管闊別四百多個日子，他帥氣依舊；依舊令她怦然心動。

「海文，真的是你！」迅速衝進依戀不已的胸膛，重逢的一刻，再也止不住奔流的淚水。

「老婆，對不起讓妳久等了，我真的回來了。」白海文緊摟著懷中嬌小的身軀，微香又柔軟的觸感是如此真實，早在回航臨近之際，企盼擁入嬌妻的渴望，早已流竄全身的細胞無法抑制。

夫妻倆緊緊相擁著，無聲地傾訴這些日子以來相思超載的心情。

好一會兒，水如澐才笑著抹去淚水，從他懷裡抬起頭：「你們剛回來嗎？」

「回來一個小時了，剛才也已經看過我們的寶貝兒子，謝謝妳為我送上這麼大的驚喜，我非常滿意。」提起這可愛的小傢伙，他不自覺揚起笑容。初次乍見，真沒想到兒子居然與自己長得如此相似！皆擁有相同的髮色、立體的五官，唯一不同的，是他嫩白的皮膚與清秀的氣質遺傳於美麗的母親。

第一次抱著自己的親生兒子，有一股說不上來的感覺，本以為他會怕生地嚎啕大哭，沒想到卻莫名綻笑，天真迷人的模樣與天籟般的笑聲，讓心中那股莫名的感動瞬間如潮水襲來，教他久久無法言語。

原來……為人父親的感覺是如此奇妙。

「爸今天在家休息，難道……他們早就知道你今天要回港？」

「嗯，為了給妳一個驚喜，全家人才偷偷瞞著妳，媽要我轉告妳一聲，她說小孩子全天交由她來照顧，今天，妳只要負責陪妳老公就行了。」捧著她的小臉，白海文忍不住皺眉：「妳不是答應過我，要好好地照顧自己嗎？怎麼好像變瘦了？」隨後執起她纖細的手端詳，眉頭皺得更緊。「連手都變粗了，是不是又跑去偷織漁網？我聽說某人現在還是養蝦場出名的數蝦苗高手，我不記得白老闆有要求旗下的員工做這些事。」

她燦爛一笑，貪婪望著丈夫關愛的神情，有種格外踏實的幸福。

白海文一把抱起她，送進房內柔軟的床舖，讓她坐在自己的雙腿上，緊摟著她入懷，不留一絲空隙。

「如澐，這一年來真的辛苦妳了，特別是為了我們的寶貝兒子，讓妳吃了不少苦頭。」剛才從母親的口中得知，老婆在預產期的前一天凌晨開始有產兆，一直挨到預產期當天中午，小孩才呱呱落地，中間歷經長達三十多個小時的折磨與煎熬，令他相當不捨。好不容易挨過生產的痛楚，接著卻引發產後大出血，經過醫護人員好幾個小時的緊急搶救，她才真正脫離生產的種種考驗。

原來……每個寶貴的新生命，全是媽媽冒著千辛萬苦的危險成就而來的。

「對不起，讓妳一個人承受這麼多苦難，早知道妳會懷孕的話，我就絕對不會出港。」他將頭傾靠在她的頸側，訴說心中滿滿的心疼與虧欠。

她趕緊打起精神：「我真的沒事，你看，現在人不是健健康康的在你懷裡嗎？我有兩位好媽媽拚命幫我補身體，現在已經強壯到可以繼續拚一群可愛的白鷺鷥了。」她勾住他的頸項，額頭與他輕碰。

「現在我改變心意了，決定生一個小孩就好。」

「為什麼？」她不解地問。

「因為……我捨不得妳再次經歷生產的折磨。」

她的食指迅速點住他的唇：「你不要想太多，哪個女人生產不是同樣的過程？而且我真的很希望可以幫你多生幾個可愛的小孩。」

望著太太無比堅定的眼神，那份感動幾乎將他淹沒。

「關於這部份，我有個想法要跟妳商量。」他瞬間收起笑意。

「嗯。」她一臉專注，等著他宣佈。

「為了保護白鷺鷥的媽媽，我想，我們從現在開始分房睡。」

什麼！？沒這麼誇張吧！水如澐瞪大難以置信的雙眼，正急著開口，卻瞥見丈夫因憋笑而抽動的嘴角。

「可惡！居然跟我開這麼大的玩笑，害我差點就當真了。」

她抗議地伸手搔他癢；邊笑邊躲的他順勢倒臥在床上，水如澐怒氣未消正要繼續攻擊，卻被他倏然騰出的大手用力一拉，整個人撲倒在他厚實的身上。

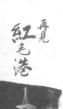

下一秒，畫面彷彿就此定格。

白海文深深望著眼前的人兒，一年不見，她的外形並沒有太大的改變，無辜又水汪汪的黑眼珠配上垂側的長髮，清湯掛麵的模樣與穠纖合度的好身材，實在很難想像已是一個孩子的母親。摟著心繫已久的嬌驅，積壓深層的渴望隨之引燃，情不自禁將手探進她的衣服內，輕撫這身光滑又細嫩的美背。

那道灼熱的目光與身上游移的大手，教她嫩白的雙頰無端湧上一股紅潮，急速的心跳聲只怕連他都聽見了，緊貼這身結實又渾厚的男性驅體，昔日兩人親密接觸的記憶點點釋放出來，她羞赧地垂下頭不敢與他直視。

他主動上前攫取專屬於自己的紅唇，四片唇瓣迅速輾轉纏繞，熟悉的觸感一如昨夜才發生的夢境，他迅速翻身將她壓在身下，落下的點點細吻一路移至雪白的頸項，烙印一個又一個宣示私人領域的印記，隨著衣物褪去，熱情也逐步點燃。

兩地相思的靈魂重新交合，狂熱地傾洩尤雲殢雨的纏綿。

激情過後。

水如澐賴在丈夫懷裡：「海文你知道嗎，今年首次的遷村意願調查結果，居然有高達七成八的人願意遷村，這是為什麼呢？」她實在難以理解。

「當地人可能沒有想太多，長期下來面對一連串的生態破壞、禁建、環境污染、遷村政策，總是逆來順受，過度知命樂天的結果，未來只怕會面臨更多的迫害。我相信大家對這片土地的執愛，絕對無法用任何的數據來衡量。」

「嗯，萬順伯和你的看法一樣，私下他還跟我分享一個機密消息，他說自從紅毛港面臨遷村的消息傳開後，有些人為了貪圖日後補助的利益，開始在當地侵佔一大片土地，雖然遭人檢舉密報，但神通廣大的他最後還是一手遮天買通所有的證人，在確證不足的情況下，也只能讓他消遙法外。」

「萬順伯很少會跟人聊這麼多，除了爸和我之外，妳可能是第三個。」

「他和你們的交情會這麼好，有因為彼此有親戚關係嗎？」

「沒有，單純是處得來又感情深厚的好鄰居。如澐，聽說哥在妳坐月子的期間完成終身大事，待會我們一起外出去買份禮物送給他們，順便幫我岳父、岳母和陽陽添購幾件冬天的衣物，明天一家三口一起回妳家作客，給爸、媽一個大驚喜，如何？」

「真的？」她確實有一段時間沒回娘家了，父母親看見他們一同回去一定相當高興！欣喜過後，她忍不住鼓著臉向丈夫暗示：「剛才……購買禮物的名單中，好像少了一位非常非常重要的人。」

他笑著摟緊懷中人，迅速親上一記。

「我怎麼可能忘記妳，在遼闊無際的太平洋海域上，每次裹著老婆親手織的愛心圍巾，我滿腦子都是她溫柔的影像，為了感謝她的辛苦及長時間的等待，我決定回港後，要送上一份無價的禮物。」

無價的禮物！她雙眸綻亮。

「這趟航程下來，我發現自己的身體機能逐漸變差……」

她急著搶話，邊說邊檢視他的身體：「怎、怎麼了嗎？你哪裡不舒服，要不要陪你去看醫生？」

他摯起她的手貼在自己的左胸前，深深凝視她：「這裡，我心臟已經無法負荷長期與妻小分隔兩地的痛苦，所以，我已經決定要放棄遠洋的工作改走中型漁船，往後出港只需要半個月的時間，就可以回來陪伴妻小共享家庭溫暖。」

水如澐先是一愣，瞬間轉為欣喜若狂，勾住他的頸項大喊：「是真的嗎？你真的沒有騙我？」見丈夫點頭微笑，她猛然朝他的頸項用力一吸，許久才放開。「謝謝你，這個禮物我真的太滿意了！」眼角不自覺又釋放喜悅的淚光。

他輕捏她的臉頰：「白太太，妳的技術好像退步了，不過沒關係，以後多的是時間讓妳練習。」

「那七仔呢？他也決定放棄遠洋的工作嗎？」

「嗯，我們恰巧有相同的共識。漁船再不快點回港，船長都快被他給煩死了，這傢伙成天垂喪著臉，見人不是要索抱、就是一直吵著要跳海回家，搞得同行的船員都快精神分裂，見到他就像見鬼一樣，全部逃之夭夭。」

她差點捧腹大笑：「七仔天生有搞笑的基因，有他在的地方總是笑聲不斷。」

他看一下時間，開口說：「午餐我們一起去淑珊那邊吃四個人的團圓麵，怎樣？」

「嗯。」她猛點頭，逕自起身，已等不及走向門口，卻被身後的人一把摟回，頸上同時多了一條溫暖的大圍巾。

「白太太，別忘了妳脖子上的……」

◇◇◇　◇◇◇　◇◇◇

民國七十二年，新年新氣象。

農曆年過後，白海文、七仔與其他友人共同合資購買一艘中型漁船，雖然收入和以前相比銳減不少，也得忍受克難的海上生活，但兩人卻甘之如飴。

三月底「姓李」這一帶發生了一件大事，李淑珊赫然發現每個月該來的月事遲遲沒來報到時，才驚覺自己已經懷孕的事實！這下子七仔簡直成了街坊鄰居茶餘飯後的過街老鼠，三姑六婆聊起他不是搖頭就是吐口水，想不到這臭小子平常一副憨厚的模樣，居然是「黑矸仔裝豆油」——無底看。

一個深藏不露的狠角色！

所以，七仔與淑珊的終身大事，就以迅雷不及掩耳的速度下完成婚禮。

既然新娘子早懷有身孕，新婚之夜對新郎而言也不再那麼重要，眾親友個個使出殺手鐧來灌酒。當然，白海文絕不會放過這個大好的報復機會，拿了一大杯各式液體混雜的烈酒來回敬新郎，在眾人的脅迫下，七仔也只好硬著頭皮喝完這杯特調的祝福酒，五官早已皺成一團。

宴席送客後，白海文毫不客氣搬來一箱又一箱的啤酒大鬧至晚上十點，要不是新郎早已提前醉倒在現場，他才不會這麼輕易善罷甘休呢！不夠盡興的他，乾脆拿起太太的口紅在他臉上盡情地塗鴨，順便在這身昂貴的黑色西裝上狠狠踩上幾腳，這才滿意地摟著老婆回家睡覺。

這可苦了美麗的新娘子，李淑珊一人忙著打理至深夜，隔天一早拜見長輩的儀式中，也不見新婚老公陪伴在身旁，新郎早已昏醉至九重天去。

婚後的淑珊與如澐由一對好姊妹變成好鄰居，平時老公出港不在，她們正好有伴可以相互照應，現在感情更是好得沒話說，宛如一家人，無話不談。

十月份的紅毛港並不平靜，境內除了火力發電廠、卸煤碼頭、南部儲煤中心外，為了方便燃煤的運送，於是又興建了「高架運煤的輸送帶」。長長、未加蓋的輸送帶貫穿大半個漁村，蜿蜒長達二、三公里。輸送帶橫越部份居民的住家頂方，生活中多了一股無形的壓迫，純樸的當地人並不曉得，未來，它將會帶來一連串猶如惡夢般揮之不去的污染。

十一月中旬，李淑珊產下一名健康的男寶寶，母子均安，兒子取名為「鄭修」。

巧合的是，他與白子帆同樣出生在十四日的正午時段，讓好姊妹兩人直呼有默契，未來這倆小子肯定也能像他們的父親一樣，成為一對感情深厚的好哥們。

淑珊生子中間有個小插曲，七仔當時為了幫孩子命名而絞盡腦汁，完全沒有半點頭緒，一旁的白海文隨口說：「乾脆叫『鄭修』好了，簡潔有力又好記。」沒想到他的玩笑話，七仔居然當真拿去請示神明與算命師，結果完全符合兒子的命格與八字，算命師還斷言：這孩子將來肯定是不可多得的將才。樂得七仔特地送上大紅包，感謝好兄弟的博學多聞。

水如澐不免好奇：「海文，你取這個名字有特別的用意嗎？」名字給人一股正派的氣息涵養，挺不錯地。

他似笑非笑：「那是我隨口亂說的，當時他們未婚懷孕鬧得眾人皆知，七仔的媽媽私下常叨唸他，總覺兒子做出這種事情害她丟臉死了！所以，我才希望這小鬼頭未來可以比他爸多『修』一點智慧與道德操守。」

原來……鄭修是由於「真羞」的意含暗喻而來的，七仔要是曉得其中的含意，不曉得會做何反應？當然，這件事也成為他們夫妻間不能對外說的秘密。

最近的喜事還不止這一件，玉媚大嫂再次懷有身孕，明年夏季，白家將再迎接第二個孫子的到來，全家人因此都開心不已！往後幾年，家裡肯定會笑聲不斷、熱鬧非凡。

◇◇◇　◇◇◇　◇◇◇

民國七十九年十一月，秋季的尾聲。

紅毛港禁建已長達二十二年之久。

今天是丈夫歸港的好日子，一早，水如澐忙完家務，心血來潮翻閱這本厚實的大相簿，裡面是一家三口滿滿的幸福紀錄。時間過得真快，兒子今年已經就讀國小三年級，隨著每一年的增長，現在已是一位迷人的小帥哥。

她相當滿意這裡的成長環境，小孩子絕對有足夠舒發精力的活動空間，他們常呼朋引伴一起玩樂，每天活力四射流竄於大小巷弄，盡情享受童趣無價的純真年代。

望著兒子幼稚園天真的畢業照，彷彿又將她拉回當年的時光。記得他五歲那一年，她無意間發現兒子也遺傳了丈夫的繪畫天份，居然可以彷照書桌上的卡通圖案依樣畫葫蘆，當時她興奮地差點尖叫！對著他又親、又抱的，好不開心。

就讀幼稚園時，她捨棄便利的娃娃車接送，堅持每天載著兒子至鄰村大林蒲上、下課，樂在其中親子互動的時光。幼稚園的後方是一片綠油油的稻田，每每望出窗外，就能瞧見農夫與耕牛辛勤地工作，金燦的光線灑滿整片田地，微風吹拂稻秧引起陣陣波動，猶如置身在金綠色的大海之中，天籟般的童音如清脆的響鈴繚繞在左右，這副生氣盎然的美景教人眩惑，她總會貪婪望上好一會兒，才滿意地踏上回家的路。

回神後，目光突然落在架上的筆記本與剪貼簿，裡面是滿滿的紅毛港文化與新聞剪報，自從與丈夫認識的那一年起，她自然而然養成蒐集與記載的好習慣。

翻開內容，眼眸瞬間閃過一抹淡淡的哀愁，近幾年來，紅毛港發生的事情還真不少——

※民國七十二年，海濱照相館結束營業。

他們四人在出港前所拍攝的照片，成為人生中最珍貴、也最無價的收藏。

※民國七十四年為紅毛港草蝦養殖的繁盛時期，上一年「蝦業繁殖協會」才剛成立，今年境內養蝦場已增設至一百二十多座，並有「蝦子街」的封號。當時國內的蝦苗高達七成仰賴紅毛港供應，台灣還榮獲「草蝦王國」的盛名，這年的高雄港也耀升至世界第四大貨櫃運輸港。

蝦苗的故鄉——紅毛港，有著無比的驕傲。

水如澐憶起第一次參與清數蝦、魚苗的情形，在一瓢白碗之中，她幾乎看不見渺小的虱目魚苗；面對零點五公分不到、細如髮絲的小蝦苗，她呆愣了好半晌不知從何數起，惹得一旁的陳好狂笑了好久，在婆婆的指導下，她才慢慢抓到技巧。

特別一提，專門清數蝦苗的工作者，當地人俗稱為「打蝦仔」，他們須要有過人的眼力與專注力，由於蝦、魚苗最怕曬太陽，所以工作的時間大多在半夜。他們總是一手拿白碗、一手拿竹筷，邊數邊吟唱打蝦詩，每數到一百即抽掉一根竹筷來表示，之後再將數好的蝦苗裝袋出售與運送。

※民國七十五年八月十一日，高雄港「大仁宮拆船碼頭」發生史上最嚴重的事件。「卡娜莉」油輪爆炸，整個港區瞬間天搖地動，大量的鋼鐵板片如雪片般散落，影響範圍達方圓六公里，死亡、失蹤、受傷的人數共達一百多人，附近約有四千戶民宅門窗破損。這次的意外動用了龐大的救災資源，直到八月十三日火勢才完全撲滅。

同年，九月十五日中午，再傳另一起解體油輪爆炸，使得小港區居民寢食難安。

回想這一天，她還心有餘悸，記得接近正午的時刻，靜謐的漁村突然狂奏二聲震耳欲聾的爆炸聲響，嚇得她趕緊抱著四歲大的兒子衝出屋外，當地不少鄰居的門窗也因此而破裂。台灣能享有「拆船王國」的美譽，據說一艘報廢的美國航空母艦，在美國拆解約需要花費兩年的時間，而台灣人居然只花短短二、三個月就迅速拆解完成，讓世界大為驚嘆的背後，我們卻付出慘痛的代價——水污染、空氣污染、噪音污染、垃圾污染，以及拆船工人在極度惡劣與危險的環境下謀生，不時傳出鋼板掉落壓死人和多起爆炸等公安意外，這次慘痛的教訓，才讓政府當局正視拆船業所帶來的危害，拆船業因此才逐漸沒落。

※民國七十六年，高雄港躍升至世界第三大貨櫃運輸港的殊榮，紅毛港內的養殖池甚至高達268座，但，之後卻發生了一件難以撫平的傷痛！海水受到嚴重的工業污染，致使草蝦遭受病毒感染，一夕之間，養殖的心血全化為烏有，養殖業遭受嚴重的打擊，自此一蹶不振。

這次的事件後，白家將原有的養蝦場出租給他人使用，白金福決定退休安享清福，白文濱則轉行投入臨近的工業區工作，紅毛港傲人的蝦苗養殖文化，就此走入歷史。

※紅毛港多年攏罩在無人問津的污染中生存，煤灰無所不在——由火力發電廠偌大的煙囪掉落、卸煤碼頭與儲煤中心因海風刮起而四處飄散的煤炭、還有屋頂上不時灑落煤炭的輸送帶。除此之外，輸送帶運作的過程中，發出陣陣的噪音更衝擊附近居民的生活安寧，這些揮之不去的污染也讓當地人的健康亮起紅燈，更嚴重影響附近的生態海域，漁民的生活苦上加苦。

民國七十七年五月六日，當地居民憤而包圍台電的燃煤中心表達嚴重的抗議，並阻斷對外供煤。十月十三日，居民另行前往經濟部表達抗議，進行一天的協調仍然無效。十一月二日，紅毛港人憤而圍堵火力發電廠的大門，再次對嚴重的污染表達抗議。五天後，總算在數名立委、代表、議員的見證下，才與台電達成幾項協議，台電董事長並予諾未來幾年將會重視環保項目的投資。

水如澐回想當時完全不敢將白色的衣物與被單曝曬於戶外，生活中四處可見一層黑色的塵土覆蓋，若不是在居民強力的抗爭下，攏長的輸送帶怎會得到密封的改善？

當時淑珊還自嘲說：「紅毛港另一個文化特色就是下起黑色的煤雨，和全村數不清的煤女與煤男子。」

真令她哭笑不得。

預計紅毛港完成遷村「可能」需要十年左右的籌備期，台電一次支付每戶往後十年的賠償津貼，換算下來，每戶的一日污染所得為：新台幣一百六十四元。

其實，再多的金額都不足以彌補漁業所遭受到的損害，從漁會統計的資料顯示，民國六十六年紅毛港的漁獲量還高達八十萬公斤，到民國七十五年已滑落到只剩十幾萬公斤，今年，唉……就更不用說了！看來不必等到遷村那一天，當地人早已喪失生活的基本條件。

紅毛港明明是高雄最早的發源地，卻像是被文明遺忘的角落。

還有一點令她相當不解，這次的污染，雖然是要補貼當地人可選擇至外處承租房子，因此以「房屋租金津貼」為賠償名目，但文字上的玩弄，只會引起外界的誤解——誤以為紅毛港人提前領了一筆遷村補助款。當時母親打電話來關切時，她還特地澄清此事。

水如澐抽離無奈的思緒，將手中這疊資料放回架上，為了不影響今天的好心情，她選擇走到屋外透氣，順便活動筋骨，順手看一下時間，兒子也該要放學回家了。

鄭修剛跨出學校的側門，一眼瞧見前方的熟人，便開心大喊：「阿姨——」他揮動小手，小跑步向前。

「小帥哥，你們下課啦！」她笑著迎向前去，卻瞧見後方的兒子擺著一張臭臉，忍不住問：「陽陽，你怎麼了？為什麼一臉不高興？」

鄭修率先搶答：「阿姨，我們今天重新換座位，結果班上的頭蝨大王就坐在他隔壁，嚇得陽陽一整天都不敢脫掉頭上的帽子，還跑去跟李澍老師說他自願坐到垃圾桶旁邊。還有，上次學校發蟯蟲檢查的貼紙，陽陽居然把它拿去貼桌子，今天檢查的結果出來了，全班只有陽陽一個人有蟯蟲反應，所以老師特地發藥給他，請他記得按時服用才能早日康復。」瞥見一旁的好同學狠狠瞪著自己，幸災樂禍的鄭修朝白子帆扮鬼臉、猛吐舌頭：「阿姨，我媽在等我吃飯了，我先進去嘍！拜拜。」隨後溜之大吉。

水如澐強忍著笑意，蹲下身與兒子平視：「陽陽，學校的蟯蟲檢查是為了你們的健康著想，下次要記得照規定使用，不可以再拿來亂玩，知不知道？」這個活力四射的小太陽，幾乎沒有一刻是安份的，中秋節還自製定時引燃的煙火嚇人；平時無聊就在金龜子身上綁細線，拿來當作風箏消遣。前幾天則是將假紙鈔丟在巷子內，躲在一旁偷偷欣賞路人貪婪拾獲的趣味反應，如法炮製多次，最後還是因為忍不住笑意而被人當場識破……這一連串數不清的調皮行逕讓她屢遭投訴，有時候不得不懷疑，是自己的教育有問題？還是他精力過盛？幸好他的功課維持得還不錯，才讓她鬆了一口氣。

「媽，我知道錯了，對不起，我保證在學校一定乖乖聽老師的話……」他低下頭，裝著可憐兮兮的模樣，擺出十足十的悔意，靈動的雙目卻不停地轉動著，伺機轉移話題：「待會我馬上去認真寫功課，寫完之後，我可以和鄭修一塊去遊樂場打電動和蔭伯那裡租書嗎？」

「當然可以，但是電動不能打太久，看漫畫也要適量才行。」基本上只要兒子每天按時完成課業、段考的成績維持在前五名、不學大人亂罵髒話、對師長有禮貌……剩下的他愛怎麼玩，她不會干涉太多。「我要你背的東西可以驗收了嗎？過關後才准許你出去玩。」

「我早就準備好了。」白子帆胸有成竹，自信的模樣與父親如出一轍。

「好，請你將紅毛港的地形詳細敘述一遍。」

「紅毛港為南北走向的狹長沙洲地形，東臨高雄港灣，西濱台灣海峽，北隔高雄第二港口；南接陸地大林蒲。」

「紅毛港在日據時代分為五個『保』，現在變更成哪五個里？」

「海澄、海昌、海豐、海原和海城里。」

她滿意地點頭：「再來，請將紅毛港五大角頭廟由南到北，按照順序與聚落名稱排列出來。」

「埔頭仔的飛鳳寺；姓楊的飛鳳宮；姓李的濟天宮；姓洪的朝鳳寺；姓蘇的朝天宮。」

「很好！後來我們又增加一間新的角頭廟，請問它詳細的資料是……？」

「『姓吳』的天龍宮，它原本是私人祭拜的神明，後來因為信徒不斷增加，所以去年重新改建，目前是紅毛港內建築面積最小、也最新的角頭廟。」

「好棒！」她忍不住輕啄兒子可愛的小臉蛋，滿意地牽著他準備進屋子，驀然瞥見前方挺拔的身影，母子倆的雙眼瞬間迸亮。

「爸爸——」白子帆興奮地奔向前去；水如澐緊跟在後。

「等一下，我已經好幾天沒有洗澡了，你們先不要……」

白海文話還來不及說完，這對母子早已一股腦兒撲了上去，令他哭笑不得。每次回港，妻小總是如此刻般熱情的迎接，無懼他一身的腥臭，教他非常感動。

「七仔叔呢？怎麼沒有跟你一起回來？」白子帆摟著父親強健的手臂探頭問。

「他在巷前等寶貝女兒的娃娃車下課，打算給她一個驚喜。」

「爸爸，你有帶我愛吃的東西回來嗎？」他猛吞口水，早已迫不急待。

「當然有，要是吃不夠的話，待會再帶你去『姓楊』新開的大港超市多買幾盒。」

他嘟嘴搖晃小腦袋：「我只吃你出港帶回來的牛奶糖，因為它就是特別好吃！」

白海文寵溺地看著兒子，忍不住放聲笑：「最好是這樣，不都是一樣的包裝。」目光接著轉向另一側的太太，即便一個眼神交會，已無聲傳達濃濃的思念。

水如澐洋溢幸福的笑靨：「海文，你先去洗澡，換洗的衣服我再拿給你，待會我把食物稍微加熱一下，我們就可以準備吃午餐了。」

「等一下！」白子帆趕在父親之前，先衝進矮厝內，小碎步夾著腿邊喊著：「我尿急，讓我先上廁所——」

夫妻倆目睹這一幕，皆相視而笑。

◇◇◇　◇◇◇　◇◇◇

晚餐過後，水如澐在廚房收拾碗盤，房內的父子悠閒地享受難得的親子時光。

「爸爸，為什麼從事捕漁的人，叫做討海人呢？」白子帆歪著頭好奇地問。

「討海是指在海上討生活的意思。」

不曉得是不是長期深受母親影響的關係？他發現他最崇拜的人就是自己的父親，他總是散發一股難以形容的魅力，每次依偎這具強健的體魄，總有著無比的安全感。目光突然落在健臂上頭的刺青，忍不住誇獎：「爸爸，你刺的字真的很好看！不像萬順阿公手上那些歪七扭八的字，醜死了！對了，他為什麼要刺『海土男兒』啊？這是什麼意思？」

白海文瞬間失笑：「是海上男兒！萬順阿公要是聽見這些話，一定會當場暈倒。」他順手撫摸兒子可愛的頭頂。

「爸爸，我們今天國語第七課教的內容真的很棒喔！我超愛這一課的，現在唸給你聽。」他邊唸邊擺動頭部打節拍：「天這麼黑，風這麼大，爸爸捕魚去，為什麼還不回家？聽狂風怒號，真叫我們害怕，爸爸爸爸我們心裡多麼牽掛，只要您早點回家，就是空船也罷……」突然停頓下來用力搔頭，白子帆一時想不起來下一句是什麼？

「下一句是——我的好孩子，爸爸回來啦！你看船艙裡，裝滿魚和蝦，努力就有好收穫，大風大浪不用怕，快去告訴媽媽，爸爸已經回家。」

「哇！爸爸你好棒喔！」白子帆猛力拍手鼓掌，崇拜之情溢於言表：「爸爸，我已經夠大了，可以開始學游泳了嗎？」母親經常鼓勵他學會這項技能，為了向父親看齊，無論如何他一定要成為一位優秀的游泳高手。

「好，明年夏天我找時間教你們四個小鬼頭游泳。」

「耶！我一定是游得最好的那一個！」他高舉雙手，信心滿滿。

「你確定？汶琪雖然是裡面年紀最小的女生，但是她的體育細胞天生就特別好，要贏過她可能沒這麼簡單喔。」想起大哥特別活潑外向的小女兒，白海文忍不住潑兒子冷水。

被父親這麼一說，恍然想起家中這位可敬的對手，白子帆瞬間像洩氣的皮球一樣，信心垮了一半！堂妹活像個男人婆一樣，體能完全不在他們之下，害這一帶男孩子的頭都快抬不起來了，忍不住在心裡暗批：汶琪，妳長大以後絕對會嫁不出去！

為了顧及顏面，白子帆連忙轉移話題：「爸爸，我同學和老師都說媽媽長得好漂亮！萬順阿公還說你當時追媽媽一定追很久，你們是怎麼認識的？快點告訴我！」渴望的小臉已迫不及待聽父母親年輕時的故事。

正要進房的水如澐，碰巧從門縫中聽見這段插曲，立即停下腳步。

白海文笑望兒子，緩緩道：「我們是在二港口的長堤岸無意間巧遇的，第一次看見她我就很喜歡她，但是我不好意思開口跟她說話，後來因為學校作業的關係，她來找我幫忙，我毫不考慮就答應她的請求，還暗示她：我們有四天的相處時間。那時候萬順阿公誤以為她是我的女朋友，一直誇獎我的好眼光，還不停暗示我得為她放棄遠洋的工作。兩年後我回港，特地將國外買回來的巧克力送給她，你媽她傻傻的，完全不曉得我這麼做表示要追求她，後來連外公、外婆、舅舅都知道我們的事，全跳出來幫忙撮合，但是媽媽想要出國繼續唸書，不打算交男朋友，當時外婆還氣到痛打她呢！」

白子帆猛點頭，外公外婆確實常豎起大姆指稱讚爸爸！特別是外婆，私下總會偷偷告訴他：

幸好媽媽嫁給爸爸，不然，她就少了一位優秀的討海女婿和他這個聰明帥氣的寶貝孫子了。聽到這裡，他深怕自己的母親被別人搶走，急著追問：「媽媽一直不答應跟你在一起，該怎麼辦？」

他忙安撫兒子：「所以我就決定約她到二港口攤牌，那天晚上我還喝了一點酒壯膽，一口氣告白我喜歡她兩年的立場，為了表示誠意，我還打算往大海裡面跳，她急忙拉住我，表示同意和我交往，我怕她事後反悔，隔天就和阿嬤去外公家提親，請家裡的人選定最吉利、最快的日子結婚，才順利把她娶回來當老婆，然後生下可愛的你。」白海文從容不迫扯完一個故事，卻不曉得門外的人早已笑到抽筋。

他凝視兒子，正色道：「陽陽，以後遇見自己喜歡的女生，千萬要記得主動去追求，幸福是掌握在自己的手上，男子漢大丈夫，千萬不要害羞或是害怕失敗！還有，以後賺的錢夠用就好，把握當下的幸福與維持好的生活品質才是無價的，知道嗎？」

「嗯。」白子帆似懂非懂，認真記下父親所說的每一句話，主動伸手與他打勾勾，印上兩個「男人」之間的承諾。

水如澐移到屋外漫步，心情沉浸在過去美好的時光之中，原來……那晚在二港口的觀景岸，她藉著酒精發作，大膽傾訴自己兩年來單戀他的情意，真沒想到，今天居然會意外偷聽到這個珍貴的秘密。

「如澐。」

她循聲望去。「媽，妳怎麼來了？吃過晚餐了嗎？」

陳好笑著點頭：「早就吃飽了，你公公和這群孫子約好了，晚上要一起去馬路旁的空地看電影，我特地來接陽陽的，晚上他和我們一塊睡就好了。」

「媽，謝謝你們。」水如澐滿懷感激，每次丈夫回港，公公婆婆總會幫忙製造機會讓他們兩人獨處，多年下來，連兒子也變得很識相，沒事就自行去找伴玩，不當父母中間的大燈泡。

「阿嬤！」白子帆正好探頭出來，急忙穿鞋，衝上前拖著奶奶的手說：「快點！電影開始上演了，我們太晚去的話，好位子就被人佔光了！」

「哈哈！別擔心，汶娟和汶琪早就已經幫你卡好位子。」

「就是因為這樣才要快點去啊！不然臭汶琪為了報復我上次擋住她的視線，一定會在我的椅子上動手腳，我待會一定要跟阿公換位置才行。」祖孫倆就這樣匆匆忙忙、你一言我一語，消失在巷弄的轉角。

白海文悄悄來到她身旁，將人包覆在自己懷中保暖，入冬的季節屋外寒意十足。

「這幾天放假，有特別想去哪裡玩嗎？」

「只要和你在一起，就算單純去南星計畫看夕陽，我們也會很開心。」

他掛著笑，滿是感動。

「有件事忘了跟妳說，這次回港我打算自己在頂樓加蓋鐵皮屋，這樣陽陽就有屬於自己的房間，不用老是跟我們擠同一張床睡。」

「可是，我們不是……」

他吻著親不膩的粉頰：「政策是死的，人是活的，照這樣盲無期限地禁建下去，當地人不管生了幾個小孩、娶了幾個媳婦，都必須要擠進原來的屋子內，官員哪懂我們這群小市民的苦？冬天我們是可以互相取暖沒錯，但是你兒子真的很會踢人，我不希望他一直夾在我們中間當第三者，這樣嚴重影響我的福利。」

她甜笑，眼神閃爍一抹異彩：「你會不會覺得……七仔他女兒非常可愛？」

「是挺可愛的，不過……妳在暗示什麼？」他笑著反問，順手將人抱回房間內。

水如澐的聲音像是懾人的咒語，附在他耳畔緩緩施令：「我想要生一個可愛的女兒……」隨後將話題結束在自己主動出擊的纏綿之中。不管經過幾年，她都不會放棄生第二胎的念頭，如果，能夠一次懷雙胞胎，那就太棒了！新生兒可愛的模樣不停浮現在腦海中，她逐步照著盤算的計劃成功引誘他，但願之後真的可以如願受孕。

第十二章　無情的捉弄

民國八十五年，白子帆今年十四歲，國中剛畢業。

紅毛港的禁建已長達二十八年之久，外地普遍三代同堂的溫馨畫面，當地卻興起「三代睡同房」的地方特色。

這幾年，紅毛港發生的大事件有：

※民國七十九年八月，保安堂信徒依據「海府」神諭指示，至日本琉球島尋訪護國神社，果真在該地的紀念碑上，發現記載太平洋戰爭中遭美軍擊沉的軍艦名稱，其中第三十八號軍艦陣亡的艦長為——大田實。這總算解開多年來「海府」在信徒心中的神秘面紗，民國八十年四月，信徒捐款為其建造軍艦，保安堂亦成為全台唯一供奉日本軍艦的廟宇。

※民國八十一年，根據小港區漁會的資料顯示，紅毛港的漁獲量已剩不到十萬公斤。

※民國八十一年六月二十四日，履遭臨海工業區工業廢水排放的影響，二港口附近浮現大片鐵褐色污水，導致紅毛港、大林蒲等近百蝦池遭殃。
※民國八十二年六月八日，中油大林廠發生了「二氧化硫外洩事件」。
※民國八十二年，陳寶雄「紅毛港」攝影個展於高雄市圖書館總館展出；同年八月，自費出版《紅毛港情結》黑白攝影集一書。
※民國八十三年十月，「紅毛港遷村自救委員會」成立。
※民國八十五年五月十九日，由於高雄港務局未能對「紅毛港遷村自救委員會」提出的訴求做出善意回應，漁民發動封鎖高雄第二港口的抗議事件。
※民國八十五年六月二十三日，名導演吳念真先生造訪紅毛港，在了解當地的禁建政策與周遭的工業環境後，曾形容紅毛港人每個人的肺都是尼龍工廠。
※民國八十五年八月十日，中油大林廠第三浮油筒發生漏油，致使大量的浮油飄蕩在外海的海面上。直至隔年，在短短一年之中，竟又發生了四、五次公安事件與連續氣爆事件，造成地方及海域的嚴重污染，成為養蝦業最大的痛。

酷熱的八月，海汕路旁一群人的目光全鎖在不遠處的前方。

鄭修蹙著眉：「那台車開這麼慢，連旁邊騎腳踏車的阿公都看不下去了！」

「從駕駛的技術來看，肯定是從外地來的。」小馬接著說。

白子帆單手托腮，坐在雨埕上看笑話：「應該要建議交通部把考駕照的場地移到紅毛港來，我保證出了這條彎延的海汕路，大家開車的技術都『強強滾』。」

「不好吧……」阿豐緊張不已：「我家要是被撞壞了，我們全家人就沒地方睡了！」現場其他人也跟著猛點頭，深怕日後他們得集體睡在國小的操場上。

白子帆沒好氣地翻白眼，這群人真是不懂他的幽默。

「喂，我們不是說好要自組一支棒球隊嗎？趁現在全部的人都在這裡，大家一起來幫忙想隊名。」汶琪是裡頭唯一的女孩子，從小活躍在豔陽下與男人堆之中。

孩子王的隊長阿良點頭：「我們都住在紅毛港，現場姓洪的人又佔多數，所以我建議隊名要有個『紅』字，最好讓別人一聽就知道我們是個強隊。」

話一說完，現場將近十人開始陷入沉思，好一會兒後，阿豐率先開口：「叫『好利害的紅螞蟻』怎樣？」

大家不約而同將目光掃向他。

「喂！螞蟻這麼小，對手隨便吐個口水，不是輕輕鬆鬆就把我們淹死了嗎？」

「對呀！我看叫紅磚頭還是紅辣椒還好一點……」

「就是說嘛！」

正當這群小毛頭鬥嘴之際，白子帆突然靈機一動，脫口說：

「有了！叫『紅蠍』，你們覺得怎樣？」

「紅蠍……」大家雙眼瞬間睜亮！它除了好記、讓人印象深刻外，聽起來就知道實力不容小覷、是一支極具攻擊性的強隊。在場的人紛紛點頭贊喝，一致高舉雙手表決通過。

「陽陽真有你的！」阿元豎起姆指誇獎，隨後補充：「你最近練球經常打破學校的水管，導致國小的管理員對我們非常不滿，我看這幾天你還是少去為妙，免得發生事情我又得幫你收拾善後，再繼續破壞下去，搞不好我們統統都會被趕出校園，到時後就沒有場地可以練球了。」

「拜託！我們又不是沒有負責後續的修繕，而且學校本來就是提供給大家運動的休閒場所，我看那個臭阿伯是恨不得把我們全部都趕走，這樣他就可以整天高枕無憂，輕鬆看報紙、打電話跟朋友聊天了！」想到最近練球屢遭管理員刁難的情形，白子帆不滿的情緒隨著豔陽的溫度節節上升，忍不住脫口準備飆髒話：「我干……」

「喔——」眾人齊聲拉長音調，一副看好戲的模樣等著抓他把柄。上次，他不小心誤踩家規第二條，被向來溫婉的母親懲罰了足足十天之久，除了禁止他放學回家後不准外出活動，連零用錢也全數充公，甚至，還有寫不完的功課和背不完的紅毛港文化，那次活生生的教訓把他嚇得屁滾尿流，從此謹言慎行。這一帶，幾乎沒有人不曉得如澐阿姨最忌諱兒子開口罵髒話，而他們也樂於幫忙監督。

白子帆憋紅了臉，硬將話生吞回去，鬢角同時滑下一串汗珠，他反瞪眼前這群幸災樂禍的傢伙，咬牙狠狠道：「我剛——才是想說：十元買早餐，八元買豆干！」丟下話，他隨即繃著臭臉閃進巷子內。

「喂，陽陽你去哪？等等我啦！」鄭修趕緊追上。

現場的人被這套早餐哲學搞得一頭霧水，紛紛將目光瞟向白家另一名成員；也是現場唯一的女孩——汶琪。

「不用看我，我不曉得。」她雙手一攤：「沒事我先回家了。」隨即踏進家門。

「你們有人知道答案嗎？快點告訴我！」阿豐興奮地追著人問。

「叫你平常多唸點書就不聽，這麼想知道答案的話，去廟裡面『博杯』問神明比較快啦！」洪家三兄弟不約而同地丟下這句話。

阿良帶頭說：「走吧，今天熱死人了，我們一起去黑店買飲料喝，下午再一塊去學校練球。」在他的領導之下，一群小伙子浩浩蕩蕩走向附近的雜貨店消暑。

◇◇◇　◇◇◇　◇◇◇

今天是八月二十一日。

午餐的飯桌上，意外多了兩位客人蒞臨。

白海文主動接過太太手中的熱湯，放妥後，笑問：「七仔，今天是什麼風把你們父子吹來呀？淑珊和你女兒呢？」

水如澐幫忙代答：「還不是昨晚被他氣跑了。」

七仔急忙解釋：「你們來評評理嘛！我們都老夫老妻了，昨天七夕情人節她還像小女生一樣向我伸手要巧克力，我不就是隨口開玩笑說：今天金莎全賣光了，待會我帶妳去外海吃免費的海沙，還可以順便看夕陽。誰曉得她會莫名發脾氣？居然丟下五十元叫我自己去大港超市買西莎回來當晚餐吃，然後帶著我的寶貝女兒跑回娘家去。你們說這樣會不會太離譜了？我平常賺的錢全數歸她管，她想買什麼我根本就阻止不了，連這種小錢都要從我身上壓榨，有沒有天理啊？」

他手舞足蹈、誇張的表情與肢體動作，讓白海文夫妻笑彎了腰。

「七仔，這當然是你的錯，不懂得表示最起碼要懂得掩飾，少說話、多做事，嘴巴甜一點準沒錯，搞不好你兒子這方面的功力都在你之上。」白海文摟著一旁的嬌妻：「你看，我們結婚這麼多年，還不是一直維持著談戀愛的模式相處，這就是我們保持年輕活力最佳的獨門秘方，哪像你們兩個整天吵吵鬧鬧的，跟小孩子沒什麼兩樣。」

腦中閃過他們不時展開追逐大戰的趣味畫面，水如澐不禁笑紅了臉：「好了，該吃飯了，我去叫陽陽他們……」話一說完，正好瞥見他們一前一後由屋內衝出。

「媽，妳快來看，鄭修寫英文字母小寫的 e 和 t 居然一模一樣！真是笑死我了！」白子帆高舉著課本邊跑邊喊，鄭修氣急敗壞地緊追在後。

「要你管！快點把書還給我——」鄭修臉部漲紅，衝上前一把奪回自己的所有物，瞪著好友，不忘張揚他過去曾鬧過的笑話：「是誰國小的時候把『中國鋼鐵』看成『鐵鋼國中』的？還自豪地說以後要去讀這間高級學校，原來，你長大的志向就是進去裡面工作啊！」

白子帆不怒反揶揄：「當時，不曉得是哪個白痴說他也要一起去報名？」

「你——」鄭修剎時一陣鐵青。

水如澐笑著打圓場：「好了好了，你們兩位小帥哥快點去洗手準備吃飯吧！」

「哼！」他們同時負氣轉身，各自去完成洗淨動作。

正午時刻，露天飯桌上的五個人，享受難得熱鬧的餐聚時刻。

「如澐，妳這道翡翠魩仔魚蒸蛋真是好吃得沒話說！」扒第三碗飯的七仔豎起姆指誇獎，接著埋頭繼續狼吞虎嚥。

「七仔，又沒有人跟你搶，吃那麼快幹嘛？」水如澐好心提醒。

白海文打趣說：「他一定是從昨晚餓到現在；七仔多吃一點，待會才有力氣去岳母家向老婆道歉，現在，你總算知道淑珊對這個家有多重要了吧？」

「呼……」七仔撫著撐脹的肚子，酒足飯飽的他一臉滿足。「我又不是做錯什麼大事，是淑珊自己太愛生氣了！昨晚她不在家正合我意，我一個人舒服地睡一張大床多過癮啊！你們不用擔心，她絕對不會在娘家待太久的，那邊根本就沒有多餘的房間可以讓她們睡，我保證，晚上她就會自己摸著鼻子乖乖回來了。」

白海文與老婆相視而笑，紛紛搖頭。

「七仔叔！」白子帆與鄭修由圍牆邊奔跑回來，迅速衝到他面前：「我跟你玩一個發揮想像力的創意遊戲，好不好？」

「好啊！我最大的優點就是幽默風趣的個性，還有無窮無盡的幻想能力。」

「太好了，那你先把眼睛閉上。」

七仔乖乖閉眼配合，沒發現白子帆笑容背後暗藏的詭計：「然後呢？」

「待會你必須按照我口中敘述的畫面，發揮你過人的想像力融入那個情境。」他開始催眠：「首先，你幻想自己來到一座熱帶的野生叢林裡，四周環繞不絕於耳的鳥叫聲和滿天飛舞的花蝴蝶，還有滿山撲鼻的陣陣花香，一旁還有高處落下的絕美瀑布，這時候，你盡情地享受貼近大自然的一切，並且大口吸著舒暢無比的森林芬多精……」

七仔深吸一口氣，放鬆的模樣彷彿置身其中：「太舒服了，我都想睡覺了。」

「接著，前方吹來一陣舒適的涼風，你開始邁步向前，一直走著走著走著……然後——想像你撞到一顆大樹！」語畢，白子帆使盡吃奶的力氣，狠狠地朝七仔的臉上用力一拍！

「哎呀——痛死我了！沒事怎麼會跑出一顆樹來……」七仔撫著疼痛的鼻子哀嚎，五官全擠成一團，惹得現場笑聲不斷。

「耶！」鄭修迅速與白子帆擊掌慶祝：「陽陽謝謝你，我總算幫我媽報仇了！」

這才發現自己遭受惡搞的七仔，立刻對著兩位沒大沒小的兔崽子高嗆：「死小孩，居然敢整我，看我怎麼修理你們！」他隨即衝上前抓人，兩人見狀一路尖叫狂奔，一大兩小在巷弄內展開刺激無比的警匪追逐大戰。

餐桌上的夫妻併肩而笑，此刻，他們正好獨享這片難得的寧靜。

「海文，你確定明天真的要帶陽陽一塊去嗎？」

「嗯，他一直吵著說要陪我出港體驗海上的生活，最近又剛好買了一艘小型漁船，趁學校還沒開學前，正好可以完成他的心願，我們去台南幾天就會回來，不會離岸邊太遠，妳不用擔心。」

「嗯，你們不在，我正好可以抽空去打掃小港那邊剛蓋好的新房子。」

白海文摟著老婆，千萬個思緒瞬間湧上心頭。

遷村政策雖然遲遲沒有下文，但這幾年下來，已經陸陸續續有不少人自行搬離當地，每回目睹小貨車載著滿車舊傢俱遠離的畫面，那份莫名的惆悵總會襲擊而來。他一直沒有搬離家鄉的念頭，沒想到，就在兩人結婚十週年時，居然收到岳母送上的一份大禮！原來，早在他們結婚那年，她就將當初時的聘金拿去購買一塊不小的土地，預先為他們做好未來遷村的可能性。這幾年文濱大哥事業投資有成，商界認識的人脈也相當廣闊，他早已在市區購置新房子，甚至還打算送兩位女兒出國唸書，在他的遠見下，他們也聽從大哥的建議，預先將新房子蓋好，以因應未來日漸高漲的房價。儘管如此，他仍然決定要繼續住在當地，堅守到遷村的最後一刻。

水如澐望著丈夫凝重沉思的模樣，完全能體會他此刻的心情，雙手緊摟著他厚實的胸膛打氣：「不要想太多，搞不好到時候我們就不用遷村了也說不定，而且，不管發生什麼事，我們都會一直陪伴在你身旁，也會支持你做的每一個決定。」

白海文深深凝視她，沒有言語，僅以有力的手臂牢牢圈緊懷中人。

「海文，陽陽即將就讀市區學校的廣告設計科，未來，他如果想朝設計方面的工作發展，你會反對嗎？」

「當然不會，我反而很鼓勵他勇於朝自己的興趣與夢想前進。」

「那……如果他想要從事漁業方面的工作呢？」

「只要是他的決定，我都會舉雙手贊成，只有一點沒得商量。」

「是什麼？」她面帶疑惑，等著聆聽答案。

掛著迷人笑容的白海文，以極俱魅力的嗓音一字一字宣告：

「妳忘了，家規第一條：不准從事遠洋工作……」

◇◇◇　◇◇◇　◇◇◇

八月三十日。

今天是白海文夫妻結婚十五週年的紀念日。

「海文，這次出港自己小心點。」水如澐忙著確認行李中的物品。

「嗯，如澐真的很抱歉，等我回港之後再帶你們去渡假好嗎？」白海文虧欠地說，原本預定帶妻小出遊的計畫，卻因為朋友臨時的請託而無法成行。

「沒關係，以後有的是時間。」

一旁的李淑珊一臉不悅，嘟嘴抱怨：「海文，你們幹嘛答應幫忙阿吉他們？害我們三天兩夜之旅全都泡湯了。」

「這都要怪吳名士他們父子，公司旗下的船員有些家裡人生病、有些老婆快生產了，他們居然全視而不見，硬是要求他們如期出港，要不是這些人家裡的經濟狀況都不太理想，不然，幹嘛長期被他們壓榨兼賣命？還不如像我們一樣擁有自己的私人漁船，就不用看他們的臉色過日子了。」七仔跳出來抱不平。

「淑珊別生氣嘛，他們這麼做也是在幫忙做好事，我們晚半個月再去渡假也沒有吃虧。」水如澐搭著她的肩安慰。

「我才不是氣他們兩個，只是很不欣賞吳名士他們的作風。」她突然瞄到一旁暗自竊笑的白子帆，忍不住問：「陽陽，你在偷笑什麼？」

「淑珊阿姨，七仔叔不在家你們也比較不會吵架啊，而且他出港多賺一點錢，到時候我們一起出去玩，妳才能夠多採買一些漂亮的新衣服和紀念品回來。」白子帆轉勾父親強健的手臂，半撒嬌地說：「爸爸，別忘了幫我帶牛奶糖回來喔！」

「都要升高職了，還戒不掉愛吃糖的壞習慣。」白海文撫摸兒子的頭頂，眼中滿是疼愛：「在家記得乖乖聽媽媽的話，別再調皮了，後天去新學校就讀也要好好加油，知道嗎？」

「嗯，我不會讓你失望的。」

「時間差不多了，七仔我們該出發了。」

白海文瞟向太太，以眼神傳達離別的不捨與濃情，即使只有短短的幾秒，已勝過千言萬語，隨後，他提起行李與七仔一同離開。

「爸爸、海文叔，一路順風喔。」鄭修與妹妹齊聲高喊，其他人也跟著揮別，眾人一如往昔，目送兩位帥氣的討海英雄離去。

待丈夫出港後，水如澐這才驚覺，自己居然忘了將外出必備的平安符放入行李之中，一股莫名的不安直湧心頭。

◇◇◇　◇◇◇　◇◇◇

「什麼!!」

面對突如其來的噩耗，現場所有人全嚇傻了眼！

水如澐壓根無法相信，丈夫早上才健朗地出港，下午居然會傳出在海上意外失蹤的消息！聞訊，她差點倒地不起。

「如澐——」陳好與李淑珊齊呼，趕緊攙扶癱軟的她。

「七仔，究竟發生什麼事情？你快點把話說清楚！」白金福與萬順伯激動地扯住他的領口。

七仔慌恐的神情全寫在臉上，抖著聲音闡述：「我、我們才剛離港沒幾個小時，馬達就突然無法運轉，海文猜想應該是卡到異物，所以立刻潛下水查看，剛開始我們也不以為意，直到馬達已經順利轉動好一會了，大家才發現海文一直沒有浮上水面，我們幾個人迅速跳下海一看，沒、沒想到……已、已經完全找不到他的蹤影……」面對這個突發狀況，他當時也慌了手腳：「我們已經向海巡署請求救援了，只是現在的風浪持續增強，恐怕……會影響救災的行動，情、情況不太樂觀……」說到最後，顫抖的聲音已含糊不清。

巷內聚集的鄰居聽到這裡，皆一臉擔憂，一些三姑六婆開始交頭接耳。

「第一時間內沒找到人，我看，唉……」

「對啊，上次阿添伯的二兒子因為風浪太大而跌落海面，後來屍體被『姓蘇』出港的同鄉人尋獲。」

「要是能找到屍體就算老天爺保祐了。」

「就是說啊，像我老公每次出港我也都擔心得要命……」

「誰叫我們靠天吃飯的討海人命苦，漁業沒落後，許多人想轉行卻又不善於其他領域的工作，儘管收入一年不如一年，也只能硬著頭皮繼續冒險做本行，要怪也只能怪自己……」

這些話傳入白家人耳裡簡直是雪上加霜，水如澐整個人跌坐在地，不敢相信那個擅於水性、無懼於海中乘風破浪的丈夫，居然會在自己熟悉的大海之中失去音訊！她再也禁不住難過，立刻伏地痛哭。

白金福與陳好憶起從小拉拔到大的兒子，一路看著他從出生、牙牙學語、學習踏出人生的第一步，直至就業、結婚生子……四十歲的他既成熟又穩重，是極俱魅力與責任感的好丈夫。為人父母驕傲的時刻，不就是在自己有生之年，看著膝下的孩子個個孝順、家庭幸福美滿、萬事皆平安順遂嗎？偏偏老天無情的捉弄，將原先美好的步調給摧殘殆盡，想到這裡，二老不禁老淚縱橫。

蘇玉媚和李淑珊瞧見此景，皆難過地掩面哭泣；完全無法消化事實的白子帆則呆立一旁，失魂般空洞望著遠方；一臉擔憂的鄭修陪在身側，不知從何安慰。

現場悲嚎聲四起，彌漫著沉重的氛圍，連一旁懵懂無知的小孩似乎也感染那份傷痛，急忙摟緊身旁的長輩尋求心靈上的庇護。

萬順伯眉頭深鎖神色凝重，不甘心地握拳重捶牆壁，明知道白海文很有可能兇多吉少，但他絕不放棄任何一絲希望，急忙轉身奔離現場，企圖運用自己的人脈聯繫任何可能援助的一方。

白金福見狀趕緊擦拭眼淚追上，高度關切同鄉人安危的男性，不約而同追隨他們的步伐離去。

此時，現場突然來了一位年約三十五歲的女性，一身華麗裝扮的她十分凸顯，在混亂的人群中，搜尋到她此趟要找的對象後，迅速穿入其中。

「對不起，借過一下。」她拉攏裙襬，隨後優雅地蹲下：「白太太，妳們節哀吧！今天發生這種事情我們公司也感到很難過，我哥接獲白海文在海上意外失蹤的消息後，他十分悲痛，雖然人在外地，但立刻打電話請我務必代表他過來慰問，這個紅包是他的一點心意，請妳收下。未來的日子還是得過，哭也不能改變已經發生的事實，公司已經火速派人了解漁船當時發生的情況，救難人員有什麼消息也會盡快通知我們，運氣好的話，也許就可以找到妳先生的屍……」

「海文一定會沒事的！他絕對會平安歸來！！」水如澐抬頭激動地嘶吼，順手揮掉前方刺眼的紅包袋，心碎的眼淚如斷線的珍珠狂灑一地，她勉強撐起身子，轉奔巷尾的住處。

陳好再也站不住腳，當場昏厥。

「媽——」蘇玉媚急忙與鄰居攙扶婆婆，趕緊帶她遠離人群，入內休息。

「喂！姓吳的老姑婆，妳今天沒刷牙嗎？嘴巴這麼臭！人家已經難過成這樣了，就不能說點好聽話嗎！？家裡有錢有什麼了不起？妳哥吳名士他算什麼東西？貓哭耗子假慈悲！要是他平常能善待公司旗下辛苦賣命工作的漁民，海文今天也不會發生這種意外。誰不曉得這個臭小子仍然對如澐有意思，三番兩次趁海文出港的時候前來騷擾她，真是不要臉到了極點！也不照鏡子看看自己長什麼樣，現在，我不得不懷疑，漁船會發生事故是不是他派人動的手腳？你們最好保佑海文平安無事，不然，我一定找人去拆了你們家的招牌！」李淑珊毫不留情，挺身破口大罵。

「姓李的，說話最好有憑有據，胡亂抹黑的話，小心我會告妳！」吳美菊再也顧不得形象，雙手插腰，潑辣地回應：「以我們家的財力，我哥哪點比不上白海文？是水如澐自己沒眼光，不懂得欣賞！今天發生這種意外，只能怪他們當年結婚合八字的時候，算命師明明就說兩個人的命格相沖，相差三歲也犯了大忌，男方偏偏不聽勸告，硬要鐵齒結成這門親事，今天發生事情了才牽扯到我們頭上來，有沒有搞錯啊？」

「妳——」李淑珊氣得發火！正想衝上前，兒子已搶先一步。

「妳這個醜八怪胡說八道！海文叔和如澐阿姨明明就是天生的一對，妳哥又胖又討人厭、沒人緣也沒人品，完全比不上帥氣的海文叔！妳再繼續亂說話，我就揍死妳這個臭嘴巴的大壞蛋！」鄭修早已一把扯住對方的長髮，平常運動健身，力道自然不在話下；一旁的隊友見狀，也跟著情義相挺。

「啊——痛死我了！你們這群沒教養的死孩子，還不快點給我住手——」

「臭三八，今天看我怎麼修理妳！」李淑珊挽起衣袖，脫掉腳上的鞋子當武器，一同加入這場戰局。

「救命吶——誰、誰快點去報警處理？你們再不住手的話，我就告你們所有的人傷害……啊——」吳美菊狼狽尖叫，見所有鄉親只負責看好戲，完全沒有人出手制止與援助，她急忙討救兵：「有誰來幫我的，我就高薪聘請他們到我們公司來上班——」

場現打架、勸架、圍觀的人全亂成一團，將窄小的巷弄擠得水洩不通，七仔趁機將呆滯的白子帆帶到轉角，不停顫動的手將一疊厚實的物品交到他手上。

「陽陽，我不敢拿給你媽，這個暫時交由你保管。」

白子帆這才回神，連忙問：「這……是？」

「你爸出港必定會帶在身上的日記，這點連妳媽都不曉得。」

他如夢初醒，迅速翻開本子，首頁貼著一張母親美麗的獨照，而日記的內容全記載父親對母親滿滿的愛意。原來，早在他們第一次邂逅，父親就已經詳細寫下當時的點點滴滴，他再翻到最末頁，這是父親幾個小時前的親筆，上頭鮮明的字跡格外教人催淚。

如澐：

結婚紀念日我居然又在大海中渡過，雖然不是第一次這樣，但我還是覺得很抱歉，和我相處的日子裡，總有一半的時間讓妳苦等。

上個禮拜帶陽陽出港，他問我年輕時，從事遠洋工作的夜晚都怎麼打發時間？我回答他：在海上漂泊的日子裡，我最喜歡抬頭仰望滿天的星斗，在不著邊際又幽靜的海域上，星星似乎可以點亮遠方的思念與希望，看見它，我彷彿看見大海另一端的妳，每次和妳分離，我總是處於這種心情。

這本日記斷斷續續寫著，已經陪我走過十七個年頭，當初因為妳，才賦予它存在的意義，裡面全是我人生中最珍貴的回憶，原本想等我退休那天，再將這份無價的禮物交給妳，不過，我突然改變心意，決定回港後，就把它當成今年結婚十五週年紀念的禮物送給妳，想到這裡，我已經迫不急待看妳當下的反應。

未來，還有更多的結婚紀念日等著我們。

好一陣子沒寫日記了，不曉得為什麼，此刻想寫的話特別多……

白子帆壓抑的情緒隨著點點文字潸然淚下，緊摟著珍貴無比的日記本啜泣；七仔連忙搭肩安慰，淚水也跟著一塊流淌。

天空烏雲密佈，午後的好天氣全變了樣，滴答落下的雨點瞬間轉為滂沱大雨，又急又猛的雨勢，猶如白家人焦慮不堪的傷心淚，一發不可收拾。

雨啊雨，如果發現他的蹤影，可否代為傳訊，大海另一端的家人正等著他歸來，不論他身在何方、不論經過多久，請務必回來團圓。

回來團圓……

◇◇◇　◇◇◇　◇◇◇

事發後，水如澐將自己關在房內整整三天，傷心欲絕的她，不論門外的人如何勸說，始終不作回應，幾天來的心情如同窗外的天氣般，烏雲籠罩，不見天日，她任由滾滾悲痛的淚水奔流，幾近昏厥的她，意外地觸碰到胸前的頸鍊，在昏暗不明的光線下，閃爍的銀鍊顯得格外刺眼，魚眼上的裸鑽像極了大海中指引方向的燈塔，她呆望著，驀然憶起多年前丈夫曾寫給她的書信內容。

「如澐，為了我，千萬要好好地保重自己；為了妳，我也一定會平安歸來。澐海相伴，是我們不變的承諾。」

「澐海相伴……」她用沙啞的聲音反覆唸誦：「海文，我相信你絕對不會丟下我們不管，這裡有你最摯愛的家人與鄉土，也許你只是暫時迷失了方向，但總有一天，你一定會回歸到自己的根本，重新出現在我們眼前……」

瞬間復燃的信念總算讓水如澐止住失控的淚，她深信，總有一天，丈夫一定會平安歸來，不論經過多久，她都不會放棄這微乎其微的希望。

「叩叩叩。」門外傳來陣陣敲門聲響，白子帆守在外頭苦苦哀求：「媽，我求求妳出來好嗎？妳這樣身體會垮掉的，爸要是知道妳這樣傷害自己，他一定會很捨不得的……」

聽見熟悉的叫喚，水如澐已完全清醒，她怎麼可以忘了，還有一個寶貝兒子需要她的照顧呢？這可是他與丈夫這輩子深愛且唯一的結晶。

房門突然開啟，白子帆欣喜不已，瞧見母親哭紅、憔悴的模樣，不捨地奔向前去。

「媽——」

下一秒，母子倆緊緊相擁著。

「陽陽，對不起，害你擔心了。」水如澐努力抹去淚水，為了兒子，說什麼都得重新振作。

「媽，爸一定會回來的！」白子帆望著母親，堅定地說。

「對，他只是暫時去一個很遠很遠的地方工作，需要比較久的時間才能回來，所以，這段期間我們要一起加油，千萬不要讓遠方的他牽掛，我們是討海英雄最堅強的家人，對不對？」

「對！我們才不會這麼輕易被打敗！」白子帆提起精神大喊。

「陽陽你真棒，以後爸爸出港不在的日子，我們要幫他更加孝順家裡的每一位長輩，知道嗎？」她抹去兒子眼角的淚。

「嗯。」他猛點頭，再度緊緊摟住母親。

母子倆一起打起精神後，牽著手走出屋外，此刻，天空已悄悄拉上夜幕。白子帆望著母親嬌小又無比堅強的身影，突然閃過父親留下的日記本，為了不影響母親千辛萬苦才整頓好的情緒，他決定先暫時隱藏這個秘密。

往後的日子裡，水如澐每天早起晚睡，徹底讓自己處於極度忙碌無暇的工作之中，天未亮以前，她總會瞞著家人，獨自來到港口靜靜守望這片大海，生活頓失依靠的她不再哭泣，堅強地扛起養育兒子的職責，只是丈夫不在身邊的日子，她似乎忘了該如何微笑，也失去生活的重心，一如大海中迷失方向的船隻，茫茫飄載，找尋不到可以靠岸的港灣，日復一日，年復一年。

白子帆從此改變自己貪玩好動的個性，開始變得成熟懂事，為了不讓母親過度操勞，他將生活的重心全擺在課業上，平常也會主動分擔家務。他每天固定凌晨五點半起床，搭乘紅毛港六點的頭班公車至鹽埕區轉車，下午四點一下課，他總會奮力趕著一班又一班的公車，繞過大半個工業區，直至下午五點半左右，才能回到偏遠又三面環海的家。

白家遭逢驟變，白金福與陳好的心情大受影響，身為家中長子的白文濱，也努力有所作為，一放假總會力邀全家人聚在一塊，對於白子帆的關照更不在話下，他與老婆合力照顧家中的老老少少，企圖用行動彌補弟弟無法養子奉老的缺憾。

失去猶如親兄弟般的好哥們，七仔此後不再嘻皮笑臉，他學習好兄弟的風範，呈現一家之主該有的穩重與承擔，現在不再與老婆吵吵鬧鬧，反而更珍惜與家人相處的每一刻，對於如澐母子，自然把他們列為自家人來照顧，生活中的大小事，絕不忘第一個與他們分享。

幾年前，萬順伯堅強地送別陪伴自己十五年的愛犬，這次，面對情同父子的白海文，他再也禁不住難過，痛心地落下男兒淚。自己一生討海的歲月之中，走過多少風風雨雨、見過多少大風大浪，卻不堪面對這種離別的悲劇。現在，他一有空就會與白金福聚在一起下棋、聊天，對於彼此心中的傷口，盡可能不去碰觸。

面對女婿發生的意外，水育寬夫妻也相當沉痛，難過的情緒不可言喻，已退休的兩人經常以電話噓寒問暖，用行動與關愛支持女兒和外孫一步一步、堅強地走下去；水彥廷則代理妹婿扮演起白子帆亦長亦父的角色，即使他目前失去引以為傲的父親，在成長的過程中，身邊仍不缺乏另一個有力的肩膀給予依靠。

然而，白海文究竟是生是死？蒼天仍舊沒有給予答案。

第十三章　再見，紅毛港

蒼茫的海口，我用幾段無聲的等候。
等你，劃破千重浪潮的回溯，
盼你，有形無形的聚首。
然而望的、守的、念的，
竟如無情歲月的水流，
奔騰為耳鬢的銀絲……

天還沒亮，水如澐一如往常，每天風雨無阻準時來到港口佇望。

眼前所見，是一成不變的場景伴隨著悵然渡日枯守的心，等待再等待，音訊全無的良人偉岸的身影，陰暗的天際滲不出一絲絲的曙光，猶如心中無解的枷鎖。強勁的海風夾雜濃厚的鹹味與濕氣，隨之飄揚的風沙擾亂欲穿的盈盈秋水，眼前看不清的，究竟是迷漫的海霧？抑或淚眶負載的相思？

在漫長枯竭的煎熬下，也只能一再對著無垠的大海訴解心事：

「海文，今年是民國九十年，紅毛港的禁建已經長達三十三年之久。這幾年，家鄉的改變真的非常多，除了漁業已經嚴重萎縮不振外，我們當地的人口也不間斷地流失，但登記的人口戶數卻反倒逐年增加。我們巷尾那一帶幾乎全搬走了，只剩下我們和七仔一家人相互照應，淑珊的父母也早已結束麵攤的生意，搬往其他地方居住。」

乾麵道地又撲鼻的好味道，當地人只能留在記憶中回味了，唉……紅毛港長年籠罩在遷村政策舉棋不定的擺盪之中，政府遲遲沒有擬出具體的執行方案，迫使原本豐饒的漁村，已摧殘怠盡。

每每望著一戶戶搬離的左鄰右舍，那種再也回不去昔日美好的痛，實在難以用隻字形容。

「煤碳污染的理賠早在三年前已屆滿十年，村內的人曾抗議台電應該要再繼續發放房屋津貼，雖然當年與台電達成協議時，任內的市長曾允諾，若未遷村會再繼續發放，只是，台電已經不願意再釋出這筆龐大的開銷，我們也只能任由當年的口頭承諾跳票。而拆船碼頭的租約，也即將在今年年底到期，臨近的海汕國小師生，說不定就有機會可以完全脫離這種吵雜與污染的學習環境了。」

水如澐慶幸著，眼眸露出難得一見的喜色，這幾年，還有一件事更令她欣慰，就是五年前，九月二十二日所成立的『紅毛港文化協會』。多虧這群愛鄉人士，一步一腳印致力於紅毛港文化的記載與文物保存的工作，當地的百年文化，才不會因遷村而斷然遽送。

「海文，在文化協會極力的爭取下，二港口荒廢已久的信號台，即將在明年轉運成『高字塔藝術文化園區』，現在港口附近，已有新的建設逐步在施工，聽見這個好消息，你一定也很開心，對吧！肯定和我們一樣期待它蛻變後的新風貌。」

一根苦澀的刺哽在喉嚨，文化協會成立那年，正好是丈夫意外失事的同年，若非這樣，他肯定也會興緻高昂地，與志同道合的家鄉人投入協會義工的行列，從此樂此不疲。只可惜……造化弄人，兩件事情發生的前後，只相隔不到一個月的時間，惋惜與傷感，自然一一湧現。

「海文，吳名士經常假藉慰問的名義前來探視，我真是不堪其擾，也厭惡他們偽善的模樣，多虧文斌大哥與七仔聯合教訓他一頓後，他才停止這些騷擾的行為。這段期間，你的兩位好兄弟表現得意外出色，兩人瞬間成長了不少，從他們身上，我彷彿看見你的影子。」

波盪不息的海面，漾出一抹英挺的影像，迷人的微笑正直勾她眼角的淚。

「大哥與七仔相當照顧我和陽陽，你完全不用替我們擔心，真的。只不過……爸原本充滿朝氣與拚勁的個性卻改變了不少，身體也不如以往的健朗，現在每天待在公車站接送這些孫子上、下課，似乎是他生活唯一快樂的來源，只是前年汶娟、汶琪被送出國唸書，陽陽又北上就讀大學後，家裡突然少了這群孩子的嬉鬧聲，爸顯得很落寞，時常一個人坐在公車站發呆，媽和我們看了都很難過。幸好，生性樂觀、開朗的萬順伯總會適時的陪伴在左右，爸才又重新展開笑容。而原本說好不再養狗的萬順伯，最近在馬路旁發現一隻流浪的母幼犬時，不管萬順伯母如何反對，他仍堅持帶回家飼養，還幫牠取了一個很可愛的名字，叫無花果；而我最近也養了一群野貓家族，看牠們全家人每天膩在一塊生活的幸福模樣，真的好讓人羨慕……」說到傷心處，她早已淚流滿面。

「紅毛港的人口逐年外移後，我們居住的環境開始令人擔憂，我和淑珊的內衣褲屢遭偷竊，甚……甚至，還有人多次偷看我洗澡！嚇得我非得鎖緊矮厝內的每一道門窗才能夠安心。有一次，小偷居然趁我洗澡的空檔溜進屋內偷走我的皮包，那個月辛苦工作的薪資全被他拿走了；某天的半夜，我突然聽見巷後有人拿磚塊猛砸附近空屋的玻璃窗，我好害怕，根本就不敢出聲喝止，只好趕緊檢查家裡的門窗是否全部關牢。那次的事件後，每到了夜晚我就開始提心吊膽，好擔心這種事情會再度發生，如果你在的話，我就不用這麼恐懼了……」話語結束在哽咽之中，水如澐倏然蹲坐在地，小臉迅速埋進蜷縮的身體之中，因哭泣而顫動的肩膀顯得很無助。

面對生活環境偌大的改變，平常故作堅強的她，總會選在幽暗的港口，卸下一身的防備。這裡，是她心房的出海口，唯有面對這片大海，她才覺得自己方能夠貼近丈夫一些些。風，是倆人交流的媒介，今日呼嘯不止的狂風，像是丈夫深情的回應。

後天，兒子即將結束兩個月的暑假，回到學校迎接新學期的開始，往後的日子又獨剩她一人枯守這個家，儘管強逼自己用工作來麻痺這一切，但夜深人靜時，孤獨與不安總會莫名襲來，她經常望著一家三口幸福的合照撫慰心靈，往往哭累了，才能夠緩緩睡去。

今天是八月三十日，亦是兩人結婚二十週年的紀念日，自從他們開始交往到現在，不曾分隔那麼久的時日，五年了……她總是藉由丈夫的日記本為自己不斷地加油打氣，憑仗著這股愛的力量與不離棄的信念支撐，儘管連家人都不妄想奇蹟出現，但，她仍然堅信丈夫可能有生還的一天。

「海文，我真的真的、好想好想你，你是否已經在回航的路上了？老天既然安排我們相遇，我不相信祂會無情地拆散我們，我不怕時間漫長的考驗，只怕你忘了回家的路……」她朝寂靜的港口吶喊，只有呼呼作響的海風與層層波動的浪濤回應，空中突然飄落的細雨，為情思增添幾分愁悵，水如澐仰首，任由冰冷的雨水澆息那顆焦炙的心。

半晌後，她的目光落在長堤上，那裡滿是數不清的回憶，過眼的美好，如雲煙繚繞。

遙想之際，隱約可見堤岸的彼端有具模糊的黑影，今日烏雲密佈，再加上清晨之際能見度不佳，實在教人無法確認遠方的影像是真？亦是錯覺？她疑惑的目光直盯著前方不敢挪開，直至對方緩緩臨近，她才看清來人的樣貌。

撫著狂跳不止的心口，眼中滿是震憾與感動，不自覺敞開雙手，差點飛奔過去。眼前熟悉人挺拔的模樣，曾在腦海中盼了不下千萬次，裹足不前的她，深怕是蒼天的捉弄，清醒後只是一場無情夢。

無情夢……

咫尺的兩人無語流盼，再見面恍如隔世。

那碩長強健的體魄與古銅色的肌膚，數十年來如一日，白海文此刻帥氣的臉龐，搭配略長的髮型與點點鬍渣，頹廢的味道，像極了那年——他們初識的盛夏。隨著年紀的增長，他身上只增添了一股中年男子穩健的成熟味，在她眼中，他依舊是自己今生唯一的悸動。

「如澐，對不起，讓妳久等了。」熟悉的嗓音再次響起。

白海文來到她跟前，主動伸手撥弄太太耳際飛散的髮絲，真實的接觸如灼熱的電流，一一喚醒她全身每一處沉睡的細胞，水如澐再也壓抑不住那份渴望，飛撲投入眼前溫暖又有力的懷抱——

一處她盼尋已久的港灣。

「海文——真的是你！」她緊摟著丈夫的腰際不放，深怕他會再次消逝，激動的淚水如雨水狂下。「你真的回來了……我不是在作夢……」他的心跳、他的體溫、充滿安全感的包覆與熟悉的氣息，切切實實告訴她——丈夫真的回來了！

此時此刻，二港口的堤岸，有一對久別重逢的戀人緊緊相擁著，紛飛的細雨，為他們訴盡一千八百多個日子來的相思聲聲。

「對不起，這些日子辛苦妳了。」他抹去太太喜極而泣的眼淚：「這次我保證，不會再出港讓妳擔心，以後，有很多的時間可以好好地陪伴妳。」

「真……的？」她難掩激動。

「傻瓜，我什麼時候騙過妳了？」

丈夫柔和的眸光，猶如一道絢麗的光線灑落，掃盡四方而來的呼嘯，與她心中多年不散的黑暗。

「我有好多好多好多、好多的話想告訴你。」她含淚，深情以對，貪婪汲取專屬於自己的似海柔情。

「我也是。」他俯身，在她的額前印上一記深吻：「走吧，我們邊走邊聊。」

正當白海文牽著她準備離開之際，水如澐不自覺回頭一望，岸邊的古厝與飄載的船隻，在灰濛濛的雨中多了一股愁中帶美的詩意，她幾乎望得入神。

「在看什麼？」

「沒什麼，我只是覺得今天的港口特別不一樣。」她笑著回應，仍注視著彼岸，望著幾隻躲雨而揮翅飛竄的白鷺鷥，腦中瞬間閃過什麼，接著，她改以質問的眼神瞪著丈夫。

被此舉逗笑的他，連忙問：「怎麼？妳現在的表情好像不太歡迎我回來？」

「白先生，你很過份耶！結紮這麼重大事情居然沒有事先跟我商量，害我誤以為是自己的身體有問題，長期拚命吃中藥調養還是一直沒有受孕，原來問題是出在你身上！」她的食指猛搓丈夫結實的胸膛，忿而指控的模樣，為蒼白的小臉撲上一抹難得的潤紅。

「哈哈哈——」他仰天大笑，掩不住一身的情意，順手執起太太纖細的手，隨即覆上一吻。「水姑娘，偷看別人的日記是不道德的行為，就算我們是夫妻也不應該這樣。」

水如澐笑靨如花，綻放滿溢的喜悅與嬌豔，重新有丈夫陪伴身旁的她，似乎擁有了全世界的幸福。

「那……為了彌補我重大的損失，請問，我們現在要去哪裡約會？」她滿是期待緊勾丈夫的手臂，這次，絕不輕易放手。

「天涯海角。」

親密相偎的雙影隨著逐漸加大的雨勢，最後，一起消失在長堤的另一端。

往後，相繫的真心將共同廝守於這塊美麗的土地上，繼續那段未完結、恆久不渝的澐海悸情。

◇◇◇　◇◇◇　◇◇◇

倉促的步伐在醫院的長廊上奔走，家屬心急如焚的模樣不免教旁人擔憂。

剛才，四人由電話中得知，親人送至醫院時早已失去了體溫與心跳，經過急救後仍回天乏術，不敢相信這殘酷事實的母親，抖著歲月刻劃的雙手，迫切地推開病號的房門，當眼前映入女兒清秀又安詳的容顏時，痛心的眼淚瞬間迸落，情緒也跟著失控。

「如澐——我的寶貝女兒……妳怎麼可以說走就走？妳忘了陽陽、公公婆婆、爸爸媽媽都需要妳的照顧嗎？起來、妳給我起來——嗚……」陳淑芳用力搖晃女兒的遺體，卻徒勞無功，隨後伏在她身上痛哭。她真不敢相信，女兒居然會在清晨狂風大雨的時刻，莫名猝死於二港口！白髮人送黑髮人的悲痛，早在女婿落海失蹤那天，已深深領教過，深藏心底的傷痛尚未撫平，如今，五年後的同一天居然要與女兒天人永隔！這種無情的打擊，教天下父母親該如何承受？

水育寬強忍著淚水：「淑芳，快點起來，別這樣，妳會害小澐走不開的，孝順的她在天上看見妳這麼傷心，一定也很難過……」

「育寬，我不要她走——不要——」她轉投丈夫的懷抱，夫妻倆緊擁而泣。

目睹這一幕，守在一旁的白金福夫婦頻頻轉身拭淚，與水如澐情同姐妹的蘇玉媚和李淑珊，在接獲噩耗時，早已哭得不能自已，眉頭深鎖的白文濱，連忙將紙巾一一遞給在場的每一個人；白子帆默默守在床沿，他緊握母親濕冷的手不放，由事發到現在，遲遲不發一語。

現場悲慟的氣氛，像是一團解不開的濃霧。

最後入內的水彥廷夫婦主動向親家們點頭示意，一眼瞧見角落失魂的白子帆，水彥廷即挪動步伐到他身邊，他蹲下身輕拍姪子的肩膀，關心地問：「陽陽，你還好嗎？」

白子帆兀自發呆，僅以微微的輕點回應。

「聽說，第一時間內是你先發現媽媽的，當時是什麼樣的情況，你願意告訴舅舅嗎？」剛才，親家在電話中告知，他們也是睡夢中被電話聲驚醒，才接獲這個不幸的消息，火速趕來醫院只見陽陽沉默以對，為了不讓小孩再次受到傷害，他們自然不強迫他說明整個事發的經過。

沉寂了好一會兒，在眾人殷盼的目光下，白子帆總算以孱弱的音量開口：

「今天凌晨的時候，突然下起大雷雨，我被吵醒後就再也睡不著覺，下樓後才發現媽媽居然不在家，不曉得為什麼……我突然有種不好的預感，於是趕緊騎車四處去找她，來到二港口，就發現媽媽一個人倒在堤岸上，那時候雨下的好大好大，她全身冰冷又濕答答的，我好怕她會有什麼萬一，趕緊打電話叫救護車，一路上，不管我怎麼努力叫她、跟她說話，她都完全沒有反應。到醫院急救時，我拚命向神明祈禱，直到醫生走出來告訴我……」

「好了，陽陽，這樣就夠了。」水彥廷緊摟著他，難過地說不出話。

這孩子平時懂事過人，比起同年紀的小孩更為內斂早熟，這些看在親友們眼裡，滿是心疼與不捨。只是料想不到，今日，居然又讓他經歷一場難以抹滅的傷痛，老天給予他的磨鍊和考驗實在是太多了！

當大家為之鼻酸時，白子帆卻用異常堅定的口吻說：「舅舅，你們放心，我沒事也不會哭的，因為我答應媽媽要當討海英雄最堅強的家人。從小，爸爸媽媽的感情就非常好，同學和老師都很羨慕我在這麼棒的家庭中成長，自從爸爸發生意外後，對媽媽的打擊真的很大，雖然她表現得很堅強，也努力把重心移到我和工作上，但愈是這樣我看了就愈難過，因為她明明傷得很深，但為了不讓更多愛她的人擔心，只好拚命地偽裝自己，硬逼著眼淚往肚子裡吞。不曉得……我外出讀書的日子，她一個人是怎麼熬過來的？我們家有好多好多她害怕的大蟑螂與大蜘蛛，有誰可以幫她呢？我一直勸媽媽盡早搬去新家住，她就是不肯，我知道她很捨不得這裡，因為房子再怎麼破舊，都有她與爸爸一路走來滿滿的回憶，這間不起眼的古厝對她而言，是無價的。」他離開大人溫暖的懷抱，極為認真地看著在場的每一位長輩：「媽媽她並沒有死，我相信她一定是找到爸爸了！這五年來，我今天第一次看她笑得這麼甜，她已經好久、好久，都沒有像現在這樣笑了……」

聞言，眾人全望向病床上蒼白的小臉，相視一眼後，彷彿意會什麼。

一臉嚴肅的白文濱率先開口：「如澐，妳安心的走吧！謝謝妳這麼多年來的付出。我們全家人都非常喜歡妳、感謝妳、更捨不得妳！未來這個家有我和妳大嫂在，妳無須牽掛，我們一定會把陽陽當成是自己的小孩一樣疼愛，並且會用心教養他直到出社會為止，大哥在這裡向妳保證。」他舉起單手發誓，眼中流過一抹思念：「如果妳真的遇到海文了，麻煩轉告他：『他是我這輩子最驕傲的兄弟，我們全家人永遠以他為榮。」

水彥廷深深望著唯一的妹妹，許久，才勉強找到自己的聲音：「如澐，妳從小就是我們全家人最疼愛的妹妹，看著妳和海文由相識直到結婚，哥哥是最替妳高興的人！當年，妳不顧家人反對的聲浪，勇於說出自己的想法，全力悍衛自己追求的愛情，實在令我刮目相看！那時候我才知道，原來，小時候的愛哭鬼已經長大了……」他伸手蓋妥妹妹身上的被單，眼中有無限地感慨：「海文的事件一定帶給妳很大的衝擊，我們看在眼裡、痛在心裡，而妳能這麼堅強的走到現在，真的令我感到佩服，小澐，妳真的好棒！剩下未完成的，放心交給哥哥。希望妳能像頸上那條銀魚項鍊一樣，永遠沉浸在妳所愛的大海之中，永別了，我最愛的妹妹。」

一旁的白子帆瞬間紅了眼眶，附在母親的耳畔細語：「媽，妳別擔心，大伯和舅舅他們會照顧我的，我一定會用功讀書、腳踏實地的做人，不會辜負你們對我的期望，我也會努力孝順兩位阿公、阿嬤和家裡的每一位長輩，絕對不會讓妳和爸爸失望的！你們在天上之靈，也一定要保祐所有的人身體健康、平安如意！」微顫的手勾住母親失溫的小指頭，許下母子之間最後的承諾，深吸一口氣後，他努力擠出笑容：「有一句話來不及跟妳說：祝福妳和爸爸結婚二十週年快樂！遠方的你們一定要幸福喔！謝謝你們生我、養我、教育我，留給我滿滿、幸福的回憶，我好愛好愛好愛你們，下輩子，我們還要再當一家人……」語畢，幾滴無聲的眼淚悄然滑落，再也壓抑不住的他，轉而放聲慟哭。

這一刻，他是真的失去雙親了。

水如澐安詳的臉，掛著一抹甜笑，熱愛紅毛港的她結束四十一年的青春歲月。

早在二十二年前，初次踏上這塊土地的那一刻起，早已註定這段無悔的結髮姻緣。

別了，我摯愛的家人；別了，蘊含濃厚情味的古厝；別了，初次相遇的長堤；別了，這片遼闊的海景與渡口；別了，各大聚落的廟宇；別了，百年歷史悠久的文化。

永別了，最美麗的紅毛港。

我曾如此深深愛過，帶走的，是不留一片澐彩的永恆……

水如澐的最後一程，結束在一片哭泣聲中，辦完這場喪禮後，白子帆將母親的骨灰灑落於家鄉的大海內，今後，父母親將共同化為一抹不朽的靈魂長眠於此。

永遠、永遠……

尾聲

白子帆今年二十九歲，他手捧一束鮮花，獨自回到小港的住所。

白襯衫搭配深色西裝褲，向來是他個人制式化的工作服，一頭略長、酷似人工挑染的髮色，為帥氣的輪廓增添不少魅力，一身好骨架，總能吸引旁人測量的目光。

從頭到腳，他無疑是父親的翻版，唯獨略白的膚色與散發出來的氣息大不相同，長年的歷練下，他獨立且沉穩的氣質格外吸引人，但，無形中，卻也釋出一股孤傲的冷漠，不容易親近是多數人對他的第二印象。

開啟門把，望著眼前偌大的建築，目前卻無人居住，實在是冰冷的可以。

自從他將重心擺放在事業上衝刺，再加上忙於學業上的進修，為了兼顧兩者與節省通車往來的便利性，三年前，他早已搬至大伯市區的住宅內，即使去年已順利取得碩士學位，但，目前仍舊沒有搬回來的打算，只是偶爾抽空回來探視。

儘管如此，房子仍舊打理得一塵不染，這多虧了淑珊阿姨的熱心幫忙，這裡才能夠繼續保持舒適與潔淨，像是在暗示主人：隨時歡迎他回來長住。

白子帆走上三樓的房間，雖然父母親已不在人世，也未曾在這棟房子居住過，但，他仍然為他們保留專屬於他們的房間。

這裡的採光與通風性都極為舒適，房內存放了不少父母親的遺物，以及一家三口珍貴的回憶。由舊家搬遷出來後，一些值得收藏的古物與擺飾，他全數將它們鎖在這個時光隧道中，就連父母親與他小時候的衣物，也一併封箱保存著。

「爸、媽，我回來了。」白子帆將鮮花放進櫃上的透明瓶中，接著凝視一旁的桌上框，望著父母親年輕時，幸福又恩愛的合照，難得流露外人罕見的柔和。

彷彿，時間又回到那一年的幸福時光。

「結婚三十週年快樂。」

照片中，登對的兩人緊擁著，燦爛的笑容像是無聲的回應。

他將目光移至牆上那幅大海中行駛的漁船上，畫面正釋放他塵封已久的記憶。從小到大，有多少次他與母親一同目送父親出港，等待他滿載與平安歸來，父親英勇顧家的好形象，至今仍深植於他的腦海之中。

在他服完兵役那年，曾跟隨七仔叔從事補漁的工作約莫一年左右，這曾跌破許多人的眼鏡！但他不在乎別人暗下的私語，堅持完成討海的工作體驗，之後，他將父親留下的漁船轉賣掉，隨即投入廣告公司的工作。

白文濱多年來市場投資的眼光獨道，總能在最適當的時刻，早別人一步獲得最佳的投資報酬。短短幾年內，已為自己疊積一筆可觀的財富，他旗下投資的副業不算少，在弟妹過世的隔年，他毅然決然成立這間「澐海」廣告公司，目的除了紀念鶼鰈情深的兩人外，也為了一圓兄弟倆，小時候善於繪畫、長大志願從事設計相關行業的夢想。

這幾年，在他的用心與商界好友的力捧下，倒也經營的有聲有色，品質與客源相當穩定。

白子帆也在他的牽引下，進入公司由基層開始學習，在日以繼夜、全心投入下，果然，很快地交出一張漂亮的成績單，完全沒讓視如己出的白文濱失望，他滿意地將更多的領域一一放手交由他來打理，自己則慢慢退出經營權，改將重心轉往其他領域。

時間過得真快，轉眼間，他進入廣告公司已有四年的時間。

書架上一疊塵舊與泛黃的剪貼簿吸引他的目光，白子帆順手抽出最後一本，這全是關於紅毛港的報紙剪貼，他承接母親未完成的工作，將它逐一補齊。

翻開末頁，裡面記載著紅毛港最後的變遷——

※民國九十三年二月二日，工程單位開始執行拆除紅毛港遷出戶的房屋。

※民國九十五年五月十三日，怪手進入紅毛港，進行大規模的拆屋行動。

※民國九十六年三月十二日，紅毛港居民不滿政府強勢限期拆屋的作法，集結至高雄港務局門口表達不滿與訴求，這也是遷村前，最後一次的抗議活動。

※民國九十六年六月二十三日，海汕國小舉辦最後一屆的畢業典禮。

※民國九十六年七月八日，海汕派出所裁撤。

※民國九十六年十一月一日，紅毛港渡輪停駛，結束二十八年的航線。

※民國九十六年十一月十五日，高雄港務局開始分批銷毀，由紅毛港徵收的漁筏及舢舨。

※民國九十六年十一月底，紅毛港境內的拆屋工作大抵完成，將點交歸還港務局，結束這場禁建長達近四十年的愚弄。

※民國九十六年十二月三十一日，紅毛港當地舉辦「高雄港洲際貨櫃中心」動土典禮，百年悠久的漁村，從此走入歷史。

白子帆微瞇的黑眸閃過一道銳光，翻騰、無預警的情緒如浪潮汩起，他隨即將簿子塞回架上。

回想遷村步入最後階段，當地不堪的慘狀，難過、無奈、忿怒、傷感、失落、痛心，全絞在一塊。

不少古物商趁機向當地人收購一些值得珍藏的古物；多數人雖已搬遷，但深鎖的家門仍遭人惡意破壞，小偷就光明正大進入屋內，將能變賣的物品全數搜刮走；不少人的新家尚未建蓋完畢，但壁上強制拆屋與強制斷水斷電的公函，卻將他們逼至絕望與無助，他們含著淚四處去陳情與抗議，日夜寢食難安，令人為之鼻酸。

遷村？還是滅村？

紅毛港足足苦等了近四十個年頭，政府單位卻一刻也等不及。

滿地可見四碎的斷垣殘壁，令許多當地人驚恐地面對最熟悉的陌生地，何處是家的位置？何處曾是自己土生土長的歸依？

田螺含水能過冬，只是再怎麼忍辱負重，紅毛港已等不到今年冬天的到來，遷村的秋季對當地而言，彷彿是場百年寒冬。

白金福因紅毛港遷村的事件而變得抑鬱寡歡，原本親如家人的鄰居、老朋友、老同學，如今四散各地，往往只能藉由某場婚宴，大伙才有聚在一塊的機會，一起吃著別具意義的團圓飯。怪手催毀的，豈止是家園？連當地人淳厚的情誼也一併連根瓦解。早已習慣平時門窗大開，隨時就能與左右鄰居在小巷與燈腳下聊天的老一輩，面對日後層層的大樓與大環境的改變，就像落了枝的葉，永遠欠缺那股踏實的歸屬感。

金窩銀窩，哪比得上自己的狗窩？

只是誰懂？在他人眼中，大家總以為紅毛港人靠著遷村與層出不窮的抗議事件，斂取了一筆可觀的財富，當地人總被外界解讀為——一群貪得無厭的漁民。

這嚴刑的批判，比被催毀的家園更教人殘碎不堪！公道自在人心，事實勝於繪影，多數人默默扛著房貸，亦曾耳聞有人因此成為遊民，他們盡把苦往肚裡吞，但遲來的正義，卻蔽不見日。

白文濱一來為了出國與友人商談合作的細節，二來，也希望年邁的雙親可以轉換心情，於是決定帶他們一塊出國散心，順便還能夠與長年在國外的汶娟、汶琪多一點相處的時間，這個意外的出發點，卻也成為他們日後移民的主要關鍵。

白子帆選擇一人留在國內，也熱衷接下這間義意非凡的廣告公司，全家人一塊渡完農曆新年後，白家就正式移民國外。

那年，他二十六歲；高雄港位居世界第十二大貨櫃運輸港。

靜謐的空間迴盪著厚重的嘆息聲，白子帆凝視房內的一景一物後，才靜默地關上門，下樓後，他獨自坐在客廳沉思了好一會兒，才緩緩起身準備離開，在闔上家門的那一剎那，腦中突然閃過一個念頭——

很可惜，未來，他無緣帶著妻小回到那個三面環海、地小人稠，曾經豐饒卻又閒逸無爭的美好家園，能留下的，僅是一張又一張定格不動、勾人淚憶，卻也彌足珍貴的照片。

海風持續吹著，海水不曾停止波動，那塊不再以漁業為生的土地，彷彿還訴說著：

三百多年前，曾經有一群人飄洋過海來到這裡，他們長年與大海博鬥、傍海為生，那股生生不息的討海精神，仍持續流傳著。

白子帆深信，有一天，他會將父母的故事與家鄉的一切，告訴自己的妻小。

紅毛港——他永遠的故鄉。

〈全書完〉

後記

能有機會寫後記，要感謝的人真的非常多。

在朋友熱心的推薦與促成下，我才有這個機會認識 Bruce。幾次下來，Bruce 略略曉得我的文創走向，且正努力尋求能出書的相關管道；在他大力的協助下，進而安排我與 Roger 面談。

和 Roger 初見那天，得知他的母親也同樣是紅毛港人時，我真的嚇了好大一跳！而且我們還同樣擁有紅毛港「姓洪仔」的血緣，這巧妙的安排實在是令我感到不可思議。先前與 Bruce 見面時，試著附上小說的第一章節，真沒想到他們兩位都已經閱讀過了，我已經夠感動與驚訝了，當 Roger 開口說願意贊助這本書出版時，我簡直不敢相信這是真的！

一直設定今年無論如何要克服萬難完成出版的心願，畢竟它已經被我拖過一年又一年。在四處打轉了一圈後，真沒想到自己也能遇上貴人——而且還是同鄉人。謝謝 Roger 適時的相助，幫助我完成現階段的夢想，在百忙之中還願意抽空為這本書寫序，感恩有你！「紅毛港文創商品」才能又邁進一大步。

也感謝冥冥之中那雙無形的推手，幫忙安排這一切。

也許文創的路走來不算順遂，但已經稱的上幸運。

寫作一直都不是我擅長的領域，初次踏入，只能算是突發的嘗試。敲打文字的過程中，故鄉的影子總是不停地在腦海中蕩漾，我幻想著熟悉的場景出現在故事中，就因為這個念頭，自然而然地跑出一些畫面與情節。於是我擱下原先想寫作的部份，決定先投入紅毛港文化的區塊。在一無所知的情況下，前置作業就得耗費我一個月的時間。我努力看書、整理每一筆重要的資料——專屬紅毛港的文化故事就此展開。

為了更貼近故事中的年代，有不少資訊都是透過多次找公公攀談挖來的寶；雖然他不曉得我究竟在忙些什麼，但始終都很熱心地回覆我每一個問題。有時候哪怕是女主角就讀的科系、當時的金價、遠洋漁船的相關作業……許多細節都得耗費我不少功夫上網查詢，也許不見得完全準確，但我已經努力做了功課。

紅毛港對我而言，意義十分重大，畢竟那是我土生土長二十二年的故鄉，有許多保貴的回憶都深鐫在那個三面環海的家。在了解眾多的污染事件後，心情是非常沉痛的！猶記當年「卡娜莉」油輪爆炸時，我還很小，但，那聲轟然巨響至今仍永生難忘。

紅毛港曾經熱鬧非凡、自給自足，無奈重工業發展卻像巨蟒般，無情地將它給蠶食鯨吞。

從小到大，我早就習慣與這些工業建設為鄰，從沒質問過為何它們在此盤據？搶奪我們的生存權、污染我們的大海，我們還得為此遭受禁建，等待面臨遷村的行刑日，進而被迫離鄉、揹負房貸……現在回想都覺得荒謬得不可思議！

每年我們都得忍痛看著同學、鄰居們一一搬離，致使週遭的生活環境開始變得不安全。女主角內衣褲被偷、洗澡遭偷看、半夜有人砸空屋的玻璃窗、錢包被偷……這些全是親身的經歷，就連我們飼養的野貓一族，也因為附近的野狗驟增，而一一慘遭殺害。

儘管如此，我還是很愛紅毛港，它充實了我的童年與成長的能量，被這片無垠的大海包圍著，住在漁村的那段日子真的很幸福！

我想，身為高雄最早發源地的紅毛港血統，也算是一種無形的驕傲，不論經過多久，紅毛港都不該因為遷村而變成過去式的名詞，希望我們的下一代還能曉得自己最初的根本在哪裡。藉由這本書，期盼喚醒曾經在這片土地上擁有共同記憶的每一位，也期願有更多人珍惜、守護自己的家園與文化，並且正視重工業污染所帶來的迫害。

感謝紅毛港的兩位前輩，當初幫忙指正書中有所錯誤與不足的部分，特別是瑤昌叔，您真的是幫了我不少大忙，可惜介紹我倆認識的海上男兒，等不及這本書問市，早已離開了我們。我相信，在天上的他一定也偷偷協助著，小說才能夠這麼順利完成出版。

也謝謝一路陪伴我寫作、從中幫忙挑錯字、給予建議的朋友們。今年，小說總算不負大家的期望，呈現在你們眼前了；特別要感謝我姐，當時費心指導完全沒有任何寫作經驗的我，磨過一章又一章。從剛開始寫得亂七八糟，經常面臨大幅度的修改與退件重寫的命運，也曾耗費了三、四天還困在一張A4稿內……直到現在能呈上台面的作品，多虧了妳當時的引導與協助，才能開啟我在寫作領域上的收獲。

也謝謝正在閱讀這本書的你，讓我有機會把家鄉的故事說給更多的人聽。也許文化與污染的部份有些繁複，但，它才是寫這本書的重點所在，希望你們都會喜歡這個故事，與量身繪製的插畫。

現今的紅毛港早已成為碼頭用地，原先高字塔的位置則另闢成「紅毛港文化園區」，有興趣前往的朋友們，不妨上網查詢它的相關位置與開園資訊，歡迎前往一遊。

紅毛港，加油！

最後，僅以這本書紀念我最愛的故鄉。

紅毛丫頭

閒讀素紙白如澐，
靜觀流水漾海文。

文：吳榮慶
素描：紅毛ㄚ頭

說，故事（46）

再見紅毛港：行船人的愛

建議售價・280元

國家圖書館出版品預行編目資料

再見紅毛港：行船人的愛／紅毛丫頭 著. --初版.一臺中市：白象文化，民104.06
面： 公分 --（說，故事；46）
ISBN 978-986-358-169-7（平裝）

857.7 104006480

作　　者：紅毛丫頭
校　　對：紅毛丫頭
編輯排版：黃麗穎
出版經紀：徐錦淳、黃麗穎、林榮威、吳適意、林孟侃、陳逸儒
設計創意：張禮南、何佳諠
經銷推廣：何思頓、莊博亞、劉育姍、王堉瑞
行銷企劃：張輝潭、劉承薇、莊淑靜、林金郎、蔡晴如
營運管理：黃姿虹、李莉吟、曾千熏
發 行 人：張輝潭
出版發行：白象文化事業有限公司
402台中市南區美村路二段392號
出版、購書專線：（04）2265-2939
傳真：（04）2265-1171

印　　刷：基盛印刷工場
版　　次：2015年（民104）六月初版一刷

設計編印

白象文化｜印書小舖
網　　址：www.ElephantWhite.com.tw
電　　郵：press.store@msa.hinet.net